Reinhard Schweizer
Steuerlehre
Lösungsheft

Zusätzliche digitale Inhalte für Sie!

Zu diesem Buch stehen Ihnen kostenlos folgende digitale Inhalte zur Verfügung:

- Online-Buch ✓
- Buch als PDF
- Online-Training
- Zusatz-Downloads
- App
- Digitale Lernkarten

Schalten Sie sich das Buch inklusive Mehrwert direkt frei.

Scannen Sie den QR-Code **oder** rufen Sie die Seite **www.kiehl.de** auf. Geben Sie den Freischaltcode ein und folgen Sie dem Anmeldedialog. Fertig!

Ihr Freischaltcode

BRPI-UXNN-HKCK-EFSE-VSCX-KN

www.kiehl.de

Steuerlehre

Von
Rechtsanwalt Dipl.-Finanzwirt Reinhard Schweizer

24., aktualisierte Auflage

LÖSUNGSHEFT

kiehl

Die **Lösungshinweise und Lösungsvorschläge** in dem **ersten Teil** des Lösungshefts beziehen sich auf die Aufgaben und Fälle zur Sicherung des Lernerfolgs, die sich an die jeweiligen Kapitel des Lehrbuchs **Steuerlehre**, ISBN 978-3-470-10504-8 anschließen.

Der **zweite Teil** des Lösungshefts beinhaltet die Lösungen zu den **Übungsaufgaben zum Steuerwesen für Steuerfachangestellte**, ISBN 978-3-470-10593-2.

Feedbackhinweis

Kein Produkt ist so gut, dass es nicht noch verbessert werden könnte. Ihre Meinung ist uns wichtig. Was gefällt Ihnen gut? Was können wir in Ihren Augen verbessern? Bitte schreiben Sie einfach eine E-Mail an: **feedback@kiehl.de**

ISBN 978-3-470-**10514**-7 · 24., aktualisierte Auflage 2022

Kiehl ist eine Marke des NWB Verlags

Satz: Reemers Publishing Services GmbH, Krefeld
Druck: Druckerei Hachenburg PMS GmbH, Hachenburg

Klimaneutral
Druckprodukt
ClimatePartner.com/16605-2106-1001

Scannen Sie den QR-Code oder besuchen Sie **Climate-Partner.com/16605-2106-1001** und erfahren Sie mehr zu unseren klimaneutralen Druckprodukten.

Teil 1: Lösungen zum Lehrbuch

A. Allgemeines Steuerrecht/Abgabenordnung

Zu 1.4 (Erteilung von Rat und Hilfe in Steuersachen)

Fall 1:

	Unbeschränkte Befugnis	Beschränkte Befugnis	Keine Befugnis
Notar		x	
Wirtschaftsprüfer	x		
Steuerfachangestellte/r			x
Lohnsteuerhilfeverein		x	
Vereidigter Buchprüfer	x		
Rechtsanwalt	x		
Steuerberater	x		
Rechtsanwalt und Steuerberater schließen sich zu einer Partnerschafts-gesellschaft zusammen	x		
Steuerfachwirt			x
Unternehmensberater			x
Arbeitgeber		x	

Fall 2:

	vereinbar	nicht vereinbar
Steuerberater A. übernimmt die Aufgabe eines Insolvenz-verwalters	x	
Steuerberater B. beteiligt sich als Gesellschafter an einer OHG		x
Steuerberater C. ist Manager eines Handballbundesliga-vereins		x
Steuerberater D. vertritt einen Mandanten in einem Steuerstrafverfahren	x	
Steuerberater E. berät einen Mandanten bei der Umstellung seiner betrieblichen Organisation auf EDV	x	
Steuerberater F. ist Herausgeber eines Steuerfachlehr-buchs	x	
Steuerberater G. möchte ein Immobilienbüro betreiben, das er von einem Bekannten übernehmen kann		x

Fall 3:

a) Die Hilfeleistung gegenüber den Eltern ist wegen der Entgeltlichkeit unzulässig. Seiner Verlobten kann er den Einspruch fertigen, da die Verlobte eine Angehörige i. S. des § 15 AO ist, und die Hilfeleistung unentgeltlich erfolgt. Die Erteilung von Rat und Hilfe an Nichtangehörige (Freund) ist unzulässig und damit verboten, auch wenn sie – wie hier – unentgeltlich erfolgt.

b) zulässig, da diese Beratungsleistung unmittelbar das eigene Gewerbe berührt.

c) unzulässig, da weder Angehöriger noch unentgeltlich.

d) Der Lohnsteuerhilfeverein darf Manni Schluckspecht nicht beraten, da seine Einnahmen aus Kapitalvermögen mehr als 18.000 € betragen.

Zu 2.3 (Steuern)

Fall 1:

Tatbestand	Ja	Nein	Stichwortartige Begründung
Zahlung von Einfuhrzoll	x		§ 3 Abs. 3 AO
Vollstreckungskosten		x	Steuerliche Nebenleistung
Umsatzsteuer-Vorauszahlung	x		§ 3 Abs. 1 AO erfüllt
Zwangsgeld		x	Steuerliche Nebenleistung
freiwillige Zahlung an die evangelische Kirche		x	Nicht auferlegt
Geldstrafe wegen Steuerhinterziehung		x	Sanktions- und Strafcharakter
Zahlung einer Kurtaxe		x	Beitrag
Leistung des Freiwilligendienstes		x	Keine Geldleistung
Zahlung von Sozialversicherungsbeiträgen		x	Beitrag
Zahlung für die Ausstellung einer Heiratsurkunde		x	Gebühr
Zahlung eines Verspätungszuschlags		x	Steuerliche Nebenleistung
Zahlung für Müllabfuhr an die Gemeinde		x	Beitrag
Zahlung für Zulassung eines Pkw		x	Gebühr
Zahlung für eine Eintrittskarte zu einer Badeanstalt		x	Gebühr
Zahlung eines Säumniszuschlags		x	Steuerliche Nebenleistung
Aufgrund eines Rechtsstreits mit der Stadt Leverkusen zahlen Sie an Ihren Rechtsanwalt ein Honorar i. H. v. 620 €.		x	kein öffentlich-rechtliches Gemeinwesen
Verzögerungsgeld nach § 146 Abs. 2b AO		x	Steuerliche Nebenleistung

Fall 2:

Steuerart	Bund, Länder, Gemeinde, Gemeinschaftsteuer	Personensteuer, Sachsteuer	direkte Steuer, indirekte Steuer	Besitzsteuer, Verkehrsteuer, Verbrauchsteuer, Zoll	Realsteuer? (Ja oder Nein)
Umsatzsteuer	Gemeinschaftst.	Sachsteuer	indirekte Steuer	Verkehrsteuer	Nein
Einkommensteuer	Gemeinschaftst.	Personensteuer	direkte Steuer	Besitzsteuer	Nein
Körperschaftsteuer	Gemeinschaftst.	Personensteuer	direkte Steuer	Besitzsteuer	Nein
EUSt	Bundessteuer	Sachsteuer	indirekte Steuer	Zoll	Nein
Kfz-Steuer	Bundessteuer	Sachsteuer	direkte Steuer	Verkehrsteuer	Nein
Gewerbesteuer	Gemeindesteuer	Sachsteuer	direkte Steuer	Besitzsteuer	Ja
Grunderwerbsteuer	Landessteuer	Sachsteuer	direkte Steuer	Verkehrsteuer	Nein
Mineralölsteuer	Bundessteuer	Sachsteuer	indirekte Steuer	Verbrauchsteuer	Nein
Biersteuer	Landessteuer	Sachsteuer	indirekte Steuer	Verbrauchsteuer	Nein
Erbschaftsteuer	Landessteuer	Personensteuer	direkte Steuer	Besitzsteuer	Nein
Grundsteuer	Gemeindesteuer	Sachsteuer	direkte Steuer	Besitzsteuer	Ja
Stromsteuer	Bundessteuer	Sachsteuer	indirekte Steuer	Verbrauchsteuer	Nein

Zu 3.2 (Rechtsgrundlagen)

Fall 1:

a) Die Steuergesetze werden unterteilt in allgemeine Steuergesetze (z. B. AO, BewG, GG) und Einzelsteuergesetze (z. B. EStG, UStG, GewStG).

b) Der Bundesfinanzhof mit Sitz in München entscheidet über Rechtsstreitigkeiten zwischen der Finanzverwaltung und den Steuerpflichtigen. Im Regelfall sind diese Urteile als Auslegungshilfe auch für gleichgelagerte Fälle zu beachten, es sei denn, ein Nichtanwendungserlass steht dem entgegen.

c) Gesetze, Durchführungsordnungen, Richtlinien, Erlasse, Verfügungen.

d) Die Einkommensteuerrichtlinien binden nur die Finanzverwaltung, während das Einkommensteuergesetz für alle Beteiligten (Finanzverwaltung, Finanzgerichtsbarkeit, Steuerpflichtigen) eine Bindungswirkung entfaltet.

Fall 2:

1. (a), (d) und (f)
2. (b), (d) und (f)
3. (a), (d) und (f)
4. (c) und (g)
5. (a), (d) und (e)
6. (c) und (g)
7. (c) und (g)
8. (a), (d) und (e)
9. (c) und (g)
10. (c) und (g)
11. (c) und (g)

Zu 4.3 (Aufbau und Aufgaben der Finanzverwaltung)

Fall 1:

a) Die Oberfinanzdirektion ist eine Mittelbehörde der Landesfinanzverwaltung.

b) Verwaltung und Festsetzung der Zölle und Verbrauchssteuern (Hauptzollamt) bzw. der Besitz- und Verkehrssteuern (Finanzamt)

c) Keine Finanzbehörden i. S. der AO sind das Gemeindesteueramt und die Finanzierungsbank.

Fall 2:

(a) 1

(b) 6

(c) 7

(d) 3

(e) 8

(f) 2

(g) 4

(h) 5

Fall 3:

(a) 2
(b) 3
(c) 2
(d) 2
(e) 3
(f) 2
(g) 1
(h) 1
(i) 2
(j) 1

Zu 5.5 (Örtliche Zuständigkeit der Finanzämter (ohne gesonderte Feststellungen))

Fall 1:

a) Wohnsitz-FA Leverkusen (§ 19 Abs. 1 AO)
b) Betriebs-FA Bergisch Gladbach (§ 21 AO)
c) Betriebs-FA Bergisch-Gladbach (§ 22 AO)
d) Lage-FA Leverkusen (§ 22 AO)

Fall 2:

a) Geschäftsleitungs-FA Düsseldorf (§ 20 AO)
b) Wohnsitz-FÄ Düsseldorf bzw. Solingen (§ 19 AO)

Fall 3:

Fall	FA Süd	FA West	FA Nord	FA Ost
a)				x
b)	x	x		x
c)			x	
d)				x
e)		x		
f)			x	
g)			x	
h)		x		
i)		x		
j)		x		x

Fall	FA Süd	FA West	FA Nord	FA Ost
k)				x
l)	x			
m)		x	x	
n)			x	
o)	x			
p)			x	
q)	**FA X-Dorf, da kein Fall des § 19 Abs. 3 AO vorliegt.**			

Zu 6.6 (Lehre vom Verwaltungsakt (VA))

Fall 1:

1. (a) und (b)
2. (c)
3. (a) und (d)
4. (d) Heilung des Bekanntgabemangels durch Übergabe

Fall 2:

	Ja	Nein	Begründung
1.	x		§ 218 Abs. 1 Satz 2 AO
2.	x		Voraussetzungen des § 118 Satz 1 AO sind erfüllt
3.		x	keine Änderung der Rechtsstellung
4.		x	keine Außenwirkung/kein Einzelfall
5.	x		Voraussetzungen des § 118 Satz 1 AO sind erfüllt
6.	x		Voraussetzungen des § 118 Satz 1 AO sind erfüllt
7.	x		selbstständiger VA im Steuerbescheid
8.	x		Allgemeinverfügung (§ 118 Satz 2 AO)
9.		x	keine Rechtswirkung
10.	x		Voraussetzungen des § 118 Satz 1 AO sind erfüllt
11.		x	keine Rechtswirkung
12.	x		Schriftform nicht erforderlich
13.		x	keine Änderung der Rechtsstellung

Fall 3:

a) Der fehlende Datumsvermerk berührt für sich gesehen die Wirksamkeit des Bescheides nicht, denn das Datum gehört nicht zu den sog. „Muss-Bestandteilen" i. S. des § 157 Abs. 1 AO; es werden lediglich keine Fristen in Lauf gesetzt.

b) Der ESt-Bescheid ist nichtig, weil er nicht wirksam bekanntgegeben worden ist, da die Ehegatten hinsichtlich der ESt Gesamtschuldner sind, der Steuerbescheid sich aber nur an den Ehemann richtet. Die Ehegatten müssen deshalb einen zusammengefassten Steuerbescheid (§ 155 Abs. 3 AO) erhalten, der an die gemeinsame Anschrift zu richten ist (§ 122 Abs. 7 AO). Im Anschriftenfeld hätte daher z. B. stehen müssen:

Herr Peter Müller
Frau Birgit Müller
Karl-Ulitzka-Str. 9
51373 Leverkusen

Fall 4:

	Tag der Bekanntgabe	Begründung
1.	12.09.2022	Dreitageregelung: 09.09.2022 + 3 Tage = 12.09.2022; Früherer Zugang am Samstag (10.09.2022) ist unerheblich
2.	12.09.2022	keine Dreitageregelung, da Bekanntgabe ins Ausland; § 122 Abs. 2 Nr. 2 AO: 1 Monat: 11.08.2022 + 1 Monat = 11.09.2022 (= Sonntag); § 108 Abs. 3 AO: 12.09.2022
3.	10.09.2022	keine Dreitageregelung, da Zustellung mit PZU; Tatsächliche Zustellung: 10.09.2022 (Samstag); Kein § 108 Abs. 3 AO, da keine Dreitageregelung
4.	10.09.2022	keine Dreitageregelung, da nachweislich späterer Zugang Zugang am 10.09.2022 (Samstag) Kein § 108 Abs. 3 AO, da keine Dreitageregelung

Zu 7.5 (Fristen)

Fall 1:

	gesetzliche Frist	behördliche Frist	verlängerungsfähige Frist	Ausschlussfrist
Frist zur Abgabe der ESt-Erklärung	x		x	
Aussetzung der Vollziehung während des Einspruchsverfahrens		x	x	
Zahlungsfrist für die ESt-Abschlusszahlung	x			x
Stundung		x	x	
Frist zur Vorlage von Belegen im Rahmen des Veranlagungsverfahrens		x	x	
Frist zur Vorlage von Belegen im Rahmen des Einspruchsverfahrens (§ 364b Abs. 2 AO)		x		x
Frist für den Antrag auf Wiedereinsetzung in den vorigen Stand bei Ablauf der Einspruchsfrist	x			x

Fall 2:

a) Säumniszuschlag

b) Fälligkeit: 28. März um 24:00 Uhr (Karfreitag)

Verschiebung auf Osterdienstag 01. April um 24:00 Uhr

Beginn der Schonfrist: 02. April um 0:00 Uhr

Dauer: 3 Tage

Ende: 04. April um 24:00 Uhr (Freitag)

Da Wagemut erst am 07. April (Montag) gezahlt hat, wird ein Säumniszuschlag in der gesetzlichen Höhe erhoben (vgl. § 240 AO).

Fall 3:

Der Einspruch kann fristgerecht bis 24:00 Uhr beim FA durch Einwurf in den Hausbriefkasten eingelegt werden. Auf den Zeitpunkt des Dienstschlusses beim FA kommt es daher nicht an.

Fall 4:

- Tag der Bekanntgabe: 18. Juni. (Aufgabe zur Post am 15. Juni + 3 Tage) Die tatsächliche Kenntnisnahme am 30. Juni ist unerheblich, da der Brief bereits vorher in den Machtbereich des Stpfl. mit der Möglichkeit der Kenntnisnahme gelangt ist.
- Beginn der Frist: 19. Juni, 0:00 Uhr
- Dauer: 1 Monat
- Ende der Frist: 18. Juli, 24:00 Uhr

Fall 5:

- Tag der Bekanntgabe: 21. Mai (Aufgabe zur Post am 18. Mai 01 + 3 Tage). Der tatsächlich frühere Zugang am 20. Mai ist unerheblich.
- Beginn der Frist: 22. Mai, 0:00 Uhr
- Dauer: 1 Jahr, da keine Rechtsbehelfsbelehrung vorhanden (§ 356 Abs. 2 AO)
- Ende der Frist: 21. Mai, 24:00 Uhr
- Der Stpfl. kann daher am 25. Juli seinen Einspruch noch nachholen.

Fall 6:

a) Für den Erlass des ESt-Bescheides war das Wohnsitz-FA in Leverkusen örtlich zuständig (§ 19 Abs. 1 Satz 1 AO).

b) Der ESt-Bescheid ist wirksam zugegangen, denn als Machtbereich muss auch ein bisher benutzter Briefkasten angesehen werden. Dies gilt insbesondere dann, wenn er – wie hier – noch das Namensschild des Empfängers trägt. Der ESt-Bescheid war somit am 04. April (Tag des Einwurfs) zugegangen. Auf die Art und Weise und den Zeitpunkt der Kenntnisnahme kommt es nicht an, sodass die Überreichung durch Zwick unbeachtlich ist. Ein sog. fehlgeleiteter Verwaltungsakt liegt daher insoweit nicht vor.

c) Der ESt-Bescheid ist nicht nichtig.

1. Abweichend von dem Grundsatz des § 119 Abs. 3 AO ist nach § 119 Abs. 3 Satz 2 2. Halbsatz AO die Unterschrift auf einem automatisierten Bescheid nicht erforderlich.
2. Voraussetzung für die Wirksamkeit eines Verwaltungsaktes ist, dass er inhaltlich hinreichend bestimmt ist (§ 119 Abs. 1 AO) und dass er demjenigen, für den er bestimmt ist oder der von ihm betroffen wird, bekanntgegeben wird (§ 124 Abs. 1 AO). Deshalb muss der Steuerschuldner in dem Bescheid so eindeutig bezeichnet werden, dass Zweifel über die Identität nicht bestehen. Im vorliegenden Fall ergibt sich aus der Anrede „Herr“ zweifelsfrei, dass seine Schwester Käthe nicht gemeint sein kann. Auf die Angabe des ausgeschriebenen Vornamens kommt es daher hier ausnahmsweise nicht an, da eine Verwechslungsmöglichkeit nicht besteht.

d) Obwohl der Bescheid am 04. April zugegangen ist (s. o.), gilt die Dreitagefrist des § 122 Abs. 2 Nr. 1 AO. Das bedeutet, dass der Bescheid grundsätzlich mit dem dritten Tage nach der Aufgabe zur Post, also am 05. April, als bekanntgegeben gilt. Der Umstand, dass dieser Tag der Karfreitag war, verlängert den Bekanntgabetag auf den 09. April (Dienstag). Die Einspruchsfrist begann daher als Ereignisfrist am 10. April um 0:00 Uhr und endete nach einer einmonatigen Laufzeit grundsätzlich am 09. Mai um 24:00 Uhr. Da dieser Tag jedoch ein Sonntag war, endete die Frist am nächstfolgenden Werktag, also am 10. Mai um 24:00 Uhr.

Fall 7:

Der ESt-Bescheid ist am 20. Januar bekanntgegeben worden. Die Dreitagefrist des § 122 Abs. 2 Nr. 1 AO findet keine Anwendung, da der ESt-Bescheid nicht innerhalb von drei Tagen nach der Aufgabe zur Post (also bis zum 10. Dezember) bekanntgegeben worden ist, denn aufgrund der geschilderten Umstände hatte der Steuerpflichtige Peter Silie nämlich erst die Möglichkeit der Kenntnisnahme, als er aus dem Krankenhaus entlassen worden ist.

Fristbeginn:	21. Januar um 0:00 Uhr
Dauer:	1 Monat
Fristende:	grundsätzlich am 20. Februar um 24:00 Uhr (Samstag); deshalb: 22. Februar um 24:00 Uhr

Der Einspruch des Peter Silie ging am letzten Tag dieser Frist, also fristgerecht bei dem FA Leverkusen ein, ohne dass es dazu der Wiedereinsetzung in den vorigen Stand nach § 110 AO bedarf.

Fall 8:

a) Der Schätzungsbescheid wurde mit der Bekanntgabe am 03. September wirksam, denn bei der Zustellung durch die Post mit Postzustellungsurkunde ist der Zeitpunkt der tatsächlichen Zustellung und nicht der dritte Tag nach der Aufgabe zur Post (§ 122 Abs. 2 Nr. 1 AO) maßgebend. Der Dreitagefrist des § 122 Abs. 2 Nr. 1 AO bedarf es insoweit nicht, da der genaue Zeitpunkt der Bekanntgabe in der Zustellungsurkunde festzuhalten ist und durch diese belegt wird.

b) Die Eingabe des Rolf Leidi ist verfahrensrechtlich als Einspruch nach § 347 Abs. 1 Nr. 1 AO zu werten. Da der Stpfl. seinen Einspruch nach § 357 AO nicht ausdrücklich als solchen bezeichnen muss, reicht es aus, wenn sich aus dem Inhalt seiner Erklärung einschließlich der Begleitumstände ergibt, einen Verwaltungsakt auf seine Rechtmäßigkeit hin überprüfen zu lassen. Es ist daher entsprechend § 133 BGB der maßgebende Wille zu ermitteln. Hier ergibt sich aus dem „Hilferuf" des Rolf Leidi eindeutig, dass er eine Überprüfung und Berichtigung des Schätzungsbescheides begehrt. Dies Ziel kann er aber nur mit einem Einspruch erreichen.

c) Bescheide, die – wie hier – bereits vor Eintritt der Gesamtrechtsnachfolge an den Rechtsvorgänger (Eheleute Sauerwein) gerichtet und ihnen zugegangen waren, wirken nach § 45 AO auch gegen den Gesamtrechtsnachfolger (Rolf Leidi). Er kann deshalb innerhalb der für den Rechtsvorgänger maßgebenden Einspruchsfrist Einspruch einlegen. § 353 AO schreibt dies für Bescheide mit dinglicher Wirkung ausdrücklich vor, soweit es sich um Einzelrechtsnachfolge handelt.

d) Der Schätzungsbescheid ist – wie bereits unter a) ausgeführt – am 03. September bekanntgegeben worden. Die einmonatige Einspruchsfrist begann daher als Ereignisfrist am 04. September um 0:00 Uhr und endete grundsätzlich am 03. Oktober um 24:00 Uhr. Da dies jedoch ein gesetzlicher Feiertag ist (Tag der Einheit), verschiebt sich das Fristende nach § 108 Abs. 3 AO auf den nächstfolgenden Werktag, hier also auf Freitag, 04. Oktober 24:00 Uhr, sodass der Einspruch des Rolf Leidi fristgerecht bei dem FA eingegangen ist.

Fall 9:

a) Der Steuerbescheid wurde grundsätzlich wirksam mit Bekanntgabe am 09. März (Aufgabe zur Post am 06. März + 3 Tage). Der Umstand, dass der 09. März ein Sonntag ist, verschiebt den Bekanntgabetag auf den 10. März (Montag).

b) Beginn der Frist: 11. März, 0:00 Uhr
Dauer: 1 Monat
Ende der Frist: 10. April, 24:00 Uhr (Donnerstag)

c) Wiedereinsetzung in den vorigen Stand kann nicht gewährt werden, da der Antrag nicht innerhalb eines Monats nach Wegfall des Hindernisses eingelegt worden ist.

Wegfall des Hindernisses: 17. Mai (Entlassung aus dem Krankenhaus)
Beginn der Frist: 18. Mai, 0:00 Uhr
Dauer: 1 Monat
Ende der Frist: 17. Juni, 24:00 Uhr (Dienstag)
Das Einspruchsschreiben ging erst am 18. Juni beim FA ein.

Fall 10:

Bekanntgabe:	09.01.2022 (Postaufgabe + 3 Tage) = Sonntag bzw. Montag, 10.01.2022
Beginn der Frist:	11.01.2022, 0:00 Uhr
Dauer:	1 Monat
Ende der Frist:	10.02.2022, 24:00 Uhr (Donnerstag)

Nach § 126 Abs. 3 AO ist Wiedereinsetzung in den vorigen Stand zu gewähren:

Wegfall des Hindernisses:	08.02.2022, Telefonanruf
Beginn der Frist:	09.02.2022, 0:00 Uhr
Dauer:	1 Monat
Ende:	08.03.2022, 24:00 Uhr

Dieses Datum ist lt. Eingangsstempel des Finanzamtes auf dem Einspruchsschreiben vermerkt, sodass der Steuerpflichtige den Einspruch fristgerecht eingelegt hat. Der tatsächliche Einwurf im Hausbriefkasten des Finanzamtes am 09.03.2022 ist insoweit unerheblich.

Zu 8.2.4 (Ermittlungsverfahren)

Fall 1:

a) Nach § 85 Satz 1 und 2 AO hat das FA die Steuern nach Maßgabe der Gesetze gleichmäßig festzusetzen und zu erheben. Insbesondere hat es sicherzustellen, dass die Steuern nicht verkürzt werden. Dabei ermittelt das FA den Sachverhalt von Amts wegen, wobei es an Anträge nicht gebunden ist (§ 88 Abs. 1 Satz 1 AO). Da das FA Leverkusen Kenntnis von den Nebeneinkünften des Lehrers Überschuld erlangt hat, muss es diesem nachgehen und weitere Ermittlungen anstellen. Hierbei hat es den Lehrer u. a. zur Abgabe der Steuererklärungen aufzufordern (§ 149 Abs. 1 Satz 2 AO).

b) Nach § 101 Abs. 1 Satz 1 AO können nur die Angehörigen eines Beteiligten die Auskunft verweigern, soweit sie nicht selbst als Beteiligte über ihre eigenen steuerlichen Verhältnisse auskunftspflichtig sind oder die Auskunftspflicht für einen Beteiligten zu erfüllen haben. Daraus folgt im Umkehrschluss, dass der Lehrer Überschuld als Beteiligter selbst kein Auskunftsverweigerungsrecht hat, auf das er sich berufen könnte.

c) Wenn der Lehrer Überschuld trotz Aufforderung keine ESt-Erklärung abgibt, hat das FA folgende Möglichkeiten:

   - Schätzung der Besteuerungsgrundlagen, § 162 AO
   - Festsetzung von Verspätungszuschlägen, § 152 AO
   - Festsetzung von Zwangsmittel (z. B. Zwangsgeld) nach vorheriger Androhung, §§ 328 ff. AO

Fall 2:

Ja, denn nach § 88 Abs. 1 Satz 2 AO sind auch die für den Steuerpflichtigen günstigen Umstände zu berücksichtigen. Das FA darf daher nicht einseitig fiskalisch handeln.

Fall 3:

Nein, der Grundsatz der Verhältnismäßigkeit verbietet es dem FA, in die Intimssphäre der Stpfl. einzugreifen.

Fall 4:

Das FA ist zur Einsicht in die Unterlagen berechtigt (§ 92 i. V. mit § 97 AO).

Fall 5:

Den Werbungskostenabzug kann er gem. § 160 AO nicht verlangen.

Fall 6:

Als Angehöriger (§ 15 Abs. 1 Nr. 1 AO) hat der Verlobte gem. § 101 Abs. 1 AO ein Auskunftsverweigerungsrecht, auf das er sich berufen kann. Dem Auskunftsverlangen muss er deshalb nicht nachkommen.

Fall 7:

Der Steuerberater hat ein Auskunftsverweigerungsrecht gegenüber dem FA, was ihm in seiner Eigenschaft als Steuerberater anvertraut oder bekanntgeworden ist (§ 102 Abs. 1 AO). Aufgrund des Sachverhalts ist nicht anzunehmen, dass er von seinem Mandanten von der Verpflichtung zur Verschwiegenheit entbunden worden ist (§ 102 Abs. 3 AO).

Zu 9.7 (Festsetzungsverfahren)

Fall 1:

Die Steuerfestsetzung wird mit Bekanntgabe wirksam. Steuerbescheide sind zwingend schriftlich zu erteilen, sodass das Telefonat ohne Rechtswirkung ist. Die Bekanntgabe erfolgte daher grundsätzlich am 21. Juli (Postaufgabe am 18. Juli + 3 Tage). Der Umstand, dass dieser Tag ein Sonntag ist, verschiebt den Bekanntgabetag auf den 22. Juli (Montag).

Fall 2:

Der Einspruch ist unzulässig, da die Einspruchsfrist von einem Monat längst abgelaufen ist. Jedoch ist der Bescheid unter dem Vorbehalt der Nachprüfung ergangen, sodass das Einspruchsschreiben als Änderungsantrag i. S. des § 164 Abs. 2 Satz 2 AO ausgelegt werden kann. Die Werbungskosten können daher in der beantragten Höhe anerkannt werden.

Fall 3:

Der Änderungsantrag nach § 164 Abs. 2 Satz 2 AO ist unzulässig, denn nur Steuern können unter dem Vorbehalt der Nachprüfung festgesetzt werden, nicht jedoch steuerliche Nebenleistungen. Der Verspätungszuschlag ist eine derartige steuerliche Nebenleistung. Da das Schreiben des A. jedoch innerhalb der Einspruchsfrist eingegangen ist, ist es als Einspruch auszulegen. Der Einspruch ist auch begründet, da die verspätete Abgabe der Steuererklärung aufgrund der geschilderten Umstände entschuldbar erscheint (§ 152 Abs. 1 Satz 2 AO). Der Verspätungszuschlag ist daher im Rahmen des Einspruchsverfahrens aufzuheben.

Fall 4:

Die USt-Voranmeldung kann gem. § 164 Abs. 2 Satz 2 AO auch nach Ablauf der Einspruchsfrist noch geändert werden, denn Voranmeldungen stehen gem. § 168 Satz 1 AO einer Steuerfestsetzung unter dem Vorbehalt der Nachprüfung gleich.

Fall 5:

Dr. Bohrer kann jederzeit die Änderung des ESt-Vorauszahlungsbescheides nach § 164 Abs. 2 Satz 2 AO beantragen, da solche Bescheide kraft Gesetzes stets unter dem Vorbehalt der Nachprüfung stehen (§ 164 Abs. 1 Satz 2 AO).

Fall 6:

a) Die Festsetzung der Lohnsteuer Februar erfolgte durch die Lohnsteueranmeldung (§§ 150 Abs. 1 Satz 3, 167 Abs. 1 Satz 1 AO).

b) Der Fehler kann behoben werden, denn Steuerfestsetzungen durch Steueranmeldungen sind gem. § 168 Satz 1 AO stets Vorbehaltsfestsetzungen, deren Änderung gem. § 164 Abs. 2 Satz 2 AO bis zum Ablauf der Festsetzungsfrist jederzeit beantragt werden kann.

Fall 7:

a) Das Finanzamt konnte einen vorläufigen Bescheid erlassen, weil einzelne Besteuerungsgrundlagen als ungewiss einzustufen sind (§ 165 Abs. 1 Satz 1 AO).

b) Das Finanzamt kann den ESt-Bescheid 2018 nach § 165 Abs. 2 AO ändern.

   Es wird nunmehr die Renovierungskosten nicht mehr als Werbungskosten anerkennen, sondern als anschaffungsnahen Herstellungsaufwand behandeln, weil die Renovierungskosten innerhalb von drei Jahren 15 % der bisherigen AK (15 % von 200.000 € = 30.000 € < Gesamtbetrag von 40.000 €) übersteigen.

   Die Anschaffungskosten werden für den VZ 2018 um 25.000 € erhöht.

   Wenn der ESt-Bescheid 2018 nicht vorläufig ergangen wäre, könnte das Finanzamt trotzdem eine Änderung vornehmen, weil es sich insoweit um ein rückwirkendes Ereignis i. S. des § 175 Abs. 1 Satz 1 Nr. 2 AO handeln würde.

Fall 8:

Die Festsetzungsfrist beträgt für die Einkommensteuer vier Jahre.

Bei Erklärungssteuern beginnt sie mit Ablauf des Kalenderjahres, in dem die Erklärung eingereicht wurde, spätestens jedoch mit Ablauf des dritten Kalenderjahres, das auf das Kalenderjahr der Steuerentstehung folgt.

Danach gilt für

a) Beginn: 31.12.03, 24:00 Uhr (01. Januar 04, 0:00 Uhr); Ende: 31.12.07, 24:00 Uhr
b) Beginn: 31.12.04, 24:00 Uhr (01. Januar 05, 0:00 Uhr); Ende: 31.12.08, 24:00 Uhr
c) wie b), da Begrenzung auf drei Jahre
d) wie b), da Begrenzung auf drei Jahre.

Fall 9:

Änderung nach § 164 Abs. 2 AO:
Der ESt-Bescheid 01 war unter dem Vorbehalt der Nachprüfung ergangen. Solange der Vorbehalt wirksam ist, kann die Steuerfestsetzung nach § 164 Abs. 2 AO geändert werden. Der Vorbehalt der Nachprüfung entfällt, wenn die Festsetzungsfrist abläuft (§ 164 Abs. 4 Satz 1 AO). Die Festsetzungsfrist begann, da eine Steuererklärung abzugeben war, mit Ablauf des Kalenderjahres, in welchem die Steuererklärung eingereicht wurde, hier also mit Ablauf des Jahres 03 (§ 170 Abs. 2 Nr. 1 AO – Anlaufhemmung). Nach § 169 Abs. 2 Satz 2 AO beträgt die Festsetzungsfrist für die hier vorliegende leichtfertige Steuerverkürzung fünf Jahre. Diese fünfjährige Frist findet jedoch für die Frage, ob der Vorbehalt der Nachprüfung entfällt, gem. § 164 Abs. 4 Satz 2 AO keine Anwendung, sodass es bei der regelmäßigen vierjährigen Frist verbleibt. Die Festsetzungsfrist für die ESt 01 endete mithin mit Ablauf des Jahres 07, ebenso der Vorbehaltsvermerk, sodass der Finanzbeamte den Steuerbescheid nicht nach § 164 Abs. 2 AO ändern kann.

Änderung nach § 173 Abs. 1 Nr. 1 AO:
Da der Vorbehaltsvermerk Ende 07 entfallen ist, steht der ESt-Bescheid einer Steuerfestsetzung ohne Vorbehalt der Nachprüfung gleich (§ 164 Abs. 3 Satz 2 AO). Daraus folgt, dass die Vorschrift des § 173 Abs. 1 Nr. 1 AO jetzt angewendet werden kann (§ 172 Abs. 1 Nr. 2 d) AO). Eine Änderung der Steuerfestsetzung ist jedoch nicht mehr zulässig, wenn die Festsetzungsfrist abgelaufen ist (§ 169 Abs. 1 Satz 1 AO). Die Festsetzungsfrist begann mit Ablauf des Jahres 03. Bei einer leichtfertigen Steuerverkürzung beträgt die Festsetzungsfrist fünf Jahre, sodass die Festsetzungsfrist erst Ende 08 abgelaufen ist. Der Finanzbeamte konnte daher in 08 den ESt-Bescheid nach § 173 Abs. 1 Nr. 1 AO ändern.

Fall 10:

Die Festsetzungsfrist begann gem. § 170 Abs. 2 Nr. 1 AO am 31. Dezember 03, 24:00 Uhr (01. Januar 04, 0:00 Uhr). Sie beträgt gem. § 169 Abs. 2 Nr. 2 AO vier Jahre und würde daher am 31. Dezember 07, 24:00 Uhr enden. Zu diesem Zeitpunkt war aber über den Einspruch noch nicht unanfechtbar entschieden. Die Festsetzungsfrist verlängert sich daher gem. § 171 Abs. 3a AO bis zur Unanfechtbarkeit der Einspruchsentscheidung am 06. Mai 08, 24:00 Uhr.

Fall 11:

Die Festsetzungsfrist verlängert sich gem. § 171 Abs. 4 AO bis zur Unanfechtbarkeit der aufgrund der Außenprüfung erlassenen geänderten Steuerbescheide. Die Festsetzungsfrist endet daher am (Postaufgabe 04. Mai 03 + 3 Tage + 1 Monat =) 07. Juni 03, 24:00 Uhr.

Zu 10.3 (Feststellungsverfahren)

Fall 1:

Gesondert festzustellen sind

- die Einkünfte aus selbstständiger Arbeit (Ehemann), da an der Einkunftsquelle mehrere Personen beteiligt sind. Örtlich zuständig ist das Tätigkeits-FA in Marl.
- die Einkünfte aus Gewerbebetrieb (Ehefrau), da der Wohnsitz und der Betrieb im Bezirk verschiedener FÄ liegen. Örtlich zuständig ist das Betriebs-FA Gladbeck.
- die Einkünfte aus Vermietung und Verpachtung (Mietwohngrundstück), da an der Einkunftsquelle mehrere Personen beteiligt sind. Örtlich zuständig ist das Verwaltungs-FA in Bottrop.

Fall 2:

Fa. Schwarz & Co. OHG

	Bezeichnung des FA	Ort
Gewinn aus Gewerbebetrieb	Betriebs-FA	Köln-Nord
Umsatzsteuer	Betriebs-FA	Köln-Nord
GewSt-Messbescheid	Betriebs-FA	Köln-Nord
Einheitswert Betriebsgrundstück	Lage-FA	Köln-Nord

Firma Grün & Co. KG

	Bezeichnung des FA	Ort
Gewinn aus Gewerbebetrieb	Betriebs-FA	Jülich
Umsatzsteuer	Betriebs-FA	Jülich
GewSt-Messbescheid	Betriebs-FA	Jülich
Einheitswert Betriebsgrundstück	Lage-FA	Jülich

Gesellschafter Schwarz

	Bezeichnung des FA	Ort
Einheitswert Einfamilienhaus	Lage-FA	Köln-Ost
Einheitswert Mietwohngrundstück	Lage-FA	Köln-West
Einkommensteuer	Betriebs-FA	Köln-Nord
Umsatzsteuer	Betriebs-FA	Köln-West
Einkünfte gem. § 21 EStG	Betriebs-FA	Köln-Nord

Gesellschafter Weiß

	Bezeichnung des FA	Ort
Einkommensteuer	Tätigkeits-FA	Köln-Süd
Umsatzsteuer	Tätigkeits-FA	Köln-Süd

Gesellschafter Rot

	Bezeichnung des FA	Ort
Umsatzsteuer	Betriebs-FA	Köln-Altstadt
GewSt-Messbescheid	Betriebs-FA	Köln-Altstadt
Einkommensteuer	Betriebs-FA	Köln-Altstadt

Zu 11.7 (Einspruchsverfahren)

Fall 1:

Da durch die Einlegung des Einspruchs die Zahlung der Einkommensteuer nicht aufgehalten wird, hätte Frau Schlampig einen Antrag auf Aussetzung der Vollziehung stellen müssen (§ 361 AO).

Die Festsetzung des Säumniszuschlages ist berechtigt, da Frau Schlampig nicht fristgerecht gezahlt hat.

Fall 2:

a) Tag der Bekanntgabe: 25. November 05 (Dreitagefrist)
Fristbeginn: 26. November 05, 0:00 Uhr
Dauer: 1 Monat
Fristende: 25. Dezember 05, 24:00 Uhr (= 1. Weihnachtstag)
also: 27. Dezember 05, 24:00 Uhr

Das am 30. Dezember bei dem FA eingegangene Schreiben kann zwar gem. § 133 BGB als Einspruch ausgelegt werden, da Martin S. zu erkennen gab, mit der Steuerfestsetzung nicht einverstanden gewesen zu sein; der Einspruch wäre jedoch verspätet eingegangen.

Ein Antrag auf Aussetzung der Vollziehung nach § 361 AO wäre dementsprechend unzulässig (vertretbar: zulässig, aber unbegründet), da wegen der Fristversäumnis keine ernstlichen Zweifel an der Rechtmäßigkeit des angefochtenen Verwaltungsaktes bestehen.

Im vorliegenden Fall wurde die Steuerfestsetzung jedoch unter dem Vorbehalt der Nachprüfung durchgeführt, sodass nach § 164 Abs. 2 AO bis zum Ablauf der Festsetzungsfrist jederzeit berichtigt werden kann, sodass Martin S. doch noch zu seinem Recht kommt, da die Aufwendungen für Fachliteratur nach § 9 Abs. 1 Nr. 6 EStG als Werbungskosten abzugsfähig sind.

b) Wenn das Schreiben am 27. Dezember 05 beim FA eingegangen wäre, würde es sich um einen zulässigen – die Zulässigkeitsvoraussetzungen sind alle erfüllt – und begründeten Einspruch handeln.

   Das FA würde dann nach § 172 Abs. 1 Nr. 2a AO einen Abhilfebescheid erlassen. Bis zur Entscheidung über den Einspruch hätte ein Antrag auf Aussetzung der Vollziehung dennoch keine Aussicht auf Erfolg, da es sich nicht um einen vollziehbaren Verwaltungsakt handelt (Erstattungsbetrag!).

Zu 12.8 (Berichtigungsverfahren)

Fall 1:

Für einen Antrag auf schlichte Änderung spricht, dass das FA den Bescheid nur in dem beanstandeten Punkt (Werbungskosten) überprüfen kann, sodass keine Gefahr der Verböserung besteht.

Gegen einen Antrag auf schlichte Änderung spricht, dass keine Aussetzung der Vollziehung hinsichtlich des strittigen Steuerbetrages beantragt werden kann, sondern ggf. nur eine Stundung des Steuerbetrages.

Fall 2:

Aufgrund eines Einspruchs kann der Bescheid nicht geändert werden, da die Einspruchsfrist bereits am (11. Juni 05 + 3 Tage + 1 Monat =) 14. Juli 05 um 24:00 Uhr abgelaufen ist. Ein Einspruch wäre daher unzulässig.

Bei dem Ansatz des falschen Bruttoarbeitslohns handelt es sich jedoch um eine ähnliche offenbare Unrichtigkeit, die nach § 129 Satz 1 AO zu berichtigen ist.

Hinsichtlich der Einkünfte aus Vermietung und Verpachtung ist der Bescheid vorläufig ergangen, sodass die Höhe der Abschreibung nach § 165 Abs. 2 Satz 1 AO geändert werden kann.

Die Behinderung ist bei der Veranlagung 04 ebenfalls über § 175 Abs. 1 Nr. 1 AO zu berücksichtigen, da der Bescheid des Versorgungsamtes ein Grundlagenbescheid i. S. des § 171 Abs. 10 AO („anderer Verwaltungsakt") darstellt.

Fall 3:

a) Das FA wird den Einspruch gegen den endgültigen ESt-Bescheid 03 als unzulässig verwerfen, da die Einspruchsfrist von einem Monat bereits abgelaufen ist. Der ESt-Bescheid ist somit bestandskräftig. Nach § 129 AO kann das FA u. a. ähnliche offenbare Unrichtigkeiten berichtigen. Ein Zahlendreher stellt eine ähnliche offenbare Unrichtigkeit dar. Aus dem Wortlaut dieser Vorschrift („beim Erlass eines VA") folgt, dass grundsätzlich nur Fehler des FA berichtigt werden können. Fehler des Stpfl. sind grundsätzlich nicht nach § 129 AO berichtigungsfähig, es sei denn, es handelt sich um einen sog. erkennbaren Übernahmefehler. So liegt es hier allerdings nicht. Der Fehler war für das FA nicht erkennbar, sodass eine Berichtigung nach § 129 AO ausscheidet. Da der Zahlendreher für das FA nicht erkennbar war, liegt aber zugleich eine neue Tatsache i. S. des § 173 Abs. 1 Nr. 2 AO vor, die nachträglich, d. h. nach abschließender Zeichnung des Eingabewertbogens, bekanntgeworden ist. Da den Stpfl. insoweit auch kein grobes Verschulden trifft, hat eine Berichtigung des ESt-Bescheides nach § 173 Abs. 1 Nr. 2 AO zu erfolgen.

b) Der Bescheid ist nicht nichtig, denn es ist unerheblich, dass das FA den Bescheid fehlerhaft auf § 164 Abs. 2 AO gestützt hat. Für die Rechtmäßigkeit des angefochtenen Bescheides ist nicht die zu seiner Begründung herangezogene Vorschrift maßgebend. Es kommt vielmehr allein darauf an, ob der angefochtene Bescheid zum Zeitpunkt seines Ergehens durch eine entsprechende Ermächtigungsnorm gedeckt war. Es hätte daher insoweit keine andere Entscheidung in der Sache getroffen werden können (§ 127 AO), da – wie bereits unter a) ausgeführt – eine Änderung nach § 173 Abs. 1 Nr. 2 AO möglich war.

Fall 4:

Gegen den Bescheid kann nichts mehr unternommen werden. Es handelt sich zwar um eine offenbare Unrichtigkeit i. S. des § 129 AO, die jederzeit – auch nach Bestandskraft – berichtigt werden kann; im vorliegenden Fall ist jedoch die Festsetzungsfrist bereits abgelaufen:

Beginn: 01.01.03, 0:00 Uhr (Anlaufhemmung)
Dauer: 4 Jahre
Ende: 31.12.06, 24:00 Uhr

Fall 5:

Es handelt sich um eine offenbare Unrichtigkeit i. S. des § 129 AO, die auch nach Ablauf der Einspruchsfrist korrigiert werden kann. Das FA hatte den offensichtlichen Übertragungsfehler, der dem Stpfl. unterlaufen ist, übernommen und zu seinem eigenen gemacht. Auch bei nur flüchtiger Durchsicht der Erklärung und der Unterlagen war der Fehler jederzeit erkennbar. Der Bescheid muss daher nach § 129 AO geändert werden.

Fall 6:

Bezüglich der Steuerhinterziehung kann der ESt-Bescheid noch geändert werden. Die Änderung kann allerdings nicht auf § 164 Abs. 2 AO gestützt werden, da der Vorbehalt der Nachprüfung gem. § 164 Abs. 4 Satz 1 AO schon entfallen ist. Nach Satz 2 dieser Vorschrift finden die verlängerten Festsetzungsfristen bzgl. des Vorbehaltsvermerks keine Anwendung.

Die hinterzogene ESt 01 kann jedoch wegen neuer Tatsachen nach § 173 Abs. 1 Nr. 1 AO nachgefordert werden. Im Rahmen des § 173 AO findet die Festsetzungsfrist von zehn Jahren für hinterzogene Beträge Anwendung, die erst am 31.12.12 um 24:00 Uhr abläuft (Beginn der Frist: 01.01.03 0:00 Uhr).

Fall 7:

Ein Einspruch ist nicht mehr möglich, da die Einspruchsfrist abgelaufen ist. Eine Änderung nach § 165 Abs. 2 AO scheidet ebenfalls aus, da die Spenden nicht vom Vorläufigkeitsvermerk erfasst sind. Die Ausgaben für die Spenden können daher steuerlich nicht mehr berücksichtigt werden.

Fall 8:

1. Nach § 173 Abs. 1 Nr. 1 AO liegt eine nachträglich bekannt gewordene Tatsache vor, die zu einer höheren Steuer führt. Der Einkommensteuerbescheid 2019 muss deshalb geändert werden.
2. Nach § 173 Abs. 1 Nr. 2 AO liegt eine nachträglich bekannt gewordene Tatsache vor, die zu einer niedrigeren Steuer führt. Der Einkommensteuerbescheid 2020 kann nicht geändert werden, weil Sven Kleister am nachträglichen Bekanntwerden der Tatsache ein grobes Verschulden trifft.
3. Es liegt ein mechanischer Fehler (Zahlendreher) vor. Der Einkommensteuerbescheid 2020 ist nach § 129 AO zu berichtigen.
4. Da der Einkommensteuerbescheid 2021 unter dem Vorbehalt der Nachprüfung steht, ist er nach § 164 Abs. 2 AO zu ändern.

Zu 13.6 (Erhebungsverfahren)

Fall 1:

a) Die ESt 01 konnte in dem VZ 06 noch festgesetzt werden, da die Festsetzungsfrist noch nicht abgelaufen ist. Sie begann am 31. Dezember 03, 24:00 Uhr (bzw. 01. Januar 04, 0:00 Uhr) und endet nach vier Jahren am 31. Dezember 07, 24:00 Uhr.

b) Die Steuerschuld von 10.000 € verjährt am 31.12.11, 24:00 Uhr. Die Zahlungsverjährung begann am 31. Dezember 06, 24:00 Uhr (bzw. 01. Januar 07, 0:00 Uhr) und endet nach fünf Jahren am 31. Dezember 11, 24:00 Uhr.

c) Gegen den ESt-Bescheid ist der Einspruch der statthafte Rechtsbehelf (§ 347 Abs. 1 Nr. 1 AO). Die Bekanntgabe erfolgte am (11. April 06 + 3 Tage =) 14. April 06. Die Einspruchsfrist begann daher am 15. April, 0:00 Uhr und endete nach einmonatiger Laufzeit grundsätzlich am 14. Mai 06, 24:00 Uhr. Da dies jedoch Pfingstsonntag ist, verschiebt sich das Ende auf den 16. Mai 06, 24:00 Uhr.

Fall 2:

a)	ESt-Vorauszahlung:	12.12.2022
	GewSt-Vorauszahlung:	15.11.2022
b)	Banküberweisung:	Ausnutzung der Zahlungsschonfrist von drei Tagen möglich
	Verrechnungsscheck:	Der Scheck muss spätestens drei Tage vor Fälligkeit beim Finanzamt eingegangen sein.
	steuerliche Nebenleistung:	Säumniszuschlag

Fall 3:

Hinsichtlich des Zeitpunktes der Zahlung ist § 224 Abs. 2 AO zu beachten.

a) Tag des Scheckeingangs war der 05. November. Die Zahlung galt daher am 08. November als bewirkt. Für den angefangenen Monat ist deshalb ein Säumniszuschlag von 1 % von 3.200 € = 32 € entstanden. Für den Verspätungszuschlag als steuerliche Nebenleistung entsteht kein Säumniszuschlag (§ 240 Abs. 2 AO).

b) Tag der Gutschrift war der 10. November. Für den angefangenen Monat ist daher ein Säumniszuschlag von 32 € entstanden.

c) Bei erteilter Einzugsermächtigung gilt die Steuerschuld am Fälligkeitstag als entrichtet, sodass kein Säumniszuschlag entstehen kann.

Fall 4:

Für den Steuerpflichtigen ist ein Erlass der Säumniszuschläge i. H. v. 60 € aus persönlichen Billigkeitsgründen zu beantragen, denn einem bislang pünktlichen Steuerzahler sollen die Säumniszuschläge erlassen werden, wenn ihm – wie hier – ein offenbares Versehen unterlaufen ist. Wer allerdings seine Steuern laufend unter Ausnutzung der Schonfrist zahlt, ist kein pünktlicher Steuerzahler (AEAO zu § 240 Nr. 5).

Fall 5:

Die Reihenfolge der Tilgung ergibt sich aus § 225 Abs. 2 AO. Danach erfolgen die Tilgungen in folgender Reihenfolge:

► Zwangsgeld	50 €
► Lohnsteuer	2.000 €
► ESt-Abschlusszahlung	3.500 €
► USt-Vorauszahlung	2.500 €

Die Restschuld beträgt 130 € (Säumniszuschlag).

Fall 6:

Die Stundungszinsen betragen 0,5 % für jeden vollen Monat für die Dauer der gewährten Stundung von dem auf volle 50 € nach unten abgerundeten Betrag. Sie sind auf volle Euro zum Vorteil des Stpfl. festzusetzen. Das sind hier (2 Monate • 0,5 % • 2.050 € =) 20,50 € (= 20 €).

Fall 7:

Für die 1. Rate zu 7.230 € fallen keine Stundungszinsen an, da kein voller Zinsmonat erreicht ist.

Bezüglich der 2. Rate zu 6.901 € fallen Stundungszinsen auf einen abgerundeten Betrag von 6.900 €. Da zwei volle Zinsmonate erreicht sind, betragen die Stundungszinsen (0,5 % • 2 Monate • 6.900 € =) 69 €.

Fall 8:

a) **ESt-Abschlusszahlung 2020**
Ein Stundungsantrag hat Aussicht auf Erfolg, da die Einziehung bei Fälligkeit eine erhebliche Härte (längere schwere Krankheit) für Kurt C. Hose darstellen würde. Der Steueranspruch ist nicht gefährdet, da er nur vorübergehend in Zahlungsschwierigkeiten ist und dem Finanzamt Sicherheiten leisten konnte.

Lohnsteuer September 2022
Ein Stundungsantrag hat keine Aussicht auf Erfolg, weil Kurt C. Hose bezüglich der Lohnsteuer gem. § 222 Satz 3 AO nur Entrichtungspflichtiger für Rechnung seiner Arbeitnehmer ist.

b) Kurt C. Hose muss mit Stundungszinsen in folgender Höhe rechnen:

14.09.2022 - 22.11.2022:	2 Monate • 0,5 % • 2.500 € =	25,00 €
14.09.2022 - 27.12.2022:	3 Monate • 0,5 % • 2.500 € =	37,50 €
14.09.2022 - 27.01.2023:	4 Monate • 0,5 % • 2.750 € =	55,00 €
Stundungszinsen insgesamt		117,50 €
gerundet auf volle Euro zum Vorteil des Steuerpflichtigen		117,00 €

Fall 9:

Das FA kann die Einkommensteuer erlassen, da deren Einziehung nach Lage des Falles unbillig wäre (Schulden aus der Betriebseröffnung des Mannes, kein Nachlass, nur Aushilfskraft wegen der Betreuung von zwei kleinen Kindern).

Fall 10:

Das FA hat für die Einkommensteuer nach § 233a AO Nachzahlungszinsen festzusetzen; die Kirchensteuer wird nicht verzinst.

Der Zinslauf beginnt 15 Monate nach Ablauf des VZ, in dem die Steuer entstanden ist, hier also am 01. April 05. Der Zinslauf endet mit Bekanntgabe der Steuerfestsetzung am 27. Mai 05 (= ein voller Monat). Die Zinsen betragen für jeden vollen Monat 0,15 %.

Der zu verzinsende Unterschiedsbetrag, der auf volle 50 € nach unten abzurunden ist, berechnet sich wie folgt:

	festgesetzte Steuer	51.569,00 €
-	anzurechnende KapESt	4.601,00 €
-	Vorauszahlungen	30.677,00 €
=	**Unterschiedsbetrag**	**16.291,00 €**

Als Nachzahlungszinsen werden somit (0,15 % von 16.250 € =) 24,38 € (= 24 €) festgesetzt.

Fall 11:

a) Das FA hat nach § 233a AO Nachzahlungszinsen festzusetzen. Der Zinslauf beginnt 15 Monate nach Ablauf des VZ, in dem die Steuer entstanden ist, hier also am 01. April 04. Der Zinslauf endet mit Bekanntgabe der Steuerfestsetzung am 12. September 05 (= 17 volle Monate). Die Zinsen betragen für jeden vollen Monat 0,15 %. Der zu verzinsende Unterschiedsbetrag, der auf volle 50 € nach unten abzurunden ist, berechnet sich wie folgt:

	festgesetzte Steuer	49.163,00 €
-	Vorauszahlungen	22.346,00 €
=	**Unterschiedsbetrag**	**26.817,00 €**

Als Nachzahlungszinsen werden somit (0,15 % • 17 • 26.800 € =) 683,40 € = (683 €) festgesetzt.

b) Die Festsetzungsfrist beginnt am 31.12.05, 24:00 Uhr (bzw. 01.01.06, 0:00 Uhr) und endet nach vier Jahren am 31.12.09, 24:00 Uhr.

c) Gemäß § 229 Abs. 1 AO beginnt die Zahlungsverjährungsfrist am 31.12.05, 24:00 Uhr (bzw. 01.01.06, 0:00 Uhr) und endet nach fünf Jahren am 31.12.10, 24:00 Uhr.

B. Einkommensteuer

Zu 2.3 (Die Steuerpflicht)

Fall 1:

Uwe Brenner ist im VZ 2022 unbeschränkt einkommensteuerpflichtig, da er als natürliche Person seinen Wohnsitz i. S. des § 8 AO in Leverkusen (Inland) inne hat (§ 1 Abs. 1 Satz 1 EStG). Unerheblich ist, dass Uwe erst vier Jahre und damit geschäftsunfähig ist, denn das Alter spielt für die Frage der unbeschränkten Steuerpflicht keine Rolle.

Als Folge der unbeschränkten Steuerpflicht werden sämtliche in- und ausländischen Einkünfte der Besteuerung unterworfen, denn besteuert wird das sog. Welteinkommen. Uwe unterliegt daher mit seinen ausländischen Einkünften aus Kapitalvermögen der deutschen Einkommensteuer. Aus dem vermieteten Mehrfamilienhaus erzielt Uwe Einkünfte aus Vermietung und Verpachtung.

Fall 2:

Die Eheleute Ungenau sind im VZ 2022 nicht unbeschränkt steuerpflichtig, da sie als natürliche Personen weder ihren Wohnsitz noch ihren gewöhnlichen Aufenthalt im Inland hatten (§ 1 Abs. 1 Satz 1 EStG). Sie sind auch nicht beschränkt steuerpflichtig i. S. des § 1 Abs. 4 EStG, da sie keine inländischen Einkünfte beziehen. Die Eheleute Ungenau sind deshalb im VZ 2022 nicht einkommensteuerpflichtig.

Fall 3:

Vom 01. Januar 2022 bis zum 31. März 2022 war M. nicht unbeschränkt steuerpflichtig, da er als natürliche Person weder seinen Wohnsitz noch seinen gewöhnlichen Aufenthalt im Inland hatte (§ 1 Abs. 1 Satz 1 EStG). Er war in diesem Zeitraum auch nicht beschränkt steuerpflichtig i. S. des § 1 Abs. 4 EStG, da er keine inländischen Einkünfte bezogen hatte. Ab dem 01. April 2022 war er unbeschränkt steuerpflichtig, da er einen Wohnsitz i. S. des § 8 AO in Köln-Nippes (Inland) begründet hatte. Die unbeschränkte Steuerpflicht des M. endete mit seinem Tod am 15. November 2022. Hat – wie hier – die Steuerpflicht nicht während des vollen Veranlagungszeitraums bestanden, wird das während der Steuerpflicht bezogene Einkommen zugrunde gelegt (abgekürzter Ermittlungszeitraum). In der Zeit vom 16. November 2022 bis zum 31. Dezember 2022 war M. nicht mehr einkommensteuerpflichtig.

Fall 4:

a) Hosia Hose ist bis zu ihrem Umzug nach Florenz unbeschränkt einkommensteuerpflichtig, da sie als natürliche Person einen inländischen Wohnsitz in Leverkusen inne hatte (§ 1 Abs. 1 Satz 1 EStG). Seit Februar 2022 ist sie beschränkt steuerpflichtig, da sie durch ihre Modeboutique in Leverkusen weiterhin inländische Einkünfte erzielt.

b) Obwohl für den VZ 2022 sowohl die unbeschränkte als auch die beschränkte Steuerpflicht besteht, hat Hosia Hose nur eine ESt-Erklärung abzugeben. Besteht nämlich während eines VZ sowohl die unbeschränkte als auch die beschränkte Einkommensteuerpflicht, so sind die während der beschränkten Steuerpflicht erzielten inländischen Einkünfte in eine Veranlagung zur unbeschränkten Steuerpflicht einzubeziehen (§ 2 Abs. 7 Satz 3 EStG).

Fall 5:

Dr. Schmidt ist im VZ 2022 unbeschränkt einkommensteuerpflichtig gem. § 1 Abs. 2 EStG. Er ist deutscher Staatsangehöriger und hat weder seinen Wohnsitz (§ 8 AO) noch seinen gewöhnlichen Aufenthalt (§ 9 AO) im Inland, da er in Neuseeland wohnt.

Dr. Schmidt steht zu einer inländischen juristischen Person des öffentlichen Rechts in einem Dienstverhältnis, da er als Botschafter für das Auswärtige Amt in Berlin tätig ist.

Er erhält seinen Arbeitslohn aus einer inländischen öffentlichen Kasse und ist damit ausschließlich im Inland unbeschränkt einkommensteuerpflichtig.

Fall 6:

a) Die Eheleute erfüllen die Voraussetzungen für die Behandlung als unbeschränkt Steuerpflichtiger nach § 1 Abs. 3 EStG. Ihre Einkünfte betragen zusammen

60.000,00 €	(deutsche Einkünfte)
5.900,00 €	(niederländische Einkünfte)
65.900,00 €	

Die deutschen Einkünfte betragen 91,05 % der Gesamteinkünfte und die niederländischen Einkünfte übersteigen nicht den Grundfreibetrag von 10.347 €. Die niederländischen Einkünfte sind durch eine Bescheinigung der niederländischen Finanzbehörde nachgewiesen.

b) Da die Eheleute Staatsangehörige eines EU-Mitgliedstaates sind und sie die Voraussetzungen nach § 1 Abs. 3 EStG erfüllen, ist dem Antrag auf Zusammenveranlagung zu entsprechen.

Fall 7:

	Einkünfte aus Gewerbebetrieb	9.500,00 €
+	Einkünfte aus selbstständiger Arbeit	4.500,00 €
+	Einkünfte aus nichtselbstständiger Arbeit	27.400,00 €
=	**Summe der Einkünfte**	41.400,00 €
-	Altersentlastungsbetrag	684,00 €
=	**Gesamtbetrag der Einkünfte**	40.716,00 €
-	Sonderausgaben	5.000,00 €
-	außergewöhnliche Belastungen	2.690,00 €
=	**Einkommen**	33.026,00 €
=	**zu versteuerndes Einkommen**	33.026,00 €

Fall 8:

Der Gewinn aus der GlücksSpirale unterliegt nicht der Einkommensteuer, da er keiner der sieben Einkunftsarten zuzuordnen ist. Das zu versteuernde Einkommen errechnet sich daher für den VZ 2022 wie folgt:

	Einkünfte aus Gewerbebetrieb	50.000,00 €
+	Einkünfte aus Vermietung und Verpachtung	20.000,00 €
+	sonstige Einkünfte	4.000,00 €
=	**Summe der Einkünfte**	74.000,00 €
-	Altersentlastungsbetrag	684,00 €
-	Entlastungsbetrag für Alleinerziehende	4.008,00 €
=	**Gesamtbetrag der Einkünfte**	69.308,00 €
-	Sonderausgaben	5.000,00 €
-	außergewöhnliche Belastungen	10.000,00 €
=	**Einkommen**	54.308,00 €
-	Kinderfreibetrag	2.730,00 €
-	Betreuungs- und Erziehungsfreibetrag	1.464,00 €
=	**zu versteuerndes Einkommen 2022**	50.114,00 €

Zu 3.5 (Veranlagungsformen)

Fall 1:

Wenn das Veranlagungswahlrecht – wie hier – nicht ausgeübt wird, wird gem. § 26 Abs. 3 EStG grundsätzlich die Zusammenveranlagung unterstellt. Das setzt aber voraus, dass auch die Voraussetzungen des § 26 Abs. 1 Satz 1 EStG erfüllt sind. Das ist hier jedoch nicht der Fall, da zwar der W, nicht jedoch die M unbeschränkt steuerpflichtig gewesen ist. Sie hatte nämlich weder einen Wohnsitz (§ 8 AO) noch ihren gewöhnlichen Aufenthalt (§ 9 AO) im Inland. Die bloße Bereitschaft der M, einen Wohnsitz im Inland begründen zu wollen, reicht dazu alleine noch nicht aus. Für den VZ 2022 ist daher eine Einzelveranlagung für den W durchzuführen.

Fall 2:

Die Eheleute sind für den VZ 2022 zusammen zur Einkommensteuer zu veranlagen, da beide Ehegatten unbeschränkt steuerpflichtig sind und nicht dauernd getrennt leben. Ein dauerndes Getrenntleben in dem Sinne, dass die eheliche Lebens- und Wirtschaftsgemeinschaft nach dem Gesamtbild der Verhältnisse nicht mehr besteht, ist dem Sachverhalt nicht zu entnehmen, da es sich hier lediglich um eine Trennung aus beruflichen Gründen handelt. Die Eheleute haben viel mehr die Absicht, die eheliche Verbindung in dem noch möglichen Rahmen aufrechtzuerhalten.

Fall 3:

Es müssen für den VZ 2022 mindestens zwei ESt-Erklärungen abgegeben werden (1 • Zusammenveranlagung der Eheleute; 1 • Einzelveranlagung des Sohnes). Wenn die

Eheleute ihr Veranlagungswahlrecht zugunsten der Einzelveranlagung ausüben, können für den VZ 2022 maximal drei ESt-Erklärungen abgegeben werden, denn bei der Einzelveranlagung hat jeder Ehegatte eine gesonderte ESt-Erklärung abzugeben.

Fall 4:

Die unbeschränkt steuerpflichtigen Eheleute A und B erfüllen für den **VZ 2022** die Voraussetzungen des § 26 Abs. 1 Satz 1 EStG. Sie haben im Laufe des VZ 2022 geheiratet und lebten nicht dauernd getrennt. Sie haben demnach die Wahl zwischen der Zusammenveranlagung und der Einzelveranlagung von Ehegatten. Obwohl die Ehegatten ab März 2023 dauernd getrennt leben, erfüllen sie zu Beginn des **VZ 2023** noch die Voraussetzungen des § 26 Abs. 1 Satz 1 EStG und haben deshalb noch das Wahlrecht zwischen der Zusammenveranlagung und der Einzelveranlagung von Ehegatten. Im **VZ 2024** liegen die Voraussetzungen der Ehegattenbesteuerung nicht mehr vor, sodass zwischen A und B keine Wahlmöglichkeit mehr besteht. Da A den C geheiratet hat und mit dem neuen Ehegatten die Voraussetzungen des § 26 Abs. 1 Satz 1 EStG erfüllt, können diese wählen zwischen der Zusammenveranlagung und der Einzelveranlagung von Ehegatten.

Fall 5:

Ausgangssituation:

VZ 2022:	Die Voraussetzungen der Ehegattenbesteuerung liegen seit Dezember 2022 vor; der Zeitpunkt der kirchlichen Trauung ist steuerrechtlich unerheblich. Wahlrecht: Zusammenveranlagung oder Einzelveranlagung von Ehegatten
VZ 2023:	Die Voraussetzungen der Ehegattenbesteuerung liegen in 2023 noch vor. Wahlrecht: Zusammenveranlagung oder Einzelveranlagung von Ehegatten
VZ 2024:	Einzelveranlagung des A

1. Abwandlung:

Gemäß § 26 Abs. 1 Satz 2 EStG besteht das Veranlagungswahlrecht für die neue Ehe zwischen B und C (Zusammenveranlagung oder Einzelveranlagung von Ehegatten).

A wird für den VZ 2023 zwingend einzeln veranlagt; sein Wahlrecht hinsichtlich einer Ehegattenveranlagung entfällt.

2. Abwandlung:

Aufgrund des § 26 Abs. 1 Satz 2 EStG kann sich A für den VZ 2023 nicht zusammen mit seiner verstorbenen Ehegattin B zur Einkommensteuer veranlagen lassen. Dieses Wahlrecht wird zugunsten der neuen Ehe (A/D) eingeschränkt (Wahlrecht zwischen Zusammenveranlagung oder Einzelveranlagung von Ehegatten).

Für B ist für den Zeitraum der unbeschränkten Steuerpflicht (01.01. - 01.03.2023) eine Einzelveranlagung durchzuführen.

3. Abwandlung:

VZ 2023:	Die Voraussetzungen der Ehegattenbesteuerung liegen in 2023 noch vor. Wahlrecht: Zusammenveranlagung oder Einzelveranlagung von Ehegatten (A/B) Für D ist eine Einzelveranlagung durchzuführen.
VZ 2024:	Die Voraussetzungen der Ehegattenbesteuerung (A/D) liegen seit 2023 vor. Wahlrecht: Zusammenveranlagung oder Einzelveranlagung von Ehegatten (A/D)

Zu 4.4 (Tarifanwendungen)

Fall 1:

Die Steuerersparnis errechnet sich wie folgt:

Ehemann: (zu versteuerndes Einkommen = 120.000 €)	41.064,00 €
Ehefrau: (zu versteuerndes Einkommen = 10.000 €)	0,00 €
	41.064,00 €
Eheleute: (gemeinsames zu versteuerndes Einkommen = 130.000 €)	35.928,00 €
= Steuerersparnis	**5.136,00 €**

Fall 2:

Nach § 32a Abs. 6 Nr. 1 EStG steht verwitweten Personen für den VZ, der dem Kalenderjahr folgt, in dem der Ehemann verstorben ist, das Verwitwetensplitting zu, wenn der Stpfl. und sein verstorbener Ehegatte im Zeitpunkt des Todes die Voraussetzungen für eine Ehegattenveranlagung i. S. des § 26 EStG erfüllt haben. Das ist hier jedoch nach dem Sachverhalt nicht der Fall, da Ellen Bogen bereits am 12. Februar 2021 die eheliche Wohnung verlassen hat. Deshalb kann Ellen für den VZ 2022 das Verwitwetensplitting nicht gewährt werden.

Zu 5.1.6 (Einkünfte aus Land- und Forstwirtschaft (§ 13 EStG))

Fall 1:

a) Das Wirtschaftsjahr läuft vom 01. Juli bis 30. Juni (§ 4a Abs. 1 Nr. 1 EStG)

Wj. 2021/22: 6/12 von 72.000 € =	36.000,00 €
Wj. 2022/23: 6/12 von - 18.000 € =	- 9.000,00 €
	27.000,00 €

b) Das Wirtschaftsjahr läuft vom 01. Oktober bis 30. September (§ 8c Abs. 1 Nr. 2 EStDV)

Wj. 2021/22: 9/12 von 72.000 € =	54.000,00 €
Wj. 2022/23: 3/12 von - 18.000 € =	- 4.500,00 €
	49.500,00 €

c) Das Wirtschaftsjahr läuft vom 01. September bis 31. August (§ 8c Abs. 1 Nr. 3 EStDV)

Wj. 2021/22: 8/12 von 72.000 € =	48.000,00 €
Wj. 2022/23: 4/12 von - 18.000 € =	- 6.000,00 €
	42.000,00 €

Fall 2:

Es liegen Einkünfte aus **Land- und Forstwirtschaft** vor und nicht solche aus gewerblicher Tierhaltung.

Soll-Bestand:	für die ersten 20 ha:	20 • 10 VE =	200 VE
	für die nächsten 10 ha:	10 • 7 VE =	70 VE
	für die nächsten 20 ha:	20 • 6 VE =	120 VE
	für die nächsten 50 ha:	50 • 3 VE =	150 VE
	für die restlichen 20 ha:	20 • 1,5 VE =	30 VE
			570 VE

Ist-Bestand:	150 Mastbullen à 1 VE	150 VE
	200 Milchkühe à 1 VE	200 VE
	20 Jungrinder à 0,7 VE	14 VE
	200 Mastschweine à 0,16 VE	32 VE
	800 Legehennen à 0,02 VE	16 VE
		412 VE

Der Zukauf der Futtermittel von 40 % führt nicht zu gewerblichen Einkünften, da es sich nicht um sog. steuerschädliche Zukäufe handelt, weil die zugekauften Erzeugnisse in dem eigenen Betrieb verwertet werden.

Da Bonte den Betrieb erst am 01. Oktober 2021 erworben hat, ergibt sich für das Wirtschaftsjahr 2021/22 ein sog. Rumpfwirtschaftsjahr vom 01. Oktober 2021 bis zum 30. Juni 2022 (§ 4a Abs. 1 Nr. 1 EStG i. V. mit § 8b Nr. 1 EStDV). Anzusetzen sind daher im VZ 2022 gem. § 4a Abs. 2 Nr. 1 EStG (6/9 von - 25.500 € =) - 17.000 €.

Der Gewinn des Wirtschaftsjahres 2022/23 von 35.000 € ist um 460 € zu erhöhen, denn die Sachspende an die Diözese Köln ist nicht als Betriebsausgabe abzugsfähig, sondern wird im Rahmen des Sonderausgabenabzugs nach § 10b EStG als abzugsfähige Spende berücksichtigt. Anzusetzen sind daher für den VZ 2022 (6/12 von 35.460 € =) 17.730 €.

Der für den VZ 2022 anzusetzende Gewinn beträgt also (- 17.000 € + 17.730 € =) 730 €. Der Freibetrag gem. § 13 Abs. 3 EStG mindert nicht die Einkünfte aus Land- und Forstwirtschaft, sondern die Summe der Einkünfte. Die Einkünfte aus Land- und Forstwirtschaft betragen daher für den VZ 2022 insgesamt 730 €.

Zur Ermittlung des Gesamtbetrags der Einkünfte ist der Freibetrag für Land- und Forstwirte abzuziehen, da die Summe der Einkünfte den Betrag von 30.700 € offensichtlich nicht übersteigt (§ 13 Abs. 3 Satz 2 EStG). Trotz Verwitwetensplitting sind hier max. 730 € abzuziehen, da der Freibetrag veranlagungs- und nicht tarifbezogen zu gewähren ist, und der Landwirt einzeln zur Einkommensteuer veranlagt wird.

Der Gesamtbetrag der Einkünfte beträgt daher für den VZ 2022 insgesamt (730 € - 730 € =) 0 €.

Zu 5.2.3 (Einkünfte aus selbstständiger Arbeit (§ 18 EStG))

Fall 1:

Da die Aufnahmen nichts Eigenschöpferisches enthalten, liegt keine künstlerische Tätigkeit vor. Es handelt sich deshalb um Einkünfte aus Gewerbebetrieb.

Fall 2:

Einkünfte aus selbstständiger Tätigkeit, da es sich um eine künstlerische Tätigkeit handelt. Auf das Votum der Staatlichen Kunstakademie kommt es insoweit nicht an.

Fall 3:

Da nach Redeschablonen verfahren wird, liegt keine eigenschöpferische Leistung vor. Es handelt sich dementsprechend auch nicht um eine künstlerische Leistung, sodass Einkünfte aus Gewerbebetrieb vorliegen.

Fall 4:

Eine Ähnlichkeit mit einer erzieherischen Tätigkeit ist im vorliegenden Fall zu verneinen, da lediglich die Erholung der Kinder im Vordergrund steht. Es handelt sich deshalb um Einkünfte aus Gewerbebetrieb.

Fall 5:

A bleibt aufgrund eigener Fachkenntnisse leitend und eigenverantwortlich tätig, da er die Rohentwürfe selbst fertigt. Es liegen deshalb Einkünfte aus selbstständiger Tätigkeit vor. Unerheblich ist, dass die angestellten Architekten die Detailpläne erstellen, die Auftragsausschreibungen durchführen und im Wesentlichen auch die Bauaufsicht übernehmen.

Fall 6:

Die ausgeübten Tätigkeiten der A sind trennbar, zumal auch die entstehenden Kosten getrennt ermittelt werden: Aus der Ballettschule erzielt sie Einkünfte aus selbstständiger Arbeit (unterrichtende Tätigkeit). Aus der Diskothek erwirtschaftet sie Einkünfte aus Gewerbebetrieb.

Fall 7:

Da das Sanatorium kein notwendiges Hilfsmittel für die ärztliche Tätigkeit darstellt, sind die Tätigkeiten des A trennbar. Als Arzt erzielt A Einkünfte aus selbstständiger Arbeit (Katalogberuf). Mit dem Sanatorium erzielt er Einkünfte aus Gewerbebetrieb.

Zu 5.3.6 (Einkünfte aus Gewerbebetrieb (§ 15 EStG))

Fall 1:

Die Summe der Einkünfte errechnet sich für den VZ 2022 wie folgt:

Ehemann:
Imkerei:
Einkünfte aus Land- und Forstwirtschaft (§ 13 Abs. 1 Nr. 2 EStG, § 62 Abs. 1 Nr. 4 BewG)
Wirtschaftsjahr: 01. Juli bis zum 30. Juni (§ 4a Abs. 1 Nr. 1 EStG)

VZ 2022: **1.000 €** ($^6/_{12}$ v. 5.000 € = 2.500 € + $^6/_{12}$ v. - 3.000 € = - 1.500 €)

KG-Beteiligung:
Zu den Einkünften aus Gewerbebetrieb gehören auch die Einkünfte aus einer Mitunternehmerschaft (§ 15 Abs. 1 Nr. 2 EStG). Der Ehemann hat den Gewinn in dem VZ zu versteuern, in dem er erzielt wird, hier also im VZ 2022. Auf den Auszahlungszeitpunkt in 2023 kommt es insoweit nicht an. Die Einkünfte von **220.000 €** setzen sich wie folgt zusammen:

	50 % des Handelsbilanzgewinns	125.000,00 €
+	Mietzahlungen	45.000,00 €
+	Tätigkeitsvergütung	50.000,00 €
=		220.000,00 €

Die **Summe der Einkünfte des Ehemannes** beträgt für den VZ 2022 also **221.000 €**.

Die Zinsen für das der KG zur Verfügung gestellte Darlehen sind nicht dem Ehemann, sondern dem Gesellschafter Paul Müller gem. § 15 Abs. 1 Nr. 2 EStG zuzurechnen.

Ehefrau:
Makler:
Einkünfte aus Gewerbebetrieb (§ 15 Abs. 1 Nr. 1 EStG): **45.000 €**

Stille Gesellschafterin:
Als unechte stille Gesellschafterin erzielt sie ebenfalls Einkünfte aus Gewerbebetrieb gem. § 15 Abs. 1 Nr. 2 EStG i. H. v. (10 % v. 30.000 € =) **3.000 €**.

Die **Summe der Einkünfte der Ehefrau** beträgt für den VZ 2022 also **48.000 €**.

Fall 2:

Einkünfte aus Land- und Forstwirtschaft (§ 13 EStG)

Als Imker erzielt MM. gem. § 13 Abs. 1 Nr. 2 EStG i. V. mit § 62 Abs. 1 Nr. 4 BewG Einkünfte aus Land- und Forstwirtschaft. Das Wirtschaftsjahr läuft vom 01. Juli bis 30. Juni (§ 4a Abs. 1 Nr. 1 EStG). Die erwirtschafteten Gewinne/Verluste sind entsprechend dem zeitlichen Anteil wie folgt aufzuteilen (§ 4a Abs. 2 Nr. 1 EStG):

Wj. 2021/22: $^6/_{12}$ von 2.000 € =	1.000,00 €	
Wj. 2022/23: $^6/_{12}$ von - 800 € =	- 400,00 €	
	600,00 €	600,00 €

Einkünfte aus Gewerbebetrieb (§ 15 EStG)

- Aus der Tanzschule erzielt MM. gem. § 15 Abs. 1 Nr. 1 EStG Einkünfte aus Gewerbebetrieb. Einkünfte aus selbstständiger Arbeit (unterrichtende Tätigkeit) liegen nicht vor, da MM. wegen der fehlenden Fachkenntnisse insoweit nicht leitend und eigenverantwortlich tätig ist (§ 18 Abs. 1 Nr. 1 Satz 3 EStG). Die Einkünfte sind mit 15.000 € anzusetzen. — 15.000,00 €
- Als OHG-Gesellschafter erzielt MM. Einkünfte aus Gewerbebetrieb gem. § 15 Abs. 1 Nr. 2 EStG. Anzusetzen ist für den VZ 2022 der Verlustanteil von 38.000 €, da das abweichende Wirtschaftsjahr 2021/22 insoweit im VZ 2022 endet (§ 4a Abs. 2 Nr. 2 EStG). Eine Zwölftelung – wie bei den Einkünften aus Land- und Forstwirtschaft – findet nicht statt. — - 38.000,00 €

Einkünfte aus selbstständiger Arbeit (§ 18 EStG)
Die Behandlung von Privatpatienten im Rahmen einer eigenen Sprechstunde führt zu Einkünften aus selbstständiger Arbeit, da es sich insoweit um einen Katalogberuf handelt (§ 18 Abs. 1 Nr. 1 EStG). Der anzusetzende Gewinn beträgt (30.000 € - 20.000 € =) 10.000 €. — 10.000,00 €

Einkünfte aus nichtselbstständiger Arbeit (§ 19 EStG)
Als angestellter Chefarzt erzielt MM. Einkünfte aus nichtselbstständiger Arbeit i. H. v. — 30.000,00 €

=	**Summe der Einkünfte**	**17.600,00 €**
-	Freibetrag für Land- und Forstwirte gem. § 13 Abs. 3 EStG i. H. v. hier max. 600 €	600,00 €
=	**Gesamtbetrag der Einkünfte**	**17.000,00 €**

Fall 3:

a) Das Finanzamt durfte die Umstellung des Wirtschaftsjahres nicht ablehnen, weil Müller für die Umstellung des Wirtschaftsjahres ernsthafte und nach den Verhältnissen des Betriebes wirtschaftlich einleuchtende Gründe vorgetragen hat, nämlich Inventurschwierigkeiten.

b) Der Gesamtbetrag der Einkünfte errechnet sich demnach wie folgt:

	Einkünfte aus Land- und Forstwirtschaft	(Weinbaubetrieb)	
	Wj. 2021/22: 13.500 €, zeitanteilig (8/12)	9.000,00 €	
	Wj. 2022/23: 42.000 €, zeitanteilig (4/12)	14.000,00 €	
		23.000,00 €	23.000,00 €
+	Einkünfte aus Gewerbebetrieb		
	Sektfabrik: Wirtschaftsjahr 2021/22	60.000,00 €	
	Sekthandel: Rumpfwirtschaftsjahr 2022	5.000,00 €	
		65.000,00 €	65.000,00 €
=	Summe der Einkünfte		88.000,00 €
-	Freibetrag für Land- und Forstwirte Der Freibetrag von 900 € kann nicht gewährt werden, weil die Summe der Einkünfte den Grenzbetrag von 30.700 € übersteigt.		
=	Gesamtbetrag der Einkünfte		88.000,00 €

Fall 4:

Bei der Ermittlung des Veräußerungsgewinns ist es unerheblich, dass der Veräußerungspreis bis zum 01. September 2023 gestundet worden ist, denn das Zuflussprinzip des § 11 Abs. 1 Satz 1 EStG findet bei den Gewinneinkünften keine Anwendung (vgl. § 11 Abs. 1 Satz 5 EStG).

Die Einkünfte aus Gewerbebetrieb errechnen sich für den VZ 2022 wie folgt:

	Laufender Gewinn				47.500,00 €
	Veräußerungsgewinn:				
	Kaufpreis			366.000,00 €	
-	Veräußerungskosten			4.000,00 €	
-	übernommenes Kapitalkonto				
	lt. Schlussbilanz		225.000,00 €		
	- Pkw		12.000,00 €		
	- Forderung		10.000,00 €		
	+ Darlehen		7.000,00 €	210.000,00 €	
=	Veräußerungsgewinn			152.000,00 €	
-	Freibetrag nach § 16 Abs. 4 EStG				
	Freibetrag		45.000,00 €		
	Gewinn	152.000,00			
	Karenzbetrag	136.000,00			
	Schädlich	16.000,00	16.000,00 €	29.000,00 €	123.000,00 €
=	**Einkünfte aus Gewerbebetrieb**				**170.500,00 €**

Der steuerpflichtige Veräußerungsgewinn i. H. v. 123.000 € wird ermäßigt besteuert (§ 34 EStG).

Fall 5:

Gesellschafter	Kapital	Vorweg-vergütung	Verzinsung	(Rest-) Gewinnanteil	Einkünfte aus Gewerbebetrieb
Peter Müller	48.000,00 €	16.800,00 €	1.920,00 €	4.400,00 €	23.120,00 €
Emma Müller	48.000,00 €	36.000,00 €	1.920,00 €	4.400,00 €	42.320,00 €
Marc Müller	24.000,00 €	60.000,00 €	960,00 €	4.400,00 €	65.360,00 €
	120.000,00 €	112.800,00 €	4.800,00 €	13.200,00 €	130.800,00 €

Zu 5.4.4 (Einnahmenüberschussrechnung)

Fall 1:

	vorläufiger Gewinn	60.000,00 €
1.	keine BE, da kein Zufluss in 2022, sondern erst in 2023	- 1.190,00 €
2.	a) keine BA, da Kosten der privaten Lebensführung	+ 1.800,00 €
	b) zutreffend als BA gebucht, da betrieblich veranlasst	----------------
	c) Tilgungsanteil stellt keine BA dar	+ 2.000,00 €
	d) zutreffend als BA gebucht, da betrieblich veranlasst	----------------
3.	Stornierung der gebuchten BA	+ 214,00 €
	T-Shirts sind keine BA, da bereits beim Einkauf als BA erfasst	----------------
	Versicherungsentschädigung stellt BE dar	+ 500,00 €
4.	Sachentnahme ist BE mit dem Teilwert	+ 250,00 €
	USt ist ebenfalls als BE anzusetzen (19 % von 250 €)	+ 47,50 €
5.	GWG = BA im Jahr der Lieferung (2022)	- 1.500,00 €
	VSt erst bei Zahlung in 2023 als BA abzugsfähig.	----------------
6.	Stornierung der gebuchten BA	+ 1.249,50 €
	Veräußerungserlös alte Kasse ist BE	+ 238,00 €
	Abgang und alte Kasse (Buchwert 31.12.2020) ist BA	- 1.625,00 €
	Auflösung Investitionsabzugsbetrag ist BE	+ 500,00 €
	Minderung AK um Investitionsabzugsbetrag ist BA	- 500,00 €

Ermittlung der AfA-BMG:

	Banküberweisung	1.249,50 €
+	Verkauf alte Kasse	238,00 €
		1.487,50 €
-	19 % Vorsteuer	237,50 €
		1.250,00 €
-	Investitionsabzugsbetrag	500,00 €
=	Anschaffungskosten	750,00 €

	Vorsteuer ist BA	- 237,50 €
	lineare AfA ist BA (12,5 % von 750 € • 6/12)	- 46,88 €
	Sonderabschreibung § 7g EStG ist BA (20 % von 750 €)	- 150,00 €
=	**endgültiger Gewinn 2022**	**61.549,62 €**

Fall 2:

A. Betriebseinnahmen

Erlöse 19 %	71.755,46 €	
- gew. Skonti	229,65 €	
	71.525,81 €	71.525,81 €
Telefon-Nutzung 19 %		480,00 €
Pkw-Nutzung 19 %		2.304,00 €
Pkw-Nutzung ohne USt		576,00 €
Umsatzsteuer 19 %		14.118,86 €
		89.004,67 €

B. Betriebsausgaben

Zinsaufwendungen		1.084,92 €
Wareneingang 19 %	44.735,60 €	
- erh. Skonti	631,55 €	
	44.104,05 €	44.104,05 €
Summe Klasse 4	19.855,35 €	
- 30 % v. 53,48 €	16,04 €	
	19.839,31 €	19.839,31 €
Vorsteuer 7 %	8,37 €	
Vorsteuer 19 %	7.730,73 €	
	7.739,10 €	7.739,10 €
USt-Vorauszahlungen I - III/2022		4.510,13 €
USt-Vorauszahlung IV/2022 (Zehn-Tages-Regel)		1.410,79 €
Umsatzsteuer Vorjahr		278,40 €
		78.966,70 €

C. Einkünfte aus Gewerbebetrieb

	Betriebseinnahmen	89.004,67 €
-	Betriebsausgaben	78.966,70 €
=	Einkünfte gem. § 15 EStG	**10.037,97 €**

Die Lieferantenrechnung führt erst bei Bezahlung im VZ 2023 zu einer Betriebsausgabe.

Zu 6.6 (Begriffe bei den Überschusseinkünften)

Fall 1:

a) Ein geldwerter Vorteil liegt nicht vor, da die tatsächliche Zahlung von (307 € + 150 € =) 457 € höher ist als $\frac{2}{3}$ des ortsüblichen Wertes von (490 € + 150 € = 640 € • $\frac{2}{3}$ =) 426,67 €.

b) Geldwerter Vorteil i. S. des § 8 Abs. 2 EStG i. H. v. (310 € • 3 =) 930 €.

c) Keine Einnahme, da kein entsprechender Zufluss stattgefunden hat.

d) Nicht steuerbare Einnahme, da kein Einkunftszusammenhang gegeben ist.

Fall 2:

Nummer	Höhe im VZ 2022	Gesetzliche Grundlage
1.	400 €	§ 3b Abs. 1 Nr. 2 EStG
2.	50 €	§ 3 Nr. 51 EStG
3.	900 € • 7 = 6.300 €	§ 3 Nr. 2a EStG
4.	600 €	§ 3 Nr. 16 EStG
5.	0 €	(steuerpflichtig)
6.	0 €	(steuerpflichtig)
7.	219 € • 12 = 2.628 €	§ 3 Nr. 24 EStG
8.	700 €	§ 3 Nr. 1a EStG
9.	1.700 €	§ 3 Nr. 1a EStG
10.	130 € • 7 = 910 €	§ 3 Nr. 58 EStG
11.	40 €	§ 3 Nr. 45 EStG
12.	150 €	§ 3 Nr. 15 EStG

Fall 3:

Die Werbungskosten des A bei seinen Einkünften aus Vermietung und Verpachtung betragen 25 € (Materialkosten), denn der Wert der eigenen Arbeitsleistung stellt mangels eines entsprechenden Abflusses von Aufwendungen keine Werbungskosten dar.

Fall 4:

A kann den Wertverlust von 250 € mangels eines entsprechenden Abflusses von Aufwendungen nicht als Werbungskosten bei seinen Einkünften aus Kapitalvermögen geltend machen.

Fall 5:

1. Werbungskosten
2. Kosten der privaten Lebensführung
3. wie 2.
4. wie 2.
5. Werbungskosten
6. wie 5.
7. Kosten der privaten Lebensführung
8. wie 7.
9. wie 7.

Fall 6:

Zufluss: 28. Dezember 2022 mit Scheckübergabe

Fall 7:

Zufluss: 14. Januar 2023 mit Gutschrift auf dem Konto

Fall 8:

Abfluss: 28. Dezember 2022 mit dem Eingang bei der Bank

Fall 9:

Die Mieten für November und Dezember 2022 sind im VZ 2022, die Miete für Januar 2023 im VZ 2023 zu berücksichtigen (§ 11 Abs. 1 Satz 2 EStG).

Fall 10:

Die Einkünfte aus selbstständiger Arbeit i. S. des § 18 EStG (Katalogberuf) betragen vorläufig (251.300 € - 230.000 €) = 21.300 €. Die Aufwendungen für das **Kinderspielzeug** (350 €) stellen Betriebsausgaben dar, da die Aufwendungen durch den Betrieb veranlasst sind (§ 4 Abs. 4 EStG). Kosten der privaten Lebensführung i. S. des § 12 EStG kommen nicht in Betracht, da der Stpfl. kinderlos ist. Die Betriebsausgaben brauchen also in diesem Punkt nicht korrigiert zu werden. Die **Ärztekammerbeiträge** sind in voller Höhe als Betriebsausgaben abzugsfähig. Der Beitrag IV/2021 ist wegen der vorzeitigen Fälligkeit im VZ 2022 als Betriebsausgabe abzugsfähig. Der Beitrag I/2023 ist wegen vorzeitiger Zahlung zutreffend als Betriebsausgabe im VZ 2022 erfasst. Die Einkünfte betragen somit 21.300 €.

Zu 7.6 (Einkünfte aus nichtselbstständiger Arbeit (§ 19 EStG))

Fall 1:

	Einnahmen:		
	Dezembergehalt 2021 (Lohnzahlungszeitraum endet in 12/2021)		0,00 €
+	Weihnachtsgeld 2021 (Zufluss in 2022)		1.250,00 €
+	Arbeitslosengeld = § 3 Nr. 2 EStG		0,00 €
+	Gehalt 02-12/2022		27.500,00 €
+	Abo Fitness-Studio < 50 €		0,00 €
+	Nutzung Laptop = § 3 Nr. 45 EStG		0,00 €
			28.750,00 €
-	**Werbungskosten:**		
	Fahrtkosten zur Agentur für Arbeit (Ausgaben im Zusammenhang mit steuerfreien Einnahmen)		0,00 €
+	Fahrten zu Vorstellungsgesprächen (150 km • 0,30 €/km =)		45,00 €
+	Bewerbungsunterlagen usw.		80,00 €
+	Kleidung und Kosmetika (Kosten der privaten Lebensführung)		0,00 €
+	Wege Wohnung - erster Tätigkeitstätte		
	220 Tage • 76 km • 0,60 € =	10.032,00 €	
-	Zuschuss	1.870,00 €	
		8.162,00 €	8.162,00 €
+	Fortbildung in Berlin		
	Flug Berlin	280,00 €	
	Tagungsgebühren	750,00 €	
	Übernachtungskosten	240,00 €	
	Verpflegungs-Pauschbeträge		
	28 € • 2 =	56,00 €	
	14 € • 2 =	28,00 €	
		1.354,00 €	1.354,00 €
			9.641,00 €
=	**Einkünfte aus nichtselbstständiger Arbeit**		**19.109,00 €**

Fall 2:

Jens Schwätzer

Einnahmen:

Bruttoarbeitslohn: 12 • 3.722 € =	44.664,00 €	
Weihnachtsgeld	3.280,00 €	
	47.944,00 €	47.944,00 €

Werbungskosten:

Fahrtkosten: (205 • 20 • 0,30 €) + (205 • 30 • 0,38 €) =	3.567,00 €	
Der berufl. Versicherungsanteil ist durch die Entfernungspauschale abgegolten.	0,00 €	
Verwarnungsgeld: Kosten der Lebensführung, § 12 Nr. 4 EStG	0,00 €	
Reparaturkosten	501,00 €	
Fachliteratur	385,00 €	
50 €-Fachbuch: Abfluss im VZ 2023	0,00 €	
Beamtenbund	130,00 €	
Arbeitszimmer	1.000,00 €	
Kontoführungsgebühren	16,00 €	
	5.599,00 €	5.599,00 €
= Einkünfte aus nichtselbstständiger Arbeit		**42.345,00 €**

Gabi Schwätzer

Einnahmen:

Bruttoarbeitslohn: 12 • 1.640 € =	19.680,00 €	
Fahrtkostenzuschuss: kein Ansatz, da pauschaliert	0,00 €	
Geburtstagsgeschenk: Aufmerksamkeit, da kleiner 60 €	0,00 €	
	19.680,00 €	19.680,00 €

Werbungskosten:

Fahrtkosten: (220 • 20 • 0,30 €) + (220 • 10 • 0,38 €) =	2.156,00 €	
- Erstattung (15 € • 12 =)	180,00 €	
	1.976,00 €	

Ein anderer Ansatz kommt nicht in Betracht, weil die tatsächlichen Aufwendungen für die Benutzung öffentlicher Verkehrsmittel (540 €) mit der Entfernungspauschale abgegolten sind.

Arbeitskleidung (Kittel)	36,00 €	
Kontoführungsgebühren	16,00 €	
Kölner Stadt-Anzeiger: § 12 Nr. 1 EStG	0,00 €	
Bund der Steuerzahler: kein Berufsverband	0,00 €	
	2.028,00 €	2.028,00 €
= Einkünfte aus nichtselbstständiger Arbeit		**17.652,00 €**

Fall 3:

			Ehemann	Ehefrau
Einkünfte aus Gewerbebetrieb (§ 15 EStG)				
	30 % von 60.000 € =	18.000,00 €		
+	Tätigkeitsvergütung	24.000,00 €		
+	Darlehenszinsen	8.000,00 €		
		50.000,00 €	50.000,00 €	
Gewinnanteil für 2021 ist in 2021 zu erfassen (wirtschaftliche Zugehörigkeit).				
Einkünfte aus nichtselbstständiger Arbeit (§ 19 EStG)				
Bruttoarbeitslohn		12.580,00 €		
Das Arbeitslosengeld ist steuerfrei.				
-	Werbungskosten			
	Anzusetzen ist die verkehrsgünstigere Strecke. Da die Ehefrau behindert i. S. des § 9 Abs. 2 EStG ist, wird eine Pauschale von 0,30 €/km berücksichtigt.			
	66 Tage • 50 km • 0,30 €/km = 990,00 €			
	24 Tage • 26 km • 0,30 €/km = 188,00 €			
	1.178,00 €			
	- Erstattung 589,00 €			
	589,00 €			
	+ Fachliteratur 150,00 €			
	+ Kontoführung 16,00 €			
	755,00 €			
	mindestens jedoch AN-PN von	1.200,00 €		
		11.380,00 €		11.380,00 €
Einkünfte aus Vermietung und Verpachtung (§ 21 EStG)				
Mieteinnahmen		16.250,00 €		
-	Miete Januar 2023 (Zehn-Tages-Regel)	1.250,00 €		
		15.000,00 €		
-	Werbungskosten	3.700,00 €		
=	Einkünfte	11.300,00 €		
	Ansatz zu je 50 %		5.650,00 €	5.650,00 €
=	Summe der Einkünfte		55.650,00 €	17.030,00 €
-	Altersentlastungsbetrag gem. § 24a EStG		684,00 €	
=	Gesamtbetrag der Einkünfte		54.966,00 €	17.030,00 €
=	gemeinsamer Gesamtbetrag der Einkünfte			71.996,00 €

-	Sonderausgaben	4.000,00 €
-	unstreitige außergewöhnliche Belastungen	3.000,00 €
-	Behinderten-Pauschbetrag gem. § 33b Abs. 3 EStG	1.440,00 €
=	Einkommen	63.556,00 €
=	zu versteuerndes Einkommen	63.556,00 €

Zu 8.11 (Einkünfte aus Kapitalvermögen (§ 20 EStG))

Fall 1:

Berechnung:		Veräußerungspreis: 70 • 282 € =	19.740,00 €	
	-	Spesen	80,00 €	
			19.660,00 €	19.660,00 €
		Anschaffungskosten: 70 • 255 € =	17.850,00 €	
	+	Spesen	70,00 €	
			17.920,00 €	17.920,00 €
	Gewinn:			1.740,00 €

a) Der Veräußerungsgewinn unterliegt nach § 20 Abs. 2 Nr. 1 EStG den Einkünften aus Kapitalvermögen und damit der Abgeltungsteuer. Die Abgeltungsteuer berechnet sich wie folgt:

	Veräußerungsgewinn	1.740,00 €
-	Sparer-Pauschbetrag	801,00 €
=	Bemessungsgrundlage	939,00 €
•	25 % = Abgeltungsteuer	234,75 €

Die Darlehenszinsen bleiben als tatsächliche Aufwendungen unberücksichtigt.

b) Es liegen Einkünfte aus Gewerbebetrieb vor, für die nicht der Abgeltungsteuersatz, sondern das Teileinkünfteverfahren zur Anwendung kommt. Der Sparer-Pauschbetrag kommt dabei nicht zur Anwendung. Die Darlehenszinsen sind zu 60 % als Betriebsausgaben abzugsfähig, sodass sich die Einkünfte wie folgt berechnen:

	Steuerpflichtige Erträge: 60 % von 1.740 € =	1.044,00 €
-	Betriebsausgaben: 60 % von 1.000 € =	600,00 €
=	Einkünfte aus Gewerbebetrieb	444,00 €

Fall 2:

Die vereinnahmten Stückzinsen werden von § 20 Abs. 2 Nr. 7 EStG mit erfasst, der auch den Gewinn aus der Veräußerung der Schuldverschreibung besteuert.

Der Veräußerungsgewinn unterliegt dementsprechend der Abgeltungsteuer, die sich nach § 20 Abs. 4 EStG wie folgt berechnet:

	Veräußerungserlös - Gebühren (8.000 € - 80 € =)	7.920,00 €
+	vereinnahmte Stückzinsen	125,00 €
-	Anschaffungskosten zzgl. Gebühren (5.000 € + 50 € =)	5.050,00 €
=	Veräußerungsgewinn	2.995,00 €
-	Sparer-Pauschbetrag	801,00 €
=	Bemessungsgrundlage	2.194,00 €
•	25 % = Abgeltungsteuer	548,50 €

Fall 3:

Die Veräußerung von Aktien führt zu Einkünften aus Kapitalvermögen; die private Notlage ist insoweit unerheblich. Folgende Erträge werden erzielt:

		Hoch-AG	Tief-AG
	Erlöse	8.400,00 €	12.700,00 €
-	Anschaffungskosten	8.200,00 €	14.600,00 €
-	Verkaufsspesen	126,00 €	190,50 €
=	Ergebnis	74,00 €	- 2.090,50 €

Die Verluste aus der Tief-AG können nur mit Gewinnen aus der Veräußerung von Aktien der Hoch-AG ausgeglichen werden, sodass noch ein Verlust von 2.016,50 € verbleibt.

Dieser kann weder mit den übrigen positiven Einkünften aus Kapitalvermögen noch mit den positiven Einkünften aus Gewerbebetrieb ausgeglichen werden.

Der Verlust wird vielmehr gesondert festgestellt und wird nur im Wege des Verlustvortrags nach § 20 Abs. 6 Satz 5 i. V. mit Satz 3 und 4 EStG berücksichtigt.

Fall 4:

Die Zinserträge hat Walter Webel gem. § 32d Abs. 3 EStG in seiner ESt-Erklärung als Einnahmen aus Kapitalvermögen anzugeben, wobei die Zinserträge aber nicht Bestandteil der Einkünfteberechnung sind.

Diese werden nach Abzug des Sparer-Pauschbetrages mit 25 % besteuert (§ 32d Abs. 1 EStG). Der Steuerbetrag errechnet sich demnach wie folgt:

	Zinserträge	2.500,00 €
-	Sparer-Pauschbetrag	1.602,00 €
=	Einkünfte	898,00 €
•	25 % = Steuerbetrag	224,50 €

Dieser Steuerbetrag ist der tariflichen Einkommensteuer für die übrigen Einkünfte nach § 2 Abs. 6 EStG hinzuzurechnen.

Fall 5:

Der Abgeltungsteuersatz von 25 % ist nicht anwendbar bei Darlehensgewährungen an eine GmbH, an der man zu mindestens 10 % beteiligt ist (§ 32d Abs. 2 Nr. 1b) EStG).

Die Zinserträge sind demnach in der ESt-Erklärung anzugeben und unterliegen dort der individuellen Einkommensteuer. Die Einkünfte aus Kapitalvermögen betragen 3.000 €, weil der Sparer-Pauschbetrag gem. § 32d Abs. 2 Satz 2 EStG keine Anwendung findet.

Fall 6:

	Zinserträge 5 % von 50.000 €	2.500,00 €
-	Sparer-Pauschbetrag	1.602,00 €
=		898,00 €

Die Abzugsbeträge sind in Anlehnung an die Formel in § 32d Abs. 1 EStG wie folgt zu berechnen:

Abgeltungsteuer: $\frac{898,00}{4 + 0,09} = 219,56$ €

Kirchensteuer: 219,56 € • 9 % = 19,76 €

Solidaritätszuschlag: 219,56 € • 5,5 % = 12,07 €

Die Bank behält somit insgesamt (219,56 € + 19,76 € + 12,07 € =) 251,39 € ein, sodass dem Steuerpflichtigen noch (898,00 € - 251,39 € =) 646,61 € + 1.602,00 = 2.248,61 € auf seinem privaten Bankkonto bleiben.

Fall 7:

	€	€
Einkünfte aus Kapitalvermögen des Peter Kraft		
Kapitalerträge:		
Erstattungszinsen gem. § 233a AO		100,00
Zinsen auf Tagesgeldkonto		160,00
Die Zinseinnahmen für das Geschäftskonto (150,00 €) stellen Betriebseinnahmen bei den Einkünften aus selbstständiger Arbeit dar und sind diesen Einkünften zuzurechnen.		0,00
Summe der Kapitalerträge		260,00
Kein Abzug der tatsächlichen Werbungskosten; d. h. die Kontoführungsgebühren für das Tagesgeldkonto bleiben unberücksichtigt.		
Abzug der Hälfte des gemeinsamen Sparer-Pauschbetrages bei Ehegatten, anteilig max. in Höhe der Einnahmen		- 260,00
Einkünfte aus Kapitalvermögen des Peter Kraft		**0,00**
Einkünfte aus Kapitalvermögen der Silke Kraft		
Kapitalerträge:		
Dividenden aus Aktien der Dental AG; Gutschrift	294,50	
zzgl. einbehaltene Kapitalertragsteuer, 25 % der Brutto-Dividende und zzgl. Solidaritätszuschlag, 5,5 % der einbehaltenen Kapitalertragsteuer		
100 % - 25 % - (5,5 % • 25 %) = 73,625 %		
100 % - 73,625 % = 26,375 %		
294,50 € • 26,375 : 73,625 =	105,50	400,00
Gewinn aus der Veräußerung der Aktien der Dental AG		
Einnahmen aus der Veräußerung	31.036,00	
abzgl. Aufwendungen (Transaktionskosten)	- 135,70	
abzgl. Anschaffungskosten der Aktien einschließlich Anschaffungsnebenkosten		
450 Stück • 54,62 € je Stück =	- 24.579,00	
Transaktionskosten = Anschaffungsnebenkosten	- 123,30	6.198,00
Summe der Kapitalerträge		6.598,00
abzgl. Sparer-Pauschbetrag		
Hälfte des gemeinsamen Sparer-Pauschbetrages bei Ehegatten	- 801,00	
abzgl. anteiliger Sparer-Pauschbetrag des Peter Kraft, soweit dieser seine Kapitalerträge überstiegen hat: 801,00 € - 260,00 € =	- 541,00	- 1.342,00
Einkünfte aus Kapitalvermögen der Silke Kraft		**5.256,00**

Fall 8:

a) Einkünfte aus selbstständiger Arbeit

	Honorareinnahmen	3.100,00 €
-	Freibetrag, § 3 Nr. 26 EStG	3.000,00 €
=	**Einkünfte**	**100,00 €**

Einkünfte aus Gewerbebetrieb
Gewinn aus eigener Buchhandlung: **65.000,00 €**

Einkünfte aus Kapitalvermögen
Bei den Zinserträgen und den Festgeldzinsen handelt es sich um Einnahmen aus Kapitalvermögen, die nach § 43 Abs. 5 EStG abgeltende Wirkung haben.

= **Summe der Einkünfte** **65.100,00 €**

b) Um die bisher nicht ausgenutzten (801 € - 500 € =) 301 € vom Sparer-Pauschbetrag in Anspruch nehmen zu können, sollte Marcus Lutter gem. § 32d Abs. 4 EStG die sog. **„kleine Veranlagungsoption“** beantragen.

Die kleine Veranlagungsoption führt zu folgender Steuererstattung:

Festgeldzinsen	1.000,00 €	
- Sparer-Pauschbetrag	301,00 €	
= Bemessungsgrundlage	699,00 €	
Abgeltungsteuer (24,45 %)	170,91 €	
- bisher einbehalten	244,50 €	
= Erstattungsbetrag	73,59 €	73,59 €
Kirchensteuer (9 % v. 170,91 €)	15,38 €	
- bisher einbehalten	22,01 €	
= Erstattungsbetrag	6,63 €	6,63 €
SolZ (5,5 % v. 170,91 €)	9,40 €	
- bisher einbehalten	13,45 €	
= Erstattungsbetrag	4,05 €	4,05 €
Gesamterstattung		**84,27 €**

Zu 9.5 (Einkünfte aus Vermietung und Verpachtung (§ 21 EStG))

Fall 1:

	Mieteinnahmen		
	Erdgeschoss:	970,00 € • 12 =	11.640,00 €
	1. OG:	1.050,00 € • 12 =	12.600,00 €
	2. OG:	420,00 € • 12 =	5.040,00 €
	NK Abrechnung EG:	Ansatz erst mit Zufluss in 2023	0,00 €
	NK Abrechnung 1. OG:		- 120,00 €
	Gesamteinnahmen		**29.160,00 €**
-	Werbungskosten Die Aufwendungen für die Wärmedämmung sind **anschaffungsnaher Herstellungsaufwand**, weil die 15 %-Grenze überschritten ist (15 % von 400.000 € = 60.000 €) hier: (77.350 € - 12.350 € =) 65.000 €		
	Berechnung der AfA:		
	Anschaffungskosten Gebäude	400.000,00 €	
+	anschaffungsnaher Aufwand	77.350,00 €	
=	AfA-Bemessungsgrundlage	477.350,00 €	
•	2 % = AfA		9.547,00 €
	Schuldzinsen		32.000,00 €
	Gebäudeversicherung		1.500,00 €
	Grundsteuer/Müllabfuhr		360,00 €
	Schornsteinfeger		120,00 €
	Hausstrom		375,00 €
	Wasser		1.400,00 €
	Gas		7.200,00 €
	Nebenkostenabrechnung des Unternehmens		260,00 €
			52.762,00 €
	Anteil EG und 1. OG (2/4)		26.381,00 €
+	Anteil 2. OG (1/4 zu 40 %), gerundet		5.277,00 €
+	Küche, 1. OG (5.000 € : 10 • 9/12 =)		375,00 €
+	Anteil 3. OG	Selbstnutzung	0,00 €
=	**Werbungskosten insgesamt**		**32.033,00 €**
	Zusammenstellung		
	Mieteinnahmen	29.160,00 €	
-	Werbungskosten	32.033,00 €	
=	**Verlust gem. § 21 EStG**	**2.873,00 €**	

Fall 2:

zu 1.

Der **Einbau der Balkontüren und der Anbau der Balkone** führen zu einer Erweiterung der Gebäudesubstanz. Die angefallenen Aufwendungen von 90.000 € sind daher nach § 255 Abs. 2 Satz 1 HGB als nachträgliche Herstellungskosten für das Gebäude zu qualifizieren.

Mit der Dachreparatur und der Fassadendämmung wird die Gebäudesubstanz nicht erweitert, sodass zunächst von Erhaltungsaufwendungen auszugehen ist.

Zu prüfen ist jedoch, ob anschaffungsnaher Herstellungsaufwand nach § 6 Abs. 1 Nr. 1a EStG vorliegt:

	Kaufpreis	400.000,00 €
+	Grunderwerbsteuer	26.000,00 €
+	Notarkosten Kaufvertrag	3.500,00 €
+	Grundbuch Eigentumswechsel	1.500,00 €
=	Summe	431.000,00 €
-	Anteil Grund und Boden (50 %)	215.500,00 €
=	Anschaffungskosten Gebäude	215.500,00 €

davon 15 % = 32.325,00 €

	Erhaltungsaufwendungen, brutto	105.000,00 €
-	19 % Umsatzsteuer	16.764,71 €
=	Erhaltungsaufwendungen, netto	88.235,29 €

Die Erhaltungsaufwendungen sind demnach größer als 15 % der Anschaffungskosten des Gebäudes, sodass anschaffungsnaher Herstellungsaufwand vorliegt.

Eine Aufteilung nach § 82b EStDV scheidet daher aus.

zu 2.

	Mieteinnahmen	
	April 2022 - August 2022 (4.200 € • 5 Monate =)	21.000,00 €
	September 2022 - Dezember 2022 (5.040 € • 4 Monate =)	20.160,00 €
	Summe der Mieteinnahmen	41.160,00 €
-	**Werbungskosten**	
	Schuldzinsen	4.500,00 €
	Notarkosten Grundschuld	1.500,00 €
	Grundbuchgebühren Grundschuld	800,00 €
	Allgemeine Ausgaben (1.200 € • 9 =)	10.800,00 €

Abschreibung/Berechnung der AfA

	AK Gebäude (bisher)	215.500,00 €	
+	nachträgliche HK	90.000,00 €	
+	anschaffungsnaher Aufwand	105.000,00 €	
=	AfA-Bemessungsgrundlage	410.500,00 €	
	davon 2 % • 9/12 = (aufgerundet)		6.158,00 €
=	**Einkünfte aus Vermietung und Verpachtung**		**17.402,00 €**

Fall 3:

	Einnahmen:		
	2. OG: 1.000 € • 6 Monate =	6.000,00 €	
	3. OG: 700 € • 6 Monate =	4.200,00 €	
		10.200,00 €	10.200,00 €
-	Werbungskosten:		
	► Zinsen: 26.250 € • 50 % =	13.125,00 €	
	► Disagio: 16.200 € • 50 % =	8.100,00 €	
	► lineare AfA 800.000 € • 50 % • 2 % • 6/12 =	4.000,00 €	
	► übrige WK 6.090 € • 50 % =	3.045,00 €	
		28.270,00 €	28.270,00 €
=	**Einkünfte aus Vermietung und Verpachtung**		**- 18.070,00 €**

Fall 4:

	Mieteinnahmen:			63.000,00 €
-	Werbungskosten:			
	► bisher festgestellte Werbungskosten		47.000,00 €	
	► Disagio Hypothekenauszahlung		15.000,00 €	
	► Hypothekenzinsen		10.000,00 €	
	► Abschreibung: 2 % linear für 8 Monate			
	vorläufige Herstellungskosten	350.000,00 €		
	+ Fahrstuhlanlage	35.000,00 €		
	+ Architektenhonorar	22.800,00 €		
	+ Kanalanschluss Tiefbauunternehmer	8.000,00 €		
	+ Kaminabnahmegebühr	1.000,00 €		
		416.800,00 €		
		• 2 % • 8/12 =	5.558,00 €	
			77.558,00 €	77.558,00 €
=	**Einkünfte**			**- 14.558,00 €**

Der Straßenanliegerbeitrag und die Kanalanschlussgebühr der Gemeinde gehören zu den Anschaffungskosten des Grund und Bodens und sind deshalb nicht in die AfA-Bemessungsgrundlage mit einzubeziehen. Die Eigenleistung des Steuerpflichtigen gehört nicht zu den Herstellungskosten des Gebäudes, sondern ist der privaten Lebensführung zuzurechnen.

Fall 5:

Einnahmen:		
Miete für 1. und 2. OG (110 • 12 • 12 • 2 =)	31.680,00 €	
Umlage für Nebenkosten (110 • 2 • 12 • 2 =)	5.280,00 €	
Garagenmiete (80 • 12 • 2 =)	1.920,00 €	
	38.880,00 €	38.880,00 €

Werbungskosten

Die Renovierungskosten für EG und 3. OG sind nicht abzugsfähig.

AfA (2 % von 980.000 €)	19.600,00 €	
Grundsteuer	2.850,00 €	
Gebäudeversicherungen	1.750,00 €	
Hypothekenzinsen	18.700,00 €	
Müllabfuhr, Straßenreinigung	1.500,00 €	
Treppen- und Garagenbeleuchtung	320,00 €	
Dachreparatur	4.880,00 €	
sonstige Hauskosten	780,00 €	
	50.380,00 €	
• 220 qm/440 qm (= 50 %)	25.190,00 €	
Reparaturkosten 1. Obergeschoss	840,00 €	
Anbau Markise 1. Obergeschoss (Erhaltungsaufwand, da < 4.000 €)	3.900,00 €	
Rechtschutzversicherungsbeiträge	240,00 €	
	30.170,00 €	30.170,00 €
= **Einkünfte aus Vermietung und Verpachtung**		**8.710,00 €**

Fall 6:

Einkünfte aus Gewerbebetrieb (320 qm = 50 %)

	vorläufiger Gewinn	97.500,00 €
-	Zinsen	
	8 % v. 250.000 € • $^{9}/_{12}$ • 50 % =	7.500,00 €
-	Disagio	
	2 % v. 250.000 € = 5.000 €	
	p. a. = 500 € • $^{9}/_{12}$ • 50 % =	188,00 €
-	laufende Kosten 5.750 € • 50 % =	2.875,00 €
-	lineare AfA 600.000 € • 50 % • 3 % • $^{2}/_{12}$ =	1.500,00 €
=	Einkünfte aus Gewerbebetrieb	85.437,00 €

Einkünfte aus Vermietung und Verpachtung (320 qm = 50 %)

	Einnahmen:		
	Miete: 320 qm • 8 €/qm • 2 =	5.120,00 €	
	Umlage: 100 € • 4 • 2 =	800,00 €	
		5.920,00 €	5.920,00 €
-	Werbungskosten:		
	Zinsen (s. o.)		7.500,00 €
	Disagio: 5.000 € • 50 % =		2.500,00 €
	lineare AfA: 300.000 € • 2 % • $^{2}/_{12}$ =		1.000,00 €
	laufende Kosten: (s. o.)		2.875,00 €
=	Einkünfte aus Vermietung und Verpachtung		- 7.955,00 €

Die Summe der Einkünfte beträgt (85.437 € - 7.955 € =) **77.482,00 €.**

Fall 7:

1. Einkünfte aus Vermietung und Verpachtung

Einnahmen

	Wohnungsmieten (600 € • 3 • 5 Monate =)	9.000,00 €	
+	Miete 2023: 11 • 600 =	6.600,00 €	
	Die Miete für Januar 2023 ist wegen der Zehn-Tages-Regelung erst im VZ 2023 anzusetzen.		
+	Garagenmiete (60 € • 2 • 3 Monate =)	360,00 €	
		15.960,00 €	15.960,00 €

Werbungskosten ohne AfA

	Zinsen (Hauskauf)	7.000,00 €	
+	Disagio	2.000,00 €	
	Darlehenstilgung, § 12 EStG	0,00 €	
+	Grundsteuer	1.000,00 €	
+	Versicherungsbeiträge	500,00 €	
+	Gartenpflege	1.000,00 €	
+	Instandsetzung selbst genutzte Wohnung	0,00 €	
		11.500,00 €	
		• ¾ =	
		8.625,00 €	
+	Instandsetzung vermietete Wohnungen	10.000,00 €	
		18.625,00 €	18.625,00 €

Absetzungen für Abnutzung (AfA)

a) **Gebäude**

	Kaufpreis	600.000,00 €	
+	Grunderwerbsteuer	39.000,00 €	
+	Notargebühren	8.000,00 €	
	Gesamte Anschaffungskosten	647.000,00 €	
-	30 % Grund- und Boden-Anteil	194.100,00 €	
	Anschaffungskosten Gebäude	452.900,00 €	
•	2 % linear für 6 Monate • ¾ =		3.397,00 €

b) **Garage**

Die Garage wird als Wohnzwecken dienend behandelt (R 7.2 EStR) und ist dementsprechend mit 2 % linear abzuschreiben (§ 7 Abs. 4 Nr. 2a) EStG). Die AfA beträgt dementsprechend (30.000 € • 2 % • $^3/_{12}$ =)	150,00 €
Einkünfte gem. § 21 EStG	**- 6.212,00 €**

2. Einkünfte aus Gewerbebetrieb (Fotovoltaikanlage)

	Betriebseinnahmen		
	2 • 600 € =	1.200,00 €	
	+ 19 % USt	228,00 €	
		1.428,00 €	1.428,00 €
-	**Betriebsausgaben**		
	Zinsen	500,00 €	
	Lineare AfA: 20.000 € : 15 • $^2/_{12}$	222,00 €	
	Sonder-AfA § 7g EStG: 20.000 € • 20 %	4.000,00 €	
	Vorsteuer	3.800,00 €	
		8.522,00 €	8.522,00 €
=	**Einkünfte gem. § 15 EStG**		**- 7.094,00 €**

Die Summe der Einkünfte beträgt somit (- 6.212 € - 7.094 € =) - 13.306 €

Fall 8:

Einnahmen:

EG:	3.400 € • 12 =	40.800,00 €	
	USt (40.800 € • 19 % =)	7.752,00 €	
1. OG:	3.000 € • 12 =	36.000,00 €	
2. OG:	500 € • 12 =	6.000,00 €	
USt-Erstattung 2021		1.500,00 €	
Summe		**92.052,00 €**	**92.052,00 €**

-	Werbungskosten:			
	Abschreibung:			
	(400.000 € • 80 % • 2 % =)		6.400,00 €	
	Grundbesitzabgaben		1.977,00 €	
	Wohngebäudeversicherung		768,00 €	
	Gebäudehaftpflichtversicherung		450,00 €	
	Schornsteinfegergebühren		234,00 €	
	Hausstrom		276,00 €	
	Wasser		2.238,00 €	
	Heizöl		3.057,00 €	
	Reparaturen gesamtes Haus		21.000,00 €	
	Steuerberater: Ermittlung Überschuss			
	(450 € • 1,19 =), gerundet		536,00 €	
	Zwischensumme		**36.936,00 €**	
	Anteil EG:	36.936 € : 3 =	12.312,00 €	
	Anteil 1. OG:	36.936 € : 3 =	12.312,00 €	
	Anteil 2. OG:	36.936 € : 3 • 40 % =	4.925,00 €	
	Fußboden Bäckerei		11.900,00 €	
	USt-Vorauszahlungen (3 • 1.900 € =)		5.700,00 €	
	Steuerberater: USt-Erklärung			
	(250 € • 1,19 =), gerundet		298,00 €	
	Summe		**47.447,00 €**	**47.447,00 €**
=	**Einkünfte gem. § 21 EStG**			**44.605,00 €**

Fall 9:

Einkünfte des Ehemannes:

Einkünfte aus Gewerbebetrieb:			149.000,00 €
Einkünfte aus Vermietung und Verpachtung:			
	Einnahmen	1.500,00 €	
-	Disagio	3.000,00 €	
-	Zinsen	480,00 €	
-	Notar (Grundschuld)	179,00 €	
-	Gericht (Grundschuld)	89,00 €	
=	Verlust	- 2.248,00 €	2.248,00 €
=	**Summe der Einkünfte**		**146.752,00 €**

Einkünfte der Ehefrau:
Einkünfte aus nichtselbstständiger Arbeit:

	Gehalt	24.500,00 €	
+	Versorgungsbezüge	6.720,00 €	
		31.220,00 €	
-	Vers.-FB (1.404 • 3/12 =)	351,00 €	
-	Fahrtkosten 130 • (20 • 0,30 € + 5 • 0,38 € =)	1.027,00 €	
-	übrige WK	197,00 €	
-	Pauschbetrag f. Versorgungsbez.	102,00 €	
		29.543,00 €	29.543,00 €

Einkünfte aus Kapitalvermögen:

	Darlehenszinsen (Beteiligung zu mind. 10 %, § 32d Abs. 2 Nr. 1b EStG)	3.500,00 €	
+	Sparzinsen (Abgeltungsprinzip)	0,00 €	
		3.500,00 €	3.500,00 €
	Der Sparer-Pauschbetrag ist nicht abzuziehen (§ 32d Abs. 2 Satz 2 EStG)		
=	**Summe der Einkünfte**		**33.043,00 €**

Zu 10.7 (Sonstige Einkünfte (§ 22 EStG))

Fall 1:

+	Einkünfte aus nichtselbstständiger Arbeit Betriebsrente: 500 € • 12 =			6.000,00 €
	-	Versorgungsfreibetrag 40 % von 6.000 €	2.400,00 €	
	+	Zuschlag	900,00 €	3.300,00 €
	-	Werbungskosten-Pauschbetrag		102,00 €
	=	**Einkünfte aus nichtselbstständiger Arbeit**		**2.598,00 €**
+	Sonstige Einkünfte Jahresbruttobetrag der Rente:			
		1.676,76 € • 6 =		10.060,56 €
	+	1.748,02 € • 6 =		10.488,12 €
	=	Jahresbetrag der Rente		20.548,68 €
		abgerundet		20.548,00 €
	-	steuerfreier Teil der Rente (50 % von 18.000 € =)		9.000,00 €
	=	steuerpflichtiger Teil der Rente		11.548,00 €
	-	WK-Pauschbetrag		102,00 €
	=	**Sonstige Einkünfte**		**11.446,00 €**
	=	**Summe der Einkünfte**		**14.044,00 €**

Fall 2:

Einkünfte aus Kapitalvermögen (Festgeldzinsen):
Einnahmen gem. § 20 Abs. 1 Nr. 7 EStG
kein Ansatz, da Abgeltungsprinzip gem. § 43 Abs. 5 EStG.

+	**Einkünfte aus Vermietung und Verpachtung** (Eigentumswohnung Leverkusen):			
	Mieteinnahmen			17.250,00 €
-	Werbungskosten			
	Zinsen	15.000,00 €		
	Sonstige WK	8.000,00 €		
	AfA (320.000 € • 2 % =)	6.400,00 €		
	Summe Werbungskosten	29.400,00 €		29.400,00 €
=	**Einkünfte gem. § 21 EStG**			**- 12.150,00 €**
+	**Sonstige Einkünfte** (Altersrente):			
	Jahresrente im VZ 2022			
	1.272,00 € • 6 Monate =		7.632,00 €	
+	1.277,50 € • 6 Monate =		7.665,00 €	
			15.297,00 €	15.297,00 €
-	Rentenanpassungsbetrag			
	Rente im VZ 2022		15.297,00 €	
	- Jahresrente im VZ 2021			
	1.257,50 € • 6 Monate =	7.545,00 €		
	1.272,00 € • 6 Monate =	7.632,00 €		
		15.177,00 €	15.177,00 €	
			120,00 €	120,00 €
=	verbleibender Betrag			15.177,00 €
•	80 % (= Besteuerungsanteil VZ 2020) =			12.141,00 €
+	Rentenanpassungsbetrag			120,00 €
=	steuerpflichtige Einnahmen im VZ 2022			12.261,00 €
-	WK-Pauschbetrag			102,00 €
=	**Einkünfte**			**12.159,00 €**
+	Sonstige Einkünfte (Privates Veräußerungsgeschäft):			
	Veräußerungspreis			420.000,00 €
-	Anschaffungskosten			400.000,00 €
+	AfA 2022			6.400,00 €
+	AfA 2021 (6.400 € • $^{1}/_{12}$ =)			534,00 €
-	Veräußerungskosten			1.785,00 €
	Veräußerungsgewinn			**25.149,00 €**
=	**Summe der Einkünfte**			**25.158,00 €**

Fall 3:

Aus der Vermietung des Objektes erzielt Helmut Beckers im VZ 2022 **Einkünfte aus Vermietung und Verpachtung** gem. § 21 Abs. 1 Nr. 1 EStG in folgender Höhe:

Einnahmen, § 11 Abs. 1 EStG:

Mieten		
(375 qm • 8 € • 10 Monate)	30.000,00 €	
Umlagen		
(375 qm • 2 € • 10 Monate)	7.500,00 €	
Summe der Einnahmen	37.500,00 €	37.500,00 €

Werbungskosten, § 9 EStG:

1.	Schuldzinsen	15.000,00 €
2.	Lfd. Werbungskosten:	
	Summe 825 € • 10 Monate =	8.250,00 €
3.	AfA-Bemessungsgrundlage:	
	80 % v. 600.000 € = 480.000 €	
	2 % zu $^{10}/_{12}$ =	8.000,00 €
	= Einkünfte aus Vermietung und Verpachtung	6.250,00 €

Da das Objekt innerhalb der zehnjährigen Veräußerungsfrist (§ 23 Abs. 1 Nr. 1 EStG) wieder veräußert wurde, ist zu prüfen, ob im VZ 2022 ein steuerpflichtiger Veräußerungsgewinn entstanden ist.

Ermittlung des Veräußerungsgewinns 2022 gem. § 23 Abs. 3 EStG:

Einnahmen aus Veräußerungsgeschäften		587.000,00 €
Lediglich die in 2022 zugeflossene Ratenzahlung		
ist zu berücksichtigen, § 11 Abs. 1 EStG		
Anschaffungskosten	600.000,00 €	
abzüglich Abschreibungen,		
2021	5.600,00 €	
2022	8.000,00 €	
	586.400,00 €	586.400,00 €
Veräußerungsgewinn 2022		600,00 €

Der Veräußerungsgewinn 2022 ist in voller Höhe zu versteuern, weil die Freigrenze von 599,99 € (§ 23 Abs. 3 Satz 5 EStG) überschritten ist.

Für den VZ 2022 beträgt die Summe der Einkünfte (6.250 € + 600 € =) 6.850 €.

Fall 4:

	Einkünfte aus nichtselbstständiger Arbeit		
	Bruttoarbeitslohn (45.000 € + 2 • 1.650 € =)		48.300,00 €
-	Ermittlung des Versorgungsfreibetrages:		
	BMG: 1.650 € • 12 = 19.800 €		
	• 14,4 % = 2.851,20 €, max. 1.080 € • $^{2}/_{12}$ =		180,00 €
-	Zuschlag zum Versorgungsfreibetrag: 324 € • $^{2}/_{12}$ =		54,00 €
-	Arbeitnehmer-Pauschbetrag		1.200,00 €
-	Werbungskosten-Pauschbetrag für Versorgungsbezüge		102,00 €
=	**Einkünfte**		**46.764,00 €**
	Einkünfte aus Vermietung und Verpachtung		
	Einnahmen (2.000 € • 2 =)		4.000,00 €
-	Werbungskosten		
	Darlehenszinsen (15.000 € • 50 % =)		7.500,00 €
	Disagio (2 % von 308.500 € • 50 % =)		3.085,00 €
	Geldbeschaffungskosten (1.200 € • 50 % =)		600,00 €
	Grundsteuer (400 € • 50 % =)		200,00 €
	Abschreibung (siehe unten)		595,00 €
=	**Einkünfte**		**- 7.980,00 €**
	Ermittlung der Abschreibung:		
	Baugenehmigungsgebühren	300,00 €	
	Architektenhonorar	6.300,00 €	
	Bauunternehmer	350.000,00 €	
	= Summe der Herstellungskosten	356.600,00 €	
	• 50 % (Anteil der Vermietung)	178.300,00 €	
	• 2 % • $^{2}/_{12}$ =	595,00 €	(aufgerundet)
	Sonstige Einkünfte (Rente)		
	Rentenbetrag (900 € • 2 =)		1.800,00 €
	Besteuerungsanteil (82 %)		1.476,00 €
-	tats. Werbungskosten (Rentenberater)		300,00 €
=	**Einkünfte**		**1.176,00 €**
	Sonstige Einkünfte (Privates Veräußerungsgeschäft)		
	Veräußerungserlös		59.500,00 €
-	Anschaffungskosten		
	Kaufpreis	62.000,00 €	
	Grunderwerbsteuer	3.100,00 €	
	Notar/Grundbuch	700,00 €	
	Straßenanliegerbeitrag	8.000,00 €	
	= Summe	73.800,00 €	
	• 10 %		7.380,00 €
=	**Einkünfte**		**52.120,00 €**

Zusammenstellung:

	Einkünfte aus nichtselbstständiger Arbeit	46.764,00 €
-	Einkünfte aus Vermietung und Verpachtung	- 7.980,00 €
+	Sonstige Einkünfte (1.176 € + 52.120 € =)	53.296,00 €
=	**Summe der Einkünfte**	**92.080,00 €**

Zu 11.4 (Ermittlung der Summe der Einkünfte und des Gesamtbetrags der Einkünfte)

Fall 1:

a)

	Einkünfte aus Gewerbebetrieb		
	► Schreibwarenhandlung	65.000,00 €	
	► KG-Beteiligung	- 13.000,00 €	
	► gewerbliche Tierhaltung (nicht ausgleichsfähig)	0,00 €	
		52.000,00 €	52.000,00 €
+	Einkünfte aus Kapitalvermögen Bruttoeinnahmen (kein Abzug des Sparer-Pauschbetrages)	4.501,00 €	
+	Einkünfte aus Vermietung und Verpachtung		
	► Einfamilienhaus	15.000,00 €	
	► Zweifamilienhaus	- 22.500,00 €	
	► Mietwohngrundstück	- 15.500,00 €	
		- 23.000,00 €	- 23.000,00 €
+	Sonstige Einkünfte		
	► Veräußerungsgewinn	10.500,00 €	
	► Veräußerungsverlust	- 14.500,00 €	
		- 4.000,00 €	
	Der Verlust von 4.000 € ist nicht ausgleichsfähig.		0,00 €
=	**Summe der Einkünfte = Gesamtbetrag der Einkünfte**		**33.501,00 €**

Ein Altersentlastungsbetrag war nicht zu gewähren, da der Stpfl. vor dem Beginn des VZ 2022 sein 64. Lebensjahr noch nicht vollendet hat.

b) Die alleinstehende Mutter hat einen Anspruch auf den Entlastungsbetrag, weil sie und das Kind in einer gemeinsamen Wohnung mit Nebenwohnsitz gemeldet sind.

Fall 2:

	Einkünfte aus selbstständiger Arbeit		5.499,00 €
+	Einkünfte aus nichtselbstständiger Arbeit		
	Bruttoarbeitslohn (Betriebspension)	2.160,00 €	
	- Versorgungsfreibetrag	636,00 €	
	- Pauschbetrag	102,00 €	
		1.422,00 €	1.422,00 €
+	Einkünfte aus Vermietung und Verpachtung		
	Mieteinnahmen	18.600,00 €	
	- Werbungskosten	- 20.000,00 €	
		- 1.400,00 €	- 1.400,00 €
+	sonstige Einkünfte		
	Bruttorente	12.270,00 €	
	• Besteuerungsanteil: 82 %	10.061,00 €	
	- Werbungskosten-Pauschbetrag	102,00 €	
		9.959,00 €	9.959,00 €
=	**Summe der Einkünfte**		**15.480,00 €**
-	Altersentlastungsbetrag		
	14,4 % von 4.099 € =		591,00 €
-	Entlastungsbetrag für Alleinerziehende		
	(4.008 € + 480 € = 4.488 € • 8/12 =)		2.992,00 €
=	**Gesamtbetrag der Einkünfte**		**11.897,00 €**

Fall 3:

	Einkünfte aus Land- und Forstwirtschaft			
	Wirtschaftsjahr 2021/22: zeitanteilig			
	= 8/12 v.	- 1.500,00 €	- 1.000,00 €	
	Wirtschaftsjahr 2022/23: zeitanteilig			
	= 4/12 v.	3.750,00 €	1.250,00 €	
			250,00 €	250,00 €
+	Einkünfte aus Gewerbebetrieb			7.590,00 €
+	Einkünfte aus selbstständiger Arbeit			
	Betriebseinnahmen	4.750,00 €		
	- Betriebsausgaben	1.500,00 €		
		3.250,00 €		3.250,00 €
+	Einkünfte aus nichtselbstständiger Arbeit			
	Versorgungsbezüge	25.000,00 €		
	- Versorgungsfreibetrag	1.482,00 €		
	- Pauschbetrag	102,00 €		
		23.416,00 €		23.416,00 €

+	Einkünfte aus Kapitalvermögen (Dividende = Abgeltungsteuer)		0,00 €
+	Einkünfte aus Vermietung und Verpachtung		3.500,00 €
+	Sonstige Einkünfte		
	► privates Veräußerungsgeschäft (Schmuck: 500 €): (Freigrenze von 599,99 € ist unterschritten)		
	► Leistungen (Vermietung privater Pkw) (Freigrenze von 255,99 € ist überschritten)	256,00 €	256,00 €
=	**Summe der Einkünfte**		**38.262,00 €**
-	Freibetrag für Land- und Forstwirte Der Freibetrag ist zu nicht gewähren, da die SdE 30.700 € übersteigt.		
-	Altersentlastungsbetrag 17,6 % der positiven Summe der Einkünfte, aber ohne Versorgungsbezüge 17,6 % von 14.846 € = 2.612,90 €, max.		836,00 €
=	**Gesamtbetrag der Einkünfte**		**37.426,00 €**

Fall 4:

			Paul Lunge	**Käthe Lunge**
§ 13 EStG	½ v. 4.100 =	2.050,00 €		
	- ½ v. 1.800 =	900,00 €	1.150,00 €	
§ 15 EStG	Wj 2021/2022		7.000,00 €	
§ 18 EStG	Gewinn		10.494,00 €	
§ 19 EStG	Bruttoarbeitslohn	15.000,00 €		
	- Versorg.-FB	1.404,00 €		
	- AN-Pauschbetrag	102,00 €	13.494,00 €	
§ 20 EStG	Die Dividende unterliegt der Abgeltungsteuer.		0,00 €	
	Die Zinserträge sind nicht Bestandteil der Einkünfteberechnung. Sie werden nach Abzug des Sparer-Pauschbetrages mit 25 % besteuert.			0,00 €
§ 21 EStG			- 22.050,00 €	- 500,00 €
§ 22 EStG	Mieteinnahmen	300,00 €		
	- Werbungskosten	60,00 €		
		240,00 €		
		< 256,00 €	0,00 €	
	Jahresrente	13.500,00 €		
	- Rentenfreibetrag	6.000,00 €		
	- Wk-Pauschbetrag	102,00 €		7.398,00 €
=	**Summe der Einkünfte**		10.088,00 €	6.898,00 €
-	Freibetrag für L + F, hier max.:		1.150,00 €	
-	Altersentlastungsbetrag		0,00 €	0,00 €
=	**Gesamtbetrag der Einkünfte: 15.836,00 € =**		**8.938,00 €**	**+ 6.898,00 €**

Bei Paul Lunge und Käthe Lunge war der Altersentlastungsbetrag mangels positiver Summe der Einkünfte (ohne Versorgungsbezüge und Rente) nicht zu gewähren.

Zu 12.5 (Sonderausgaben)

Fall 1:

Sonderausgaben, die keine Vorsorgeaufwendungen sind

	Kirchensteuervorauszahlungen für 2022	245,00 €
	Kirchensteuernachzahlung in 2022 für 2021	40,00 €
		285,00 €
-	Kirchensteuererstattung in 2022 für 2020, max.	285,00 €
		0,00 €

Der Erstattungsübertrag von 15 € ist dem Gesamtbetrag der Einkünfte hinzuzurechnen. Die Parteispende mindert die tarifliche Einkommensteuer.

Altersvorsorgeaufwendungen

Arbeitnehmerbeitrag	2.790,00 €	
steuerfreier Arbeitgeberbeitrag	2.790,00 €	
insgesamt	5.580,00 €	
Höchstbetrag	51.278,00 €	
zu berücksichtigen somit		5.580,00 €
davon 94 %		5.246,00 €
abzüglich steuerfreier Arbeitgeberanteil		2.790,00 €
Sonderausgabenabzug für Altersvorsorgeaufwendungen		2.456,00 €

Übrige Vorsorgeaufwendungen

	Beiträge zur KV (Ehefrau) 100 %	2.355,00 €	
+	Beiträge zur PV (Ehefrau)	458,00 €	
+	Beiträge zur AV (Ehefrau)	360,00 €	
+	Basiskrankenversicherung (Ehemann)	1.700,00 €	
+	Einbruch- und Diebstahlversicherung	0,00 €	
+	Pkw-Haftpflichtversicherung	410,00 €	
+	Pkw-Kaskoversicherung	0,00 €	
+	Gebäudeversicherung EFH	0,00 €	
=	Summe	5.283,00 €	
	höchstens abziehbar (1.900 € + 2.800 € =)	4.700,00 €	
	mindestens jedoch:		
	KV (Ehefrau) zu 96 %	2.261,00 €	
+	PV (Ehefrau)	458,00 €	
+	Basiskrankenversicherung (Ehemann)	1.700,00 €	
=	Summe	4.419,00 €	
Anzusetzen ist der höhere Betrag, somit sind abzugsfähig:			4.700,00 €

Zusammenstellung

	übrige Sonderausgaben (SA-Pauschbetrag)	72,00 €
+	Altersvorsorgeaufwendungen	2.456,00 €
+	übrige Vorsorgeaufwendungen	4.700,00 €
=	abzugsfähige Sonderausgaben	7.228,00 €

Fall 2:

Altersvorsorgeaufwendungen

Arbeitnehmerbeitrag	1.698,00 €		
steuerfreier Arbeitgeberbeitrag	1.698,00 €		
insgesamt	3.396,00 €		
Höchstbetrag	25.639,00 €		
zu berücksichtigen somit		3.396,00 €	
davon 94 %		3.193,00 €	
abzüglich steuerfreier Arbeitgeberanteil		1.698,00 €	
Sonderausgabenabzug für Altersvorsorgeaufwendungen			1.495,00 €

Übrige Vorsorgeaufwendungen

	Beiträge zur KV (100 %)	1.433,00 €
+	Beiträge zur PV	279,00 €
+	Beiträge zur AV	219,00 €
+	Pkw-Kaskoversicherung	0,00 €
+	Pkw-Haftpflichtversicherung	200,00 €
+	Hausratversicherung	0,00 €
=	Summe	2.131,00 €
	höchstens abziehbar	1.900,00 €
	mindestens jedoch:	
	KV zu 96 %	1.376,00 €
+	PV	279,00 €
=	Summe	1.655,00 €

Anzusetzen ist der höhere Betrag, somit sind abzugsfähig:	1.900,00 €

Übrige Sonderausgaben

Kirchensteuer (160 € + 120 €)	**280,00 €**
Kirchensteuer auf Abgeltungsteuer ist nicht abzugsfähig	

Spenden:			
20 % von 25.720 € = 5.144 €			
max. gezahlt		2.515,00 €	
Spende an politische Partei	2.200,00 €		
- § 34g EStG	1.650,00 €	550,00 €	
abzugsfähige Spenden		3.065,00 €	**3.065,00 €**

Hosia Hose erhält in 2022 eine Ermäßigung der tariflichen Einkommensteuer i. H. v. 825 €.

Zusammenstellung

	übrige Sonderausgaben	3.345,00 €
+	Altersvorsorgeaufwendungen	1.495,00 €
+	übrige Vorsorgeaufwendungen	1.900,00 €
=	abzugsfähige Sonderausgaben	6.740,00 €

Fall 3:

Altersvorsorgeaufwendungen

	Versorgungswerk Rechtsanwälte	17.075,00 €
+	AN-Anteil gesetzliche RV	398,00 €
+	AG-Anteil gesetzliche RV	398,00 €
+	Rürup-Rente Werner	1.560,00 €
+	Rürup-Rente Claudia	480,00 €
=	Summe	19.911,00 €
	Höchstbetrag	51.278,00 €
	zu berücksichtigen somit	19.911,00 €
	davon 94 %	18.717,00 €
-	AG-Anteil gesetzliche RV	398,00 €
=	abzugsfähige Altersvorsorgeaufwendungen	18.319,00 €

Übrige Vorsorgeaufwendungen

	Beiträge zur privaten KV, PV	9.600,00 €
+	private Lebensversicherung (1.872 € • 88 %)	1.648,00 €
+	gesetzliche Krankenversicherung (100 %)	297,00 €
+	gesetzliche Pflegeversicherung	46,00 €
+	gesetzliche Arbeitslosenversicherung	56,00 €
=	Summe	11.647,00 €
	höchstens abziehbar (1.900 € + 2.800 € =)	4.700,00 €
	mindestens jedoch:	
	KV/PV (Werner): 6.000 € • 75 % =	4.500,00 €
	KV/PV (Kinder): 3.600 € • 90 % =	3.240,00 €
	gesetzl. KV (Claudia) (96 %)	286,00 €
	gesetzl. PV (Claudia)	46,00 €
=	Summe	8.072,00 €

Anzusetzen ist der höhere Betrag, somit sind abzugsfähig: 8.072,00 €

Übrige Sonderausgaben

Ehegattenunterhalt:	1.300 € • 12 =	15.600,00 €	
	Höchstbetrag	13.805,00 €	
	+ KV/PV (250 • 12 =)	3.000,00 €	
	abzugsfähig	16.805,00 €	16.805,00 €
Parteispende:	tats. Aufwand	3.400,00 €	
	- § 34g EStG	3.300,00 €	
	abzugsfähig	100,00 €	100,00 €
Kirchensteuer:	Vorauszahlung	2.400,00 €	
	Nachzahlung	175,00 €	
	Lohnsteuerbesch.	16,00 €	
	abzugsfähig	2.591,00 €	2.591,00 €

Kinderbetreuung:	Sylvia: 120 € • 12 Monate • ²⁄₃ = Höchstbetrag von 4.000 € wird nicht erreicht. Sportverein Till ist keine Kinderbetreuung		960,00 € 0,00 €
abzugsfähiger Betrag			20.456,00 €

Zusammenstellung

+	Altersvorsorgeaufwendungen	18.319,00 €
+	übrige Vorsorgeaufwendungen	8.072,00 €
+	übrige Sonderausgaben	20.456,00 €
=	**abzugsfähige Sonderausgaben**	**46.847,00 €**

Zu 13.7 (Außergewöhnliche Belastungen)

Fall 1:

Krankenhausaufenthalt

	geltend gemachte Aufwendungen	1.710,00 €	
-	Morgenmantel (keine Belastung, da Gegenwert erlangt)	110,00 €	
+	Krankentagegeld (keine Kostenerstattung)	400,00 €	
-	Restzahlung Krankenkasse in 2023 (der Stpfl. konnte mit einer Erstattung rechnen)	1.300,00 €	
		700,00 €	700,00 €

Beim Krankenhausaufenthalt ist eine Haushaltsersparnis nicht zu berücksichtigen.

Badekur

	geltend gemachte Aufwendungen	469,00 €	
-	Haushaltsersparnis (20 % von 545 € =)	109,00 €	
		360,00 €	360,00 €

Beerdigung

	geltend gemachte Aufwendungen	5.553,00 €	
-	Trauerkleidung (keine Belastung, da Gegenwert erlangt)	540,00 €	
-	Bewirtung der Trauergäste (keine Zwangsläufigkeit)	360,00 €	
-	Nachlass (Sparbuch)	1.533,00 €	
		3.120,00 €	3.120,00 €

Hörgerät

kein Gegenwert, da Milderung eines körperlichen Mangels	174,00 €

Diätverpflegung

	kein Ansatz gem. § 33 Abs. 2 Satz 3 EStG		0,00 €
=	Summe der begünstigten Aufwendungen		4.354,00 €
-	zumutbare Belastung		
	GdE : 44.886 € - AEB 684 € = 44.202 €		
	4 % von 15.340 € =	613,60 €	
	+ 5 % von 28.862 € =	1.443,10 €	
		2.056,70 €	2.056,00 €
=	abzugsfähige außergewöhnliche Belastungen gem. § 33 EStG		2.298,00 €

Fall 2:

zu 1.

	Höchstbetrag gem. § 33a Abs. 1 EStG		9.984,00 €

Einkünfte und Bezüge

	Betriebsrente	3.600,00 €	
	Rente	3.000,00 €	
	Wohngeld	700,00 €	
-	PB	102,00 €	
-	WK-PB	102,00 €	
-	Kostenpauschale	180,00 €	
		6.916,00 €	
-	Karenzbetrag	624,00 €	
	schädlicher Betrag	6.292,00 €	6.292,00 €
	gekürzter Höchstbetrag		3.692,00 €

Die tatsächlichen Aufwendungen (350 € • 12 = 4.200 €) liegen über dem gekürzten Höchstbetrag, sodass 3.692 € als außergewöhnliche Belastungen abzugsfähig sind.

zu 2.

	Höchstbetrag gem. § 33a Abs. 1 EStG • 8/12 =		6.656,00 €

Einkünfte

	Arbeitslohn 320 € • 8	2.560,00 €	
-	AN-PB in voller Höhe	1.000,00 €	
		1.560,00 €	
	Gewerbebetrieb • 8/12	1.200,00 €	
		2.760,00 €	
-	Karenzbetrag • 8/12	416,00 €	
	schädlicher Betrag	2.344,00 €	2.344,00 €
	gekürzter Höchstbetrag		4.312,00 €

Die tatsächlichen Aufwendungen (550 € • 8 = 4.400 €) liegen über dem gekürzten Höchstbetrag, sodass 4.312 € als außergewöhnliche Belastungen abzugsfähig sind.

Die Einkünfte aus Gewerbebetrieb sind zeitanteilig zu berücksichtigen, weil sie auf das ganze Kalenderjahr entfallen. Die Rente bleibt unberücksichtigt, weil sie außerhalb des Unterstützungszeitraums bezogen worden ist.

zu 3.

Höchstbetrag gem. § 33a Abs. 1 EStG • 2 =			19.968,00 €
Einkünfte und Bezüge			
	Beamtenpension	12.000,00 €	
	Zinseinnahmen (gem. § 32d Abs. 1 EStG)	400,00 €	
-	WK-PB	102,00 €	
-	Kostenpauschale • 2 =	360,00 €	
		11.938,00 €	
-	Karenzbetrag • 2 =	1.248,00 €	
schädlicher Betrag		10.690,00 €	10.690,00 €
gekürzter Höchstbetrag			9.278,00 €

Die tatsächlichen Aufwendungen (800 € • 12 = 9.600 €) liegen über dem gekürzten Höchstbetrag, sodass 9.278 € als außergewöhnliche Belastungen abzugsfähig sind.

zu 4.

Der Ausbildungsfreibetrag beträgt (924 • 7/12 =) 539 €

zu 5.

Es ist nach § 33a Abs. 2 EStG ein Ausbildungsfreibetrag i. H. v. 924 € in ungekürzter Höhe zu gewähren, weil der Bruttoarbeitslohn und das BAföG insoweit nicht angerechnet werden.

Auf die Höhe der tatsächlich entstandenen Aufwendungen kommt es nicht an.

zu 6.

Ausbildungsfreibetrag für Markus (Vollendung des 25. Lj. am 30.11.2022)

Es ist nach § 33a Abs. 2 EStG ein Ausbildungsfreibetrag i. H. v. (924 € • 11/12 =) 847 € in ungekürzter Höhe zu gewähren, weil der Bruttoarbeitslohn insoweit nicht angerechnet wird.

Unterstützungsleistungen an Markus

Höchstbetrag (9.984 € • 1/12 =)		832,00 €
+	Erhöhungsbetrag nach § 33a Abs. 1 Satz 2 EStG:	
	KV Beiträge: 45 € • 96 %	44,00 €
	PV Beiträge	10,00 €
		886,00 €

Einkünfte

	Arbeitslohn	580,00 €	
-	AN-PB (1.200,00 € • 1/6 =)	200,00 €	
		380,00 €	
-	Karenzbetrag • 1/12	52,00 €	
schädlicher Betrag		328,00 €	328,00 €
gekürzter Höchstbetrag			558,00 €
	tatsächliche Aufwendungen		550,00 €
	abzugsfähig		550,00 €

Ausbildungsfreibetrag für Sven

Ein Ausbildungsfreibetrag kann für Sven nicht gewährt werden, da er unter 18 Jahre alt und nicht auswärts untergebracht ist.

Fall 3:

1. **Krankheitskosten gem. § 33 Abs. 1 EStG**

	Arztkosten		550,00 €
+	Kosten für Krankenhausaufenthalt		3.100,00 €
+	Operationskosten		3.670,00 €
+	Medikamente		920,00 €
+	Kosten für Zahnbehandlung		1.100,00 €
=	Gesamtaufwendungen		9.340,00 €
-	Erstattung Versicherung		2.500,00 €
=	Belastung		6.840,00 €
-	zumutbare Belastung		
	2 % von 15.340 € =	306,80 €	
	3 % von 32.660 € =	979,80 €	
		1.286,60 €	
	abgerundet	1.286,00 €	1.286,00 €
=	abzugsfähiger Betrag		5.554,00 €

2. Für die monatlichen Unterhaltszahlungen an seinen Sohn kann Uwe Brenner keine außergewöhnlichen Belastungen mit Erfolg geltend machen. Die Zahlungen gelten durch den Freibetrag nach § 32 Abs. 6 EStG bzw. durch das Kindergeld als abgegolten.

3. Die Unterhaltszahlungen an seine geschiedene Ehefrau können mangels Bedürftigkeit nicht geltend gemacht werden. Von dem Unterhaltsempfänger muss verlangt werden, dass er zunächst seine Arbeitskraft und sein Vermögen einsetzt und verwertet, es sei denn, dass es sich um geringfügiges Vermögen handelt. Als geringfügig kann im Regelfall ein Vermögen bis zu einem gemeinen Wert (Verkehrswert) von 15.500 € angesehen werden. Das Vermögen der Ehefrau aus der Münzsammlung (40.000 €) übersteigt diesen Wert, sodass ein Abzug der Aufwendungen als außergewöhnliche Belastung nicht in Betracht kommt.

4. Die Unterhaltszahlungen an die beiden Schwestern können nicht als außergewöhnliche Belastung geltend gemacht werden. Voraussetzung für einen steuerli-

chen Abzug ist u. a., dass die unterstützte Person dem Steuerpflichtigen gegenüber gesetzlich unterhaltsberechtigt ist. Keine gesetzlich unterhaltsberechtigten Personen sind jedoch die Geschwister.

Die für den VZ 2022 anzusetzenden außergewöhnlichen Belastungen betragen daher 5.554 €.

Fall 4:

Jürgen:
Für Jürgen ist nach § 33a Abs. 2 EStG ein Ausbildungsfreibetrag i. H. v. (924 € • $^{6}/_{12}$ =) 462 € zu gewähren. Der Bruttoarbeitslohn wird nicht mindernd angerechnet. Der Ausbildungsfreibetrag ist nicht zu halbieren, da die Mutter von Jürgen bereits verstorben ist.

Eva:
Für Eva können keine außergewöhnlichen Belastungen geltend gemacht werden. Da sie kein geringes Vermögen bis zu 15.500 € besitzt (Grundstück im Verkehrswert von 50.000 €), kommt eine Unterstützung von bedürftigen Personen gem. § 33a Abs. 1 EStG nicht in Betracht. Ein Ausbildungsfreibetrag gem. § 33a Abs. 2 EStG ist auch nicht zu gewähren, da sie sich nicht in der Ausbildung befindet.

Marcel:
Es ist kein Ausbildungsfreibetrag zu gewähren. Eine auswärtige Unterbringung liegt nicht vor, da Marcel bei seinem Vater in Frankreich gemeldet und daher nicht aus dem Haushalt beider Elternteile ausgegliedert ist.

Fall 5:

1. **Gesamtbetrag der Einkünfte:**

	Einkünfte aus Gewerbebetrieb (Ehemann)		44.848,00 €
+	Einkünfte aus nichtselbstständiger Arbeit (Ehefrau) Bruttoarbeitslohn lt. Lohnsteuerbescheinigung 2022	37.924,00 €	
	Da Anna zu 70 % erwerbsgemindert ist, werden nach § 9 Abs. 2 EStG anstelle der Entfernungspauschale die tatsächlichen Aufwendungen abgezogen, in Ermangelung des Nachweises der tatsächlichen Aufwendungen der Pauschbetrag i. H. v. 0,60 € je Entfernungskilometer (230 Tage • 30 km • 0,60 € =)	4.140,00 €	
	Unstreitige Werbungskosten	160,00 €	
		33.624,00 €	33.624,00 €
=	Summe der Einkünfte		78.472,00 €
-	Altersentlastungsbetrag (Ehemann): 14,4 % von 44.848 € = 6.458 €, max.		684,00 €
=	**Gesamtbetrag der Einkünfte**		**77.788,00 €**

2. **Sonderausgaben:**

► abzugsfähige Vorsorgeaufwendungen	5.000,00 €
► Die Aufwendungen für das Backbuch i. H. v. 24,90 € sind als Kosten der hauswirtschaftlichen Aus- oder Weiterbildung nicht nach § 10 Abs. 1 Nr. 7 EStG begünstigt. Da andere übrige Sonderausgaben nicht geltend gemacht werden, ist der Pauschbetrag i. H. v. 72 € in Ansatz zu bringen.	72,00 €
	5.072,00 €

3. **Außergewöhnliche Belastungen:**

a) **Allgemeine außergewöhnliche Belastungen, § 33 Abs. 1 EStG**

	übernommene Behandlungs- und Operationskosten		8.500,00 €	
+	Behinderungsbedingte Fahrtkostenpauschale Da die Ehefrau zu 70 % erwerbsgemindert ist und der Schwerbehindertenausweis das Merkzeichen „G“ trägt, können die Pkw-Kosten mit einer behinderungsbedingten Fahrtkostenpauschale berücksichtigt werden. Diese beträgt hier jedoch nicht 4.500 €, sondern gem. § 33 Abs. 2a Nr. 1 EStG nur 900 €.		900,00 €	
			9.400,00 €	
-	zumutbare Belastung			
	1 % von 15.340 € =	153,40 €		
	+ 1 % von 35.790 € =	357,90 €		
	+ 2 % von 26.658 € =	533,16 €		
		1.044,66 €		
	abgerundet	1.044,00 €	1.044,00 €	
	abzugsfähiger Betrag gem. § 33 Abs. 1 EStG		8.356,00 €	8.356,00 €

b) **Unterhaltsleistungen, § 33a Abs. 1 EStG**

Die Aufwendungen für den Unterhalt der Mutter sind zwangsläufig, da die Kinder in gerader Linie gesetzlich unterhaltsverpflichtet sind.

	Höchstbetrag		9.984,00 €
-	eigene Einkünfte und Bezüge		
	Versorgungsbezüge	4.500,00 €	
	- WK-Pauschbetrag	102,00 €	
	weitere Bezüge	2.180,00 €	
	- Kostenpauschale	180,00 €	
	= Einkünfte und Bezüge	6.398,00 €	
	- Karenzbetrag	624,00 €	
	= schädlicher Betrag	5.774,00 €	5.774,00 €
	gekürzter Höchstbetrag		4.210,00 €

Der tatsächliche Gesamtaufwand von 5.000 € liegt über dem gekürzten Höchstbetrag i. H. v. 4.210 €, sodass der gekürzte Höchstbetrag maßgebend ist. Gemäß § 33a Abs. 1 Satz 6 EStG kann Johannes daher einen Betrag von (50 % v. 4.210 € =) 2.105 € geltend machen. 2.105,00 €

c) **Ausbildungsfreibeträge, § 33a Abs. 2 EStG**

- Tiberius
  Der Ausbildungsfreibetrag ist ab Juni 2022 zu gewähren, da Tiberius insoweit ab diesem Zeitpunkt außerhalb des Haushalts der Eltern und damit auswärtig untergebracht ist.

  Der Ausbildungsfreibetrag beträgt (924 € • $\frac{7}{12}$ =) 539,00 €.

  Der Bruttoarbeitslohn und das Trinkgeld werden nicht mindernd angerechnet.
- Gaius
  Es ist ein Ausbildungsfreibetrag ab April zu gewähren, da Gaius in diesem Monat sein 18. Lebensjahr vollendet hatte.

  Ausbildungsfreibetrag: 924 • $\frac{9}{12}$ = 693,00 €
- Claudius
  Johannes erhält für Claudius keinen Ausbildungsfreibetrag, da Claudius bei seiner Mutter mit Wohnsitz gemeldet und daher insoweit nicht auswärtig untergebracht ist.

d) **Behinderung, § 33b EStG**

Der erhöhte Behinderten-Pauschbetrag für Tabea ist nach § 33b Abs. 5 EStG auf die Ehegatten zu übertragen. Ebenso erhalten die Eheleute Speik für Tabea den Pflege-Pauschbetrag gem. § 33b Abs. 6 EStG i. H. v. 1.800 €. Für Gaius kann sein Pauschbetrag übertragen werden, da sein Grad der Behinderung mindestens 20 % beträgt. Die Pauschbeträge sind daher insgesamt anzusetzen mit:

► Gaius (20 %)	384,00 €	
► Ehefrau (70 %)	1.780,00 €	
► Tabea	7.400,00 €	
► Pflege-PB	1.800,00 €	
	11.364,00 €	11.364,00 €

4. **Ermittlung des Einkommens:**

	Gesamtbetrag der Einkünfte (s. o.)			77.788,00 €
-	Sonderausgaben (s. o.)			5.072,00 €
-	außergewöhnliche Belastungen			
	► Allgemeine a.g.B. gem. § 33 EStG		8.356,00 €	
	► Unterhaltsleistungen		2.105,00 €	
	► Ausbildungsfreibeträge			
	► Tiberius	539,00 €		
	► Gaius	693,00 €		
	► Claudius	0,00 €	1.232,00 €	
	► Behinderung		11.364,00 €	
			23.057,00 €	23.057,00 €
=	**Einkommen**			**49.659,00 €**

Zu 14.2 (Ermittlung des zu versteuernden Einkommens)

Fall:

a) **Lotte** ist aufgrund des Studiums das gesamte Jahr 2022 nach § 32 Abs. 4 Satz 1 Nr. 2 Buchst. a) EStG zu berücksichtigen. Das Studium wird jedoch nach Abschluss einer erstmaligen Berufsausbildung durchgeführt, sodass Lotte nach § 32 Abs. 4 Sätze 2 und 3 EStG nur berücksichtigt werden kann, wenn die ausgeübte Erwerbstätigkeit unschädlich ist. Da die Ausweitung der Erwerbstätigkeit von Juli - September 2022 nicht nur vorübergehend ist (= mehr als zwei Monate), ist diese Tätigkeit als schädlich einzustufen, sodass sie für diesen Zeitraum bei den Eheleuten Sorge nicht berücksichtigt werden kann. Lotte ist demnach im VZ 2022 nur für neun Monate zu berücksichtigen.

Susi ist als Enkelkind nicht zu berücksichtigen. Insbesondere scheidet ein Pflegekindschaftsverhältnis i. S. des § 32 Abs. 1 Nr. 2 EStG aus, da der Kontakt zu den leiblichen Eltern noch besteht.

Aufgrund des Studiums ist **Lisa** nach § 32 Abs. 4 Satz 1 Nr. 2 Buchst. a) EStG zu berücksichtigen. Das Studium wird jedoch nach Abschluss einer erstmaligen Berufsausbildung durchgeführt, sodass Lisa nach § 32 Absatz 4 Satz 2 EStG ab August 2022 nur berücksichtigt werden kann, wenn die ausgeübte Erwerbstätigkeit unschädlich ist. Das ist hier der Fall, weil es sich um ein geringfügiges Beschäftigungsverhältnis handelt, da die Entgeltgrenze von 450 € nicht überschritten wird:

laufendes Arbeitsentgelt	425,00 €
(Trinkgeld ist steuerfrei)	
anteiliges Weihnachtsgeld	
(125 € : 5 Monate =)	25,00 €
	450,00 €

Die wöchentliche Arbeitszeit von 30 Stunden ist dabei unerheblich.

Lisa ist demnach für den ganzen VZ 2022 zu berücksichtigen.

Werner ist als leibliches Kind ebenfalls mit den Ehegatten Sorge im ersten Grad verwandt. Wegen seiner Behinderung ist er gem. § 32 Abs. 4 Nr. 3 EStG zu berücksichtigen. Seine Einkünfte und Bezüge i. H. v. (400 € • 12 =) 4.800 € übersteigen nicht 10.347 €, sodass er auch finanziell außer Stande ist, sich selbst zu unterhalten.

b) Die Eheleute Sorge erhalten demnach für den VZ 2022 Freibeträge i. H. v. insgesamt 29.358 €:

- für **Lisa** und **Werner** jeweils einen Kinderfreibetrag von 5.460 € und jeweils einen Betreuungsfreibetrag von 2.928 €
- für **Lotte** und **Susi** jeweils einen Kinderfreibetrag von (5.460 € • 9/12 =) 4.095 € und jeweils einen Betreuungsfreibetrag von (2.928 € • 9/12 =) 2.196 €.

Zu 15.6 (Steuerfestsetzung)

Fall 1: Einkommensteuer 1

1. Eheleute Braun

Einkünfte aus Gewerbebetrieb Ehefrau			- 3.300,00 €
Einkünfte aus nichtselbstständiger Arbeit Ehemann			
	Bruttoarbeitslohn	97.017,00 €	
-	Werbungskosten		
	Arbeitsmittel/Laptop		
	1.290 € (Sofortabschreibung, da ND = 1 Jahr)	1.290,00 €	
	Arbeitsmittel/Faxgerät (GWG)	278,00 €	
	Reisekosten/Fortbildung in Münster		
	a) Fahrtkosten		
	44 Tage • 15 km • 2 • 0,30 €	396,00 €	
	b) Verpflegungsmehraufwand		
	10 Tage • 14 €	140,00 €	
	Berufsverband: Beitrag VDI	120,00 €	
	Kontoführungsgebühren	16,00 €	
=	Einkünfte gem. § 19 EStG	94.777,00 €	94.777,00 €
Einkünfte aus nichtselbstständiger Arbeit Ehefrau			
	Bruttoarbeitslohn	12.000,00 €	
-	Werbungskosten		
	Aufwendungen für Erststudium		
	(Es handelt sich um Werbungskosten, weil dem Fernstudium eine abgeschlossene Berufsausbildung vorangegangen ist.)		
	Studiengebühr 2 • 350 €	700,00 €	
	Fahrtkosten (10 Tage • 20 km • 0,30 €)		
	+ (10 Tage • 35 km • 0,38 €) =	193,00 €	
	Fachbücher	432,00 €	
	Kontoführungsgebühren	16,00 €	
=	Einkünfte gem. § 19 EStG	10.659,00 €	10.659,00 €

	Einkünfte aus Vermietung und Verpachtung Ehefrau		
	Mieteinnahmen	12.000,00 €	
+	Nebenkosten 6.000 € - 800 €	5.200,00 €	
		17.200,00 €	
-	Werbungskosten		
	Grundbesitzabgaben	1.800,00 €	
	Gebäudeversicherung	600,00 €	
	Heizung/Strom/Wasser	2.600,00 €	
	Schornsteinfeger	95,00 €	
	Hausmeister	240,00 €	
	Heizungsreparatur	800,00 €	
	Abschreibung Balkon 15.000 € • 2 % • $^{6}/_{12}$	150,00 €	
=	Einkünfte gem. § 21 EStG	10.915,00 €	10.915,00 €
=	**Summe/Gesamtbetrag der Einkünfte**		**113.051,00 €**
-	**Sonderausgaben**		
	Altersvorsorgeaufwendungen		
	AN RV (6.789 € + 1.122 € =)	7.911,00 €	
	AG RV	7.911,00 €	
		15.822,00 € < 51.278,00 €	
	• 94 % = (aufgerundet)	14.873,00 €	
	- AG RV	7.911,00 €	
		6.962,00 €	6.962,00 €
	sonstige Vorsorgeaufwendungen		
	höchstens abziehbar (1.900 € • 2 =)	3.800,00 €	
	(ausreichend hohe Beiträge liegen vor)		
	mindestens jedoch Basisversicherung:		
	private KV (430 € • 12 € • 80 % =)	4.128,00 €	
	private PV (25 € • 12 =)	300,00 €	
	AN-Anteil KV (1.008 € • 96 % =)	968,00 €	
	AN-Anteil PV	141,00 €	
		5.537,00 €	
	- Beitragsrückerstattung (Basisanteil)	500,00 €	
	- steuerfreier AG-Zuschuss KV	2.160,00 €	
		2.877,00 €	
	abzugsfähig ist der höhere Betrag i. H. v.		3.800,00 €
	übrige Sonderausgaben		
	Kirchensteuer Ehemann	1.670,00 €	
	Kirchensteuer Ehefrau	124,00 €	
	Vorauszahlungen 2022 (72 € • 4)	288,00 €	
	Nachzahlung 2021	90,00 €	
		2.172,00 €	2.172,00 €

	Kinderbetreuungskosten:		
	Kindergarten (100 € • 9 =)	900,00 €	
	Tagesmutter (150 € • 12 =)	1.800,00 €	
		2.700,00 €	
		davon ⅔ =	1.800,00 €
=	**Einkommen**		**98.317,00 €**
-	Kinderfreibetrag		5.460,00 €
-	Betreuungsfreibetrag		2.928,00 €
=	**zu versteuerndes Einkommen**		**89.929,00 €**
	tarifliche Einkommensteuer (22,24 %)		**20.000,00 €**
+	anzurechnendes Kindergeld		2.628,00 €
-	Aufwendungen Köchin (§ 35a Abs. 2 EStG): 20 % von 6.000 € =		1.200,00 €
-	Wasserrohrbruch/Handwerkerleistungen (§ 35a Abs. 3 EStG) nur Lohn- und Fahrtkosten: 600 € • 1,19 • 20 % = gerundet		143,00 €
=	**festzusetzende Einkommensteuer**		**21.285,00 €**
-	Steuerabzug vom Lohn Ehemann		21.164,00 €
-	Steuerabzug vom Lohn Ehefrau		1.368,00 €
-	Vorauszahlungen (800 € • 4 =)		3.200,00 €
=	**Steuererstattung**		**4.447,00 €**

2. Einkünfte des Sohnes Marc Braun

Für den Sohn Marc Braun sollte für den **VZ 2022** gem. § 32d Abs. 6 EStG eine Einkommensteuererklärung abgegeben werden, damit die einbehaltene Zinsabschlagsteuer und der einbehaltene Solidaritätszuschlag erstattet wird (= Antrag auf Günstigerprüfung).

Für den **VZ 2023** sollte ein Antrag auf Ausstellung einer Nichtveranlagungsbescheinigung gestellt werden, damit keine Steuerbeträge mehr einbehalten werden.

Ermittlung des zu versteuernden Einkommens für den VZ 2022

	Zinsertrag	4.812,00 €
-	Sparer-Pauschbetrag	801,00 €
=	Einkünfte aus Kapitalvermögen	4.011,00 €
=	Summe der Einkünfte/Gesamtbetrag der Einkünfte	4.011,00 €
-	Sonderausgaben Pauschbetrag	36,00 €
=	zu versteuerndes Einkommen	3.975,00 €
	tarifliche Einkommensteuer	0,00 €
-	Zinsabschlagsteuer	1.203,00 €
-	Solidaritätszuschlag	66,17 €
=	**Erstattung**	**1.269,17 €**

Fall 2: Einkommensteuer 2

1. **Prüfung, ob Karin steuerlich zu berücksichtigen ist**
   Karin hat das 18. Lebensjahr, aber noch nicht das 25. Lebensjahr vollendet und wird wegen des Studiums für einen Beruf ausgebildet, § 32 Abs. 4 Nr. 2 Buchst. a) EStG.

   Karin absolviert eine Zweitausbildung und wird nach § 32 Abs. 4 Satz 2 und 3 EStG im ganzen VZ 2022 berücksichtigt, weil sie nur ein geringfügiges Beschäftigungsverhältnis ausübt. Die Höhe des Einkommens ist insofern ohne Bedeutung.

2. **Ermittlung des zu versteuernden Einkommens**

	Einkünfte aus nichtselbstständiger Arbeit:		
	Bruttoarbeitslohn		48.080,00 €
-	Arbeitnehmer-Pauschbetrag		1.200,00 €
=	Einkünfte gem. § 19 EStG		46.880,00 €
	Einkünfte aus Vermietung und Verpachtung:		
	Mieteinnahmen		45.000,00 €
+	Mietumlage Heizung/Nebenkosten		9.000,00 €
			54.000,00 €
-	Werbungskosten		
	Zinsen	7.000,00 €	
	Dachreparatur	15.000,00 €	
	Heizung/Nebenkosten	7.200,00 €	
	Gebäudeversicherung, 10-Tages-Regel	2.400,00 €	
	Gebäudehaftpflichtversicherung	600,00 €	
	Abschreibung (200.000 € • 2,5 % =)	5.000,00 €	
		37.200,00 €	
	• 5/6 (vermieteter Teil)	31.000,00 €	
	Rechtsanwalt zu 100 %	1.300,00 €	
		32.300,00 €	32.300,00 €
=	Einkünfte gem. § 21 EStG		21.700,00 €
=	**Summe der Einkünfte**		**68.580,00 €**
-	Entlastungsbetrag für Alleinerziehende (4.008 € • 2/12 =)		668,00 €
=	**Gesamtbetrag der Einkünfte**		**67.912,00 €**
-	**Sonderausgaben:**		
	Unterhaltsleistungen 2.000 € • 10 Monate = 20.000 €, max. abzugsfähig		13.805,00 €

	Altersvorsorgeaufwendungen („Rürup-Rente“):		
	Höchstbetrag	25.639,00 €	
	Kürzung: 18,6 % von 48.080 € =	8.943,00 €	
	Gekürzter Höchstbetrag	16.696,00 €	
	tatsächlicher Aufwand	5.400,00 €	
	abzugsfähig: 94 %	5.076,00 €	5.076,00 €
	Übrige Vorsorgeaufwendungen:		
	Höchstbetrag: 1.900 € (ausreichend hohe Beiträge liegen vor)		
	mindestens jedoch Basisversorgung:		
	Beitrag Krankenversicherung	6.000,00 €	
	- 20 % Komfortleistungen	1.200,00 €	
	- Erstattung für 2021	500,00 €	
		4.300,00 €	
	+ private Pflegeversicherung	480,00 €	
		4.780,00 €	4.780,00 €
-	**Außergewöhnliche Belastungen:**		
	Ausbildungsfreibetrag		
	$^{10}/_{12}$ von 924 € zu 50 % =		385,00 €
	(ab November liegt keine auswärtige Unterbringung mehr vor)		
=	**Einkommen**		**43.866,00 €**
-	Freibeträge gem. § 32 Abs. 6 EStG		
	Kinderfreibetrag:		
	2.730 € • $^{10}/_{12}$ =		2.275,00 €
	5.460 € • $^{2}/_{12}$ =		910,00 €
	Betreuungsfreibetrag:		
	1.464 € • $^{10}/_{12}$ =		1.220,00 €
	2.928 € • $^{2}/_{12}$ =		488,00 €
=	**zu versteuerndes Einkommen**		**38.973,00 €**

Fall 3: Einkommensteuer 3

Sachverhalt 1:

§ 19 EStG:

	Bruttoarbeitslohn		49.313,00 €
-	Fahrtkosten		
	(210 Tage • 55 km • 0,64 € =)	7.392,00 €	
	- pauschalierter Betrag	1.350,00 €	
		6.042,00 €	6.042,00 €
-	übrige Werbungskosten		595,00 €
			42.676,00 €

§ 22 EStG:

	Ertragsanteil: 38 %, da 40. Lebensjahr vollendet.		
	38 % von 6.000 € =	2.280,00 €	
-	WK-Pauschbetrag	102,00 €	
		2.178,00 €	2.178,00 €
=	**Summe der Einkünfte = Gesamtbetrag der Einkünfte**		**44.854,00 €**
-	**Sonderausgaben:**		
	Schulgeld (30 % von 140 € • 12 Monate =)		504,00 €
	Spenden für gemeinnützige Zwecke		
	(20 % von 44.854 €, max. 3.000 € =)		3.000,00 €
	Altersvorsorgeaufwendungen:		
	AN-Anteil zur gesetzl. RV	4.610,00 €	
	+ AG-Anteil zur gesetzl. RV	4.610,00 €	
	= Summe	9.220,00 €	
	davon 94 %, gerundet	8.667,00 €	
	- AG-Anteil zur gesetzl. RV	4.610,00 €	
	= abzugsfähiger Betrag	4.057,00 €	4.057,00 €
	Sonstige Vorsorgeaufwendungen:		
	Höchstbetrag: (2 • 1.900 € =) 3.800 €		
	(ausreichend hohe Beiträge liegen vor)		
	mindestens jedoch Basisversorgung:		
	private Krankenversicherung	5.865,00 €	
	gesetzl. KV: 4.143 € abzgl. 4 % =	3.978,00 €	
	gesetzl. PV	580,00 €	
	= Summe	10.423,00 €	10.423,00 €

-	**Außergewöhnliche Belastungen:**	
	Behinderten-PB (70 %)	1.780,00 €
	Ausbildungsfreibetrag für 8 Monate	
	(8/12 von 924 € =)	616,00 €
	Unterhaltszahlungen für 4 Monate	
	Höchstbetrag: 4/12 von 9.984 € = 3.328 €	
	tats. Zahlung: 550 € • 4 = 2.200 €	2.200,00 €
=	**Einkommen = zu versteuerndes Einkommen**	**22.274,00 €**
	tarifliche ESt (1,56 %)	347,00 €
-	Parteispende (50 % von 270 € =)	135,00 €
=	Festzusetzende Einkommensteuer	212,00 €
-	einbehaltene Lohnsteuer	4.750,00 €
=	**ESt-Erstattung**	**4.538,00 €**

Sachverhalt 2:

zu 1.
Die Aufwendungen sind gem. § 9 Abs. 6 Satz 1 EStG als Werbungskosten zu berücksichtigen, da dem Erststudium bereits eine Berufsausbildung vorangegangen ist.

zu 2.
Das Krankengeld ist nach § 3 Nr. 1a EStG steuerfrei, unterliegt jedoch dem Progressionsvorbehalt, § 32b Abs. 1 Nr. 1b EStG.

zu 3.

	Einkünfte aus nichtselbstständiger Arbeit		
	Bruttoarbeitslohn		9.000,00 €
	- Werbungskosten		
	Fahrten zur ersten Tätigkeitsstätte:		
	(62 Tage • 20 km • 0,30 €) + (62 Tage • 22 km • 0,38 €) =		891,00 €
	Kontoführungsgebühren		16,00 €
	Semesterbeiträge		476,00 €
	Fahrtkosten (46 • 20 km • 0,30 €) + (46 • 70 km • 0,35 €) =		1.403,00 €
	Fachbücher		221,00 €
	= Einkünfte gem. § 19 EStG		5.993,00 €
=	**Summe der Einkünfte/Gesamtbetrag der Einkünfte**		**5.993,00 €**
-	Sonderausgaben		
	abzugsfähige Vorsorgeaufwendungen		1.478,00 €
	gezahlte Kirchensteuer	122,00 €	
	abzüglich erstattete Kirchensteuer, max.	122,00 €	
		0,00 €	
	mindestens jedoch Sonderausgaben-Pauschbetrag		36,00 €
+	Erstattungsüberhang aus Kirchensteuern (180 € - 122 € =)		58,00 €
=	**Einkommen/zu versteuerndes Einkommen**		**4.537,00 €**

Fall 4: Einkommensteuer 4

Sachverhalt 1:

	Einkünfte aus Gewerbebetrieb:			
	Wirtschaftsjahr 2021/22			**67.807,00 €**
+	**Einkünfte aus Kapitalvermögen:**			
	Bei dem Veräußerungsgewinn i. H. v. 2.500 € handelt es sich um Einnahmen aus Kapitalvermögen i. S. des § 20 Abs. 2 Nr. 1 EStG. Diese unterliegen nach § 43 Abs. 1 Nr. 9 EStG dem Kapitalertragsteuerabzug, der nach § 43 Abs. 5 EStG abgeltende Wirkung hat, sodass ein Ansatz im Rahmen der ESt-Veranlagung unterbleibt.			
+	**Einkünfte aus Vermietung und Verpachtung:**			
	Einnahmen (675 € • 8 Monate =)		5.400,00 €	
	- AfA: 2 % von 225.000 € • 8/12 =		3.000,00 €	
	- Grundsteuer/Straßenreinigung		120,00 €	
	- Hausversicherung		240,00 €	
	- Verwaltungsgebühr		400,00 €	
	- Instandhaltungsrücklage		0,00 €	
	= Einkünfte		**1.640,00 €**	**1.640,00 €**
+	**Sonstige Einkünfte (privates Veräußerungsgeschäft):**			
	Veräußerungspreis		280.000,00 €	
	- geminderte Anschaffungskosten			
	Kaufpreis	250.000,00 €		
	- AfA 2017:			
	225.000 € • 2 % • 3/12	1.125,00 €		
	- AfA 2018 - 2021:			
	4.500 € • 4	18.000,00 €		
	- AfA 2022 (s. o.)	3.000,00 €		
		227.875,00 €	227.875,00 €	
	= Veräußerungsgewinn		52.125,00 €	**52.125,00 €**
=	**Summe der Einkünfte**			**121.572,00 €**
-	Altersentlastungsbetrag (Höchstbetrag)			684,00 €
-	Entlastungsbetrag für Alleinerziehende			
	Markus: 4.008 € • 11/12 =			3.674,00 €
	Sven: Erhöhungsbetrag			240,00 €
=	**Gesamtbetrag der Einkünfte**			**116.974,00 €**
-	abzugsfähige Vorsorgeaufwendungen			6.285,00 €
-	Sonderausgaben-Pauschbetrag			36,00 €

Die Aufwendungen für die Kinderfrau können nicht berücksichtigt werden, weil sie wegen der erfolgten Barzahlung nicht auf deren Konto geleistet worden sind, § 10 Abs. 1 Nr. 5 Satz 4 EStG.

-	**Ausbildungsfreibetrag für Markus:** (Vollendung des 25. Lj. am 30.11.2022) Freibetrag (924 € • 11/12 =)			847,00 €
-	**Unterstützungsleistungen an Markus:** (Monat Dezember 2022)			
	Höchstbetrag (9.984 € • 1/12 =)		832,00 €	
+	Erhöhungsbetrag nach § 33a Abs. 1 Satz 2 EStG:			
	KV Beiträge: 292,32 € : 6 • 96 % (gerundet)		47,00 €	
	PV Beiträge: 49,59 € : 6 (gerundet)		9,00 €	
			888,00 €	
	Einkünfte:			
	Arbeitslohn (3.480 € : 6 =)	580,00 €		
-	AN-PB (1.000 € • 1/6 =)	167,00 €		
		413,00 €		
-	unschädlich (624 € • 1/12 =)	52,00 €		
=	Schädlicher Betrag	361,00 €	361,00 €	
=	Gekürzter Höchstbetrag		527,00 €	
	tats. Aufwendungen		550,00 €	
=	abzugsfähig			527,00 €
=	**Einkommen**			**109.279,00 €**
-	Kinderfreibetrag Sven			5.460,00 €
-	Kinderfreibetrag Markus (5.460 € • 11/12 =)			5.005,00 €
-	Betreuungsfreibetrag Sven			2.928,00 €
-	Betreuungsfreibetrag Markus (2.928 € • 11/12 =)			2.684,00 €
=	**zu versteuerndes Einkommen**			**93.022,00 €**

(**Hinweis:** Es ist der volle Kinder- und Betreuungsfreibetrag zu gewähren, weil der andere Elternteil verstorben ist (§ 32 Abs. 6 Satz 3 Nr. 1 1. Halbsatz EStG.))

Berechnung der ESt-Abschlusszahlung:

	zu versteuerndes Einkommen	93.022,00 €
•	32,04 % = **tarifliche Einkommensteuer (gerundet)**	29.804,00 €
+	Kindergeld	5.037,00 €
-	**Kinderfrau (§ 35a Abs. 1 EStG):** Die Zahlung auf ein Konto ist bei haushaltsnahen Beschäftigungsverhältnissen i. S. des § 35a Abs. 1 EStG nicht erforderlich (Umkehrschluss aus § 35a Abs. 5 Satz 3 EStG). 448 € • 12 = 5.376 € • 20 % = 1.076 €, max.	510,00 €
=	**festzusetzende Einkommensteuer**	34.331,00 €
-	ESt-Vorauszahlungen	34.000,00 €
=	**ESt-Abschlusszahlung**	**331,00 €**

Sachverhalt 2:

Sonderausgaben, die keine Vorsorgeaufwendungen sind:

Ehegattenunterhalt:	gezahlter Unterhalt	15.600,00 €	
	Höchstbetrag	13.805,00 €	
	+ Basisleistungen zur KV, PV	3.000,00 €	
		16.805,00 €	**16.805,00 €**

Altersvorsorgeaufwendungen:

	Versorgungswerk Rechtsanwälte	17.075,00 €	
+	AN-Anteil gesetzliche RV	398,00 €	
+	AG-Anteil gesetzliche RV	398,00 €	
=	Summe	17.871,00 €	
	Höchstbetrag	51.278,00 €	
	zu berücksichtigen somit	17.871,00 €	
	davon 94 %, gerundet	16.799,00 €	
-	AG-Anteil gesetzliche RV	398,00 €	
=	abzugsfähige Vorsorgeaufwendungen	16.401,00 €	**16.401,00 €**

Sonstige Vorsorgeaufwendungen:

	Höchstbetrag (2.800 € + 1.900 € =)	4.700,00 €	
	(ausreichend hohe Beiträge liegen vor)		
	mindestens jedoch Basisversorgung:		
	Beitrag Krankenversicherung Ehemann	6.000,00 €	
-	20 % Komfortleistungen	1.200,00 €	
-	Erstattung für 2021	500,00 €	
		4.300,00 €	
	private Pflegeversicherung	480,00 €	
	gesetzl. KV: 297 € abzgl. 4 % =	286,00 €	
	gesetzl. PV	46,00 €	
=	Summe	5.112,00 €	**5.112,00 €**
=	**insgesamt abzugsfähige Sonderausgaben**		**38.318,00 €**

Unterstützungsleistungen i. S. des § 33a Abs. 1 EStG:

	Höchstbetrag		9.984,00 €
-	Eigene Einkünfte und Bezüge		
	Renteneinnahmen	6.210,00 €	
	- WK-Pauschbetrag	102,00 €	
	- Kostenpauschale	180,00 €	
	= Einkünfte und Bezüge	5.928,00 €	
	- Karenzbetrag	624,00 €	
	= schädlicher Betrag	5.304,00 €	5.304,00 €
	gekürzter Höchstbetrag		4.680,00 €
	tatsächliche Aufwendungen		4.800,00 €
	abzugsfähig ist der kleinere Betrag, mithin		**4.680,00 €**

Zusammenstellung:

	Gesamtbetrag der Einkünfte	70.000,00 €
-	Sonderausgaben	37.318,00 €
-	außergewöhnliche Belastungen	4.680,00 €
=	Einkommen	28.002,00 €

Fall 5: Einkommensteuer 5

1. **Ermittlung des zu versteuernden Einkommens des Markus Fröhlich**

Einkünfte aus Gewerbebetrieb:

Fotovoltaikanlage:

	Betriebseinnahmen:		
	2 • 600 € =	1.200,00 €	
+	19 % USt	228,00 €	
		1.428,00 €	
-	Betriebsausgaben:		
	Zinsen	500,00 €	
	AfA 20.000 € : 20 • $^2/_{12}$	167,00 €	
	Sonder-AfA § 7g EStG (20 %)	4.000,00 €	
	Vorsteuer	3.800,00 €	
		8.467,00 €	- 7.039,00 €
	Gewinn laut gesonderter Feststellung aus Beteiligung:		
	60 % von 100.000 €	60.000,00 €	
-	Sonderbetriebsausgaben	4.000,00 €	56.000,00 €
=	**Einkünfte aus Gewerbebetrieb**		**48.961,00 €**

Einkünfte aus selbstständiger Arbeit:

Tätigkeitsvergütung als Übungsleiter 2.200 € liegt unterhalb des Freibetrages des § 3 Nr. 26 EStG von 3.000,00 €	0,00 €

Die entstandenen Fahrtkosten können nicht berücksichtigt werden, da sie die steuerfreien Einnahmen nicht übersteigen, vgl. § 3 Nr. 26 Satz 2 EStG.

Einkünfte aus nichtselbstständiger Arbeit:

	Bruttoarbeitslohn	50.000,00 €	
-	Werbungskosten:		
	Entfernungspauschale		
	210 • 19 km • 0,30 €/km	1.197,00 €	
	Beiträge zu Berufsverbänden	300,00 €	
	Fachliteratur	256,00 €	
		1.753,00 €	
=	**Einkünfte aus nichtselbstständiger Arbeit**		**48.247,00 €**

Einkünfte aus Vermietung und Verpachtung:

	Einnahmen:		
	EG: Miete: 2.500 € • 1,19 • 12 =	35.700,00 €	
	Nebenkostennachzahlung	595,00 €	
	OG: Mieteinnahmen	52.000,00 €	
-	Rückzahlung Nebenkosten	1.200,00 €	
			87.095,00 €
	Einnahmen aus USt-Erstattung 2021		300,00 €
			87.395,00 €
-	Werbungskosten:		
	AfA 2 % von 350.000 €	7.000,00 €	
	Schuldzinsen	5.000,00 €	
	Erhaltungsaufwendungen (brutto)	17.850,00 €	
	Grundbesitzabgaben	3.000,00 €	
	Gebäudeversicherung	1.500,00 €	
	Geleistete USt-VZ (4 • 1.425 €)	5.700,00 €	
			40.050,00 €
=	Einkünfte aus Vermietung und Verpachtung		**47.345,00 €**
=	**Summe der Einkünfte = Gesamtbetrag der Einkünfte**		**144.553,00 €**
-	**Sonderausgaben:**		
	Vorsorgeaufwendungen:		
	Höchstbetrag	1.900,00 €	
	(ausreichend hohe Beiträge liegen vor)		
	mindestens jedoch Basisversorgung:		
	Beitrag private Krankenversicherung	5.200,00 €	
-	18 % Komfortleistungen	936,00 €	
-	Erstattung für 2021	1.252,00 €	
+	private Pflegeversicherung	280,00 €	
		3.292,00 €	3.292,00 €
	Sonderausgaben-Pauschbetrag		36,00 €
=	**Einkommen/zu versteuerndes Einkommen**		**141.225,00 €**

2. **Berechnung der festzusetzenden Einkommensteuer**

Tarifliche ESt lt. Grundtarif (35,44 %), gerundet	50.050,00 €
Steuerermäßigung gem. § 35 EStG GewSt-Messbetrag 2.500 € • 4,0 =	10.000,00 €
Steuerermäßigung gem. § 35a Abs. 1 EStG Aufwendungen für geringfügige Beschäftigung 12 • 200 € + 328,80 € = 2.728,80 € davon 20 % = 545,76 €, max. 510 €	510,00 €
Gartenarbeiten = Handwerkerleistungen gem. § 35a Abs. 3 EStG Aufwendungen: 620 € • 1,19 = 737,80 € davon 20 % = 148 €, max. 1.200 €	148,00 €
Festzusetzende ESt	39.392,00 €

3. **Berechnung der Umsatzsteuer 2022**
Steuerpflichtige Umsätze zu 19 %

Lieferungen und sonstige Leistungen:		
Fotovoltaikanlage: 600 € • 2 =	1.200,00 €	
Miete Ladenlokal: 2.000 € • 12 =	24.000,00 €	
Nebenkosten: 500 € • 12 =	6.000,00 €	
Nachzahlung	500,00 €	
		31.700,00 €
• 19 % Umsatzsteuer		6.023,00 €
Abziehbare Vorsteuerbeträge:		
Reparatur Ladenlokal	380,00 €	
Dachsanierung, 1.900 € • 25 % =	475,00 €	
Anschaffung Fotovoltaikanlage	3.800,00 €	4.655,00 €
Zahllast		1.368,00 €
abzüglich USt-Vorauszahlungen (3 • 1.425 € + 1.653 €)		5.928,00 €
USt-Erstattungsanspruch 2022		4.560,00 €

Fall 6: Einkommensteuer 6

Sachverhalt 1:

1. **Einkünfte aus Vermietung und Verpachtung**

Einnahmen:		
EG:	6.800 € • 12 • 1,19 =	97.104,00 €
1. OG:	6.000 € • 12 =	72.000,00 €
2. OG:	1.000 € • 12 =	12.000,00 €
USt-Erstattung 2021		3.000,00 €
Summe		184.104,00 €

- **Werbungskosten:**	
Abschreibung:	
(800.000 € • 80 % • 2 % =)	12.800,00 €
Grundbesitzabgaben	3.954,00 €
Wohngebäudeversicherung	1.536,00 €
Gebäudehaftpflichtversicherung	900,00 €
Schornsteinfegergebühren	468,00 €
Hausstrom	552,00 €
Wasser	4.476,00 €
Heizöl	6.114,00 €
Reparaturen gesamtes Haus	42.000,00 €
Steuerberater: Ermittlung Überschuss	
(900 € • 1,19 =)	1.071,00 €
Zwischensumme	73.871,00 €

	davon 24/30 = gerundet	59.097,00 €	
	Fußboden Bäckerei	23.800,00 €	
	USt-Vorauszahlungen (3 • 3.800 € =)	11.400,00 €	
	Steuerberater: USt-Erklärung (500 € • 1,19 =)	595,00 €	
	Summe	94.892,00 €	94.892,00 €
=	**Einkünfte gem. § 21 EStG**		**89.212,00 €**

2. **USt-Abschlusszahlung bzw. USt-Erstattung**

	Umsatzsteuer:		
	6.800 € • 12 • 19 % =		15.504,00 €
-	**Vorsteuer:**		
	Schornsteinfeger	468,00 €	
	Hausstrom	552,00 €	
	Heizöl	6.114,00 €	
	Reparaturen gesamtes Haus	42.000,00 €	
		49.134,00 €	
	darin 19 % Vorsteuer enthalten	7.844,92 €	
	abzugsfähig 1/3 =		2.614,97 €
	Wasser	4.476,00 €	
	darin 7 % Vorsteuer enthalten	292,82 €	
	abzugsfähig 1/3 =		97,61 €
	Fußboden Bäckerei	23.800,00 €	
	darin 19 % Vorsteuer enthalten		3.800,00 €
	Rechnung Steuerberater:		
	Ermittlung Überschuss: 900 € • 19 % • 1/3 =		57,00 €
	USt-Erklärung: 500 € • 19 %		95,00 €
	Summe Vorsteuer		6.664,58 €
=	USt-Zahllast		8.839,42 €
-	USt-Vorauszahlungssoll (4 • 3.800 € =)		15.200,00 €
=	**USt-Erstattung**		**6.360,58 €**

Sachverhalt 2:

Ermittlung des Einkommens

Einkünfte aus nichtselbstständiger Arbeit:			
	Bruttoarbeitslohn lt. Lohnsteuerbescheinigung		38.948,00 €
-	Versorgungsfreibetrag		
	24.000 € • 14,4 % = 3.456 €		
	jedoch max.	1.080,00 €	
+	Zuschlag	324,00 €	
		1.404,00 €	
		davon 2/12 =	234,00 €
-	Pauschbetrag für Versorgungsbezüge		102,00 €
-	tatsächliche Werbungskosten		
	Entfernungspauschale:		
	180 Tage • 20 km • 0,30 € =	1.080,00 €	
	- bereits pauschaliert	540,00 €	
		540,00 €	
	Kontoführungsgebühren:		
	75 € nicht abzugsfähig	16,00 €	
		556,00 €	
	mindestens: AN-Pauschbetrag		1.000,00 €
=	Einkünfte gem. § 19 EStG		**37.612,00 €**
=	**Summe der Einkünfte/Gesamtbetrag der Einkünfte**		**37.612,00 €**
-	**Sonderausgaben (Altersvorsorgeaufwendungen):**		
	AG-Anteil Rentenversicherung	3.647,00 €	
	AN-Anteil	3.647,00 €	
	Summe	7.294,00 €	
	davon 94 %, gerundet	6.857,00 €	
	- AG-Anteil Rentenversicherung	3.647,00 €	
	abzugsfähiger Betrag	3.210,00 €	3.210,00 €
-	**Sonderausgaben (übrige Vorsorgeaufwendungen):**		
	Höchstbetrag (1.900 € • 2 =)	3.800,00 €	
	(ausreichend hohe Beiträge liegen vor)		
	mindestens jedoch Basisversorgung:		
	KV-Beiträge: 3.276 € • 96 %	3.145,00 €	
	PV-Beiträge	459,00 €	
		3.604,00 €	< 3.800,00 €
	abzugsfähig demnach der Höchstbetrag von 3.800,00 €		3.800,00 €

-	**Übrige Sonderausgaben:**			
	Kirchensteuer lt. Lohnsteuerbescheinigung		19,80 €	
	Parteispende	300,00 €		
	- Tarifermäßigung, max.	300,00 €		
	abzugsfähige Spenden	0,00 €	0,00 €	
	Summe		19,80 €	
	mindestens abzugsfähig: Sonderausgaben-Pauschbetrag			72,00 €
-	**Außergewöhnliche Belastungen gem. § 33 EStG:**			
	Krankheitskosten (3.000 € • 50 %)	1.500,00 €		
	+ Beerdigungskosten	5.000,00 €		
	Summe	6.500,00 €		
	- zumutbare Belastung			
	2 % von 15.340 € =	306,80 €		
	+ 3 % von 22.272 € =	668,16 €		
		974,96 €		
	abgerundet	974,00 €	974,00 €	
	abzugsfähiger Betrag		5.526,00 €	5.526,00 €
-	**Ausbildungsfreibetrag gem. § 33a Abs. 2 EStG**			
	(924 € • $^{3}/_{12}$ =)			231,00 €
-	**Behinderten-Pauschbetrag gem. § 33b Abs. 3 EStG**			7.400,00 €
-	**Pflege-Pauschbetrag gem. § 33b Abs. 6 EStG**			1.800,00 €
=	**Einkommen**			**15.573,00 €**

Fall 7: Einkommensteuer 7

1. **Zu versteuerndes Einkommen**

	Einkünfte aus Kapitalvermögen:		
	Gewinnanteil:		
	Einnahmen: 60 % von 25.000 € =	15.000,00 €	
	- tats. WK: 60 % von 250 € =	150,00 €	
	= Einkünfte	14.850,00 €	14.850,00 €

Privatdarlehen:
Kein Ansatz bei der Ermittlung der Einkünfte, sondern Erhöhung der tarifl. ESt mit dem Abgeltungsteuersatz (s. unten).

+	**Sonstige Einkünfte:**		
	Renteneinkünfte:		
	Jahresrente im VZ 2022		
	1.804,50 € • 6 Monate =	10.827,00 €	
	+ 1.834,64 € • 6 Monate	11.007,84 €	
		21.834,84 €	
	abgerundet	21.834,00 €	

-	Rentenanpassungsbetrag			
	Rente im VZ 2022		21.834,00 €	
	- Jahresrente im VZ 2021			
	1.800,00 € • 6 Monate =	10.800,00 €		
	1.804,50 € • 6 Monate =	10.827,00 €		
		21.627,00 €	21.627,00 €	
			207,00 €	207,00 €
=	verbleibender Betrag			21.627,00 €
•	80 % (= Besteuerungsanteil VZ 2020) =			17.301,00 €
+	Rentenanpassungsbetrag			207,00 €
=	steuerpflichtige Einnahmen im VZ 2022			17.508,00 €
-	WK-Pauschbetrag			102,00 €
=	**Einkünfte**			**17.406,00 €**
	Verkauf Einfamilienhaus			
	Kein privates Veräußerungsgeschäft, weil das EFH im Jahr der Veräußerung und in den beiden vorangegangenen Jahren zu eigenen Wohnzwecken genutzt wurde, vgl. § 23 Abs. 1 Satz 1 Nr. 1 Satz 3 EStG			0,00 €
=	Summe der Einkünfte			32.256,00 €
-	Altersentlastungsbetrag			
	16,0 % von 14.850 € = 2.376,00 €, max.			760,00 €
=	Gesamtbetrag der Einkünfte			31.496,00 €
-	abzugsfähige Sonderausgaben			2.000,00 €
-	Außergewöhnliche Belastungen (§ 33a Abs. 1 EStG)			
	Unterhaltshöchstbetrag		9.984,00 €	
	+ Erhöhungsbetrag			
	KV-Beiträge		778,00 €	
	PV-Beiträge		147,00 €	
			10.909,00 €	
	- Einkünfte	780,00 €		
	Bezüge (450 € • 12 =)	5.400,00 €		
	- Kostenpauschale	180,00 €		
		6.000,00 €		
	- Karenzbetrag	624,00 €		
	= schädlicher Betrag	5.376,00 €	5.376,00 €	
	gekürzter Höchstbetrag		5.533,00 €	
	tatsächliche Zahlung:			
	(400 € • 12) + 778 € + 147 € =		5.725,00 €	
	abzugsfähig demnach			5.533,00 €
=	**Einkommen = zu versteuerndes Einkommen**			**23.963,00 €**

2. **Festzusetzende Einkommensteuer**

	zu versteuerndes Einkommen		23.963,00 €
	tarifliche Einkommensteuer (23.963 € • 13,65 % = abgerundet)		3.270,00 €
+	**Steuer nach § 32d Abs. 3 EStG:**		
	Zinsen Privatdarlehen	1.000,00 €	
	- Sparer-Pauschbetrag	801,00 €	
		199,00 €, davon 25 % =	49,00 €
-	**Steuerermäßigung nach § 35a Abs. 3 EStG:**		
	Materialkosten sind nicht begünstigt.		
	+ Arbeitslohn	5.000,00 €	
	+ Fahrtkosten	250,00 €	
		5.250,00 €	
	+ 19 % USt	997,50 €	
		6.247,50 €	
		davon 20 % = 1.250,00 €, max.	1.200,00 €
=	**festzusetzende Einkommensteuer**		**2.119,00 €**

3. **Einkommensteuererstattung bzw. -nachzahlung:**

	festzusetzende Einkommensteuer	2.119,00 €
-	einbehaltene Kapitalertragsteuer	6.250,00 €
=	Einkommensteuererstattung	4.131,00 €

Fall 8: Einkommensteuer 8

Berechnung der tariflichen Einkommensteuer

		Ehemann	Ehefrau
Einkünfte aus Gewerbebetrieb:			
Anteil Solar-Technik KG		24.000,00 €	24.000,00 €
Einkünfte aus selbstständiger Arbeit:			
Einnahmen:		50.000,00 €	
		6.000,00 €	
-	Betriebsausgaben:		
	Kammerbeitrag	600,00 €	
	Berufshaftpflicht	900,00 €	
	Fahrtkosten: 2.000 km • 0,30 €/km	600,00 €	
	Fachzeitschrift	120,00 €	
=	Einkünfte aus selbstständiger Arbeit	53.780,00 €	
Einkünfte aus Kapitalvermögen:			
Abgeltungsprinzip		0,00 €	

Sonstige Einkünfte:

Ehemann:

	Leibrente aus einer betrieblichen Altersversorgung: 22.946 €		
•	Ertragsanteil 19 %		
=	steuerpflichtige Renteneinnahme	4.359,00 €	
-	Werbungskosten-Pauschbetrag	102,00 €	
=	Sonstige Einkünfte	4.257,00 €	

Ehefrau:

	Jahresrente im VZ 2022	3.598,00 €	
-	Rentenanpassungsbetrag	298,00 €	
=	verbleibender Betrag	3.300,00 €	
•	62 % (= Besteuerungsanteil VZ 2011) =	2.046,00 €	
+	Rentenanpassungsbetrag	298,00 €	
=	steuerpflichtige Einnahmen im VZ 2022	2.344,00 €	
-	WK-Pauschbetrag	102,00 €	
=	Sonstige Einkünfte	2.242,00 €	
=	**Summe der Einkünfte**	82.037,00 €	26.242,00 €
-	Altersentlastungsbetrag		
	15,2 % von 77.780 €, max.	722,00 €	
	30,4 % von 24.000 €, max.		1.444,00 €
=	**Gesamtbetrag der Einkünfte**	81.315,00 €	24.798,00 €
		Gesamt:	**106.113,00 €**
-	**Sonderausgaben:**		
	abzugsfähige Vorsorgeaufwendungen		4.500,00 €
	Spende		100,00 €
-	**Außergewöhnliche Belastungen:**		
	Behinderten-Pauschbetrag		1.440,00 €
	Krankheitskosten	6.000,00 €	
-	zumutbare Belastung		
	4 % von 15.340 € =	613,60 €	
	+ 5 % von 35.790 € =	1.789,50 €	
	+ 6 % von 54.983 € =	3.298,98 €	
		5.702,08 €	
	abgerundet	5.702,00 €	298,00 €
=	**Einkommen/zu versteuerndes Einkommen**		99.775,00 €

Tarifliche Einkommensteuer

99.775,00 € • 23,74 % = abgerundet	23.686,00 €

Berechnung der festzusetzenden Einkommensteuer

Übertrag tarifliche Einkommensteuer	23.686,00 €

-	**Steuerermäßigung nach § 34g EStG:**		
	Politische Spende (50 % von 100 €)		50,00 €
-	**Steuerermäßigung nach § 35 EStG:**		
	Gewerbesteuer-Messbetrag		
	650 € • 4,0 =	2.600,00 €	
	tatsächlich zu zahlende GewSt	2.900,00 €	
	Höchstbetrag (Ehemann)		2.600,00 €
	Höchstbetrag (Ehefrau)		2.600,00 €
-	**Steuerermäßigung nach § 35a EStG:**		
	1. **Haushaltshilfe:**		
	Aufwendungen für geringfügige Beschäftigung	3.290,00 €	
	davon 20 %	658,00 €	
	Höchstbetrag	510,00 €	510,00 €
	2. **Badrenovierung:**		
	Aufwendungen	4.760,00 €	
	davon 20 %	952,00 €	
	Höchstbetrag	1.200,00 €	952,00 €
=	**festzusetzende Einkommensteuer**		**16.974,00 €**

Berechnung der Einkommensteuer-Nachzahlung – Erstattung und Prüfung des Steuereinbehalts einschließlich der Überprüfung der Einkünfte aus Kapitalvermögen

	festzusetzende Einkommensteuer	16.974,00 €
	Steuer gem. § 32d EStG	0,00 €
-	einbehaltene KapESt	112,50 €
-	geleistete ESt-Vorauszahlungen	18.000,00 €
=	ESt-Erstattung	1.138,50 €

Einkünfte aus Kapitalvermögen:

	Einnahmen	425,00 €	425,00 €
-	Sparer-Pauschbetrag	425,00 €	425,00 €
=	Einkünfte aus Kapitalvermögen	0,00 €	0,00

Fall 9: Einkommensteuer 9

Sachverhalt 1:

Einkünfte aus selbstständiger Arbeit	150.000,00 €
= **Summe der Einkünfte**	**150.000,00 €**

Ein Entlastungsbetrag für Alleinerziehende kann nicht gewährt werden, weil Bernd nicht alleinstehend ist. Er lebt in einer Haushaltsgemeinschaft mit einer anderen erwachsenen Person.

=	**Gesamtbetrag der Einkünfte**		**150.000,00 €**
-	**Sonderausgaben:**		

Unterhaltsleistungen:

	erbrachte Geldleistungen	16.800,00 €	
-	Beiträge zur Basis-KV u. PV	2.400,00 €	
=	Ehegattenunterhalt	14.400,00 €	
	max. abzugsfähig	13.805,00 €	
+	Beiträge zur Basis-KV u. PV	2.400,00 €	
=	abzugsfähiger Betrag	16.205,00 €	16.205,00 €

Altersvorsorgeaufwendungen:

Versorgungswerk der Steuerberater im Land NRW		
gezahlte Beiträge: 1.000 € • 12 = 12.000 € (< 25.639 €)		
davon 94 % abzugsfähig =		11.280,00 €

Sonstige Vorsorgeaufwendungen:

Höchstbetrag	2.800,00 €	
(ausreichend hohe Beiträge liegen vor)		
mindestens abzugsfähig:		
private Basis-KV: 500 € • 12 =	6.000,00 €	
private PV: 100 € • 12 =	1.200,00 €	
Basis-KV Rolf: 150 € • 7 =	1.050,00 €	
PV Rolf: 50 € • 7 =	350,00 €	
	8.600,00 € > 2.800,00 €	
abzugsfähig ist der höhere Betrag, mithin		8.600,00 €

Die Beiträge zur privaten Haftpflichtversicherung und zur Unfallversicherung sind mit dem Höchstbetrag abgegolten.

Die an die geschiedene Ehefrau geleisteten Beiträge zur KV und PV sind nicht abzugsfähig, da es sich um Beiträge des geschiedenen Ehemannes handelt.

\- **Außergewöhnliche Belastungen:**

Unterhaltsleistungen (Rolf ab August 2022):

	Unterhaltshöchstbetrag	
	(9.984 € • $^5/_{12}$ =)	4.160,00 €
+	Erhöhungsbetrag	
	KV-Beiträge (150 € • 5 =)	750,00 €
	PV-Beiträge (50 € • 5 =)	250,00 €
=	Summe der Höchstbeträge	5.160,00 €

	Bezüge (100 € • 5 =)	500,00 €		
-	Kostenpauschale	180,00 €		
Zwischensumme		320,00 €		
-	Karenzbetrag (624 € • 5/12 =)	260,00 €		
schädliche Bezüge		60,00 €	60,00 €	
=	gekürzter Höchstbetrag		5.100,00 €	
	Der tatsächliche Aufwand ist höher; abzugsfähig daher			5.100,00 €
	Ausbildungsfreibetrag (Rolf bis Juli 2022): 924 € • 7/12 =			539,00 €
=	**Einkommen**			**108.276,00 €**
-	Kinderfreibetrag (5.460 € • 7/12 =)			3.185,00 €
-	Betreuungsfreibetrag (2.928 € • 7/12 =)			1.708,00 €
=	**zu versteuerndes Einkommen**			**103.383,00 €**

Sachverhalt 2:

	Einkünfte aus Kapitalvermögen:		
	Bankgutschrift	13.252,50 €	
+	25 % Kapitalertragsteuer	4.500,00 €	
+	5,5 % Solidaritätszuschlag	247,50 €	
=	Einnahmen = Einkünfte	18.000,00 €	18.000,00 €
	Ein Abzug des Sparer-Pauschbetrages ist nach § 32d Abs. 2 Satz 2 EStG ausgeschlossen.		
+	**Sonstige Einkünfte:**		
	Unterhaltsleistungen:		
	Unterhaltsleistungen	16.205,00 €	
-	Pauschbetrag	102,00 €	
=	Einkünfte	16.103,00 €	16.103,00 €
+	Privates Veräußerungsgeschäft:		
	Veräußerungserlös	2.180,00 €	
-	Anschaffungskosten	1.550,00 €	
-	Werbungskosten	30,00 €	
=	Veräußerungsgewinn	600,00 €	
	steuerpflichtig, weil die Freigrenze i. H. v. 599,99 € überschritten ist.		600,00 €
=	**Summe der Einkünfte/Gesamtbetrag der Einkünfte**		**34.703,00 €**
-	Sonderausgaben-Pauschbetrag		36,00 €
-	abzugsfähige Vorsorgeaufwendungen gem. „Anlage U“		2.400,00 €
=	**Einkommen/zu versteuerndes Einkommen**		**32.267,00 €**

Zu 16.5 (Lohnsteuer-Ermäßigungsverfahren)

Fall 1:

1. Der Antrag ist unzulässig, da er nach dem 30. November 2022 gestellt worden ist.
2. Der Antrag ist unzulässig, da die Antragsgrenze von 600 € nicht überschritten ist (1.470 € - 1.200 € AN-Pauschbetrag =) 270 €.
3. Der Antrag ist zulässig, da allein aufgrund der Fahrtkosten die Grenze von 600 € überschritten ist. Die Vorsorgeaufwendungen sind nicht eintragungsfähig.

Werbungskosten:			
	Fahrtkosten (245 • (20 • 0,30 €+ 19 • 0,38 € =)	3.239,00 €	
+	Gewerkschaftsbeiträge (28 € • 12 =)	336,00 €	
+	Fachliteratur	560,00 €	
=		4.135,00 €	
-	Arbeitnehmer-Pauschbetrag	1.200,00 €	
=		2.935,00 €	2.935,00 €
Sonderausgaben:			
	Kirchensteuer	325,00 €	
-	Sonderausgaben-Pauschbetrag	36,00 €	
=		289,00 €	289,00 €
Jahresfreibetrag			3.224,00 €
Monatsfreibetrag: 3.224 € : 9 =			359,00 €

Fall 2:

Geringfügige Beschäftigung im Haushalt (20 % von 1.960 € =) 392 €. Der Höchstbetrag von 510 € wird nicht erreicht.		392,00 €	
Haushaltsnahe Tätigkeiten durch einen selbstständigen Gärtner (20 % v. 1.500 € =)		300,00 €	
		692,00 €	
		• 4 =	2.768,00 €
Werbungskosten:			
	tatsächliche Werbungskosten	1.150,00 €	
-	Arbeitnehmer-Pauschbetrag	1.200,00 €	
		0,00 €	0,00 €
Sonderausgaben:			
	Kirchensteuer	536,00 €	
	Ausbildungskosten	750,00 €	
		1.286,00 €	
-	Sonderausgaben-Pauschbetrag	72,00 €	
		1.214,00 €	1.214,00 €
Jahresfreibetrag			3.982,00 €
Monatsfreibetrag: 3.289 € : 7 =			569,00 € (aufgerundet)

Fall 3:

Werbungskosten:	Ehemann =	5.080 € - 1.200 € =	3.880 €
	Ehefrau =	3.480 € - 1.200 € =	2.280 €
Sonderausgaben:	Kirchensteuer		1.100,00 €
	Spende		250,00 €
			1.350,00 €
	- SA-PB		72,00 €
			1.278,00 €
außergew. Bel.:	Krankheit		600,00 €
	zumutbare Belastung		
	4 % von 15.340 € =		613,60 €
	+ 5 % von 34.660 € =		1.733,00 €
			2.346,60 €
	abgerundet		2.346,00 €
			0,00 €

Zusammenstellung

		Ehemann	Ehefrau
Werbungskosten		3.880,00 €	2.280,00 €
Sonderausgaben	1.278,00 €		
§ 21 EStG (Verlust)	5.000,00 €		
	6.278,00 €		
Aufteilung 50:50		3.139,00 €	3.139,00 €
Jahresfreibeträge		7.019,00 €	5.419,00 €
Monatsfreibetrag : 8 =		878,00 €	678,00 €

Zu 17.4 (Veranlagung von Arbeitnehmern)

Fall 1:

Die Eheleute brauchen für den VZ 2022 keine ESt-Erklärung abzugeben, da die Nebeneinkünfte die Grenze von 410 € nicht übersteigen (§ 46 Abs. 2 Nr. 1 EStG). Möglich ist eine Antragsveranlagung nach § 46 Abs. 2 Nr. 8 EStG verbunden mit einem Härteausgleich nach § 46 Abs. 3 EStG i. H. v. 250 €.

Fall 2:

Eine Veranlagung von Amts wegen findet nicht statt, da die Einkünfte aus Vermietung und Verpachtung i. H. v. 98 € die Grenze von 410 € nicht übersteigen (§ 46 Abs. 2 Nr. 1 EStG). Wenn der Ehemann seine Werbungskosten geltend machen will, kann er dies im Rahmen einer Antragsveranlagung nach § 46 Abs. 2 Nr. 8 EStG berücksichtigen. Im Rahmen der Antragsveranlagung ist ein Härteausgleich i. H. v. 98 € zu berücksichtigen (§ 46 Abs. 3 EStG).

Fall 3:

	Einkünfte gem. § 19 EStG: 15.480 € - 1.200 € =	14.280,00 €
+	Einkünfte gem. § 18 EStG	500,00 €
=	**Summe der Einkünfte/Gesamtbetrag der Einkünfte**	**14.780,00 €**
-	Sonderausgaben-Pauschbetrag	36,00 €
-	Vorsorgeaufwendungen	
	Kranken- und Pflegeversicherung	2.600,00 €
	Haftpflichtversicherung	495,00 €
	Hausratversicherung	0,00 €
=	Summe	3.095,00 €
	höchstens abziehbar	1.900,00 €
	mindestens jedoch: 2.600 € • 80 % =	2.080,00 €
	anzusetzen ist der höhere Betrag, somit sind abzugsfähig:	2.080,00 €
=	**Einkommen**	**12.664,00 €**
-	**Härteausgleich gem. § 46 Abs. 5 EStG i. V. mit § 70 EStDV** (820 € - 500 € =)	**320,00 €**
=	**zu versteuerndes Einkommen**	**12.344,00 €**

Für den VZ 2022 ist eine Veranlagung von Amts wegen durchzuführen, weil die Summe der Nebeneinkünfte mit 500 € (selbstständige Tätigkeit) mehr als 410 € beträgt (§ 46 Abs. 2 Nr. 1 EStG).

C. Körperschaftsteuer

Zu 7.

Fall 1:

1. ja, § 1 Abs. 1 Nr. 1 KStG
2. nein, da Personengesellschaft; Option nach § 1a KStG aber möglich
3. ja, § 1 Abs. 1 Nr. 1 KStG
4. ja, § 1 Abs. 1 Nr. 6 KStG
5. ja, § 1 Abs. 1 Nr. 3 KStG
6. ja, § 1 Abs. 1 Nr. 2 KStG
7. ja, § 1 Abs. 1 Nr. 4 KStG
8. nein, da Personengesellschaft; Option nach § 1a KStG aber möglich

Fall 2:

a) Die GmbH ist nach § 1 Abs. 1 Nr. 1 KStG unbeschränkt körperschaftsteuerpflichtig, da sie ihren Sitz i. S. des § 11 AO in Leverkusen, mithin im Inland hat.

b) Die unbeschränkte Körperschaftsteuerpflicht erstreckt sich gem. § 1 Abs. 2 KStG auf sämtliche Einkünfte, die die GmbH in allen Betriebsstätten erzielt (sog. Welteinkommen).

Fall 3:

VZ 2021:	Die GmbH ist gem. § 1 Abs. 1 Nr. 1 KStG unbeschränkt körperschaftsteuerpflichtig, da sie sowohl ihren Sitz (§ 11 AO) als auch ihre Geschäftsleitung (§ 10 AO) im Inland hat.
VZ 2022:	Die GmbH ist gem. § 1 Abs. 1 Nr. 1 KStG unbeschränkt körperschaftsteuerpflichtig, da sie noch ihre Geschäftsleitung (§ 10 AO) im Inland (Leverkusen) hat.
VZ 2023:	Die GmbH ist gem. § 2 Nr. 1 KStG ab dem 01. Mai 2023 mit ihren inländischen Einkünften beschränkt körperschaftsteuerpflichtig.

Fall 4:

Die Körperschaftsteuerpflicht beginnt am 04. Januar 2022 mit dem Abschluss der notariell beurkundeten Satzung (= Gründung einer Vorgesellschaft). Auf den Zeitpunkt der Eintragung in das Handelsregister am 04. März 2022 kommt es insoweit nicht an. Bis zum 04. Januar 2022 handelt es sich um eine sog. „Vorgründergesellschaft“ in Form einer BGB-Gesellschaft, die nicht körperschaftsteuerpflichtig ist.

Fall 5:

bis VZ 2020:
Unbeschränkte Steuerpflicht liegt vor, da sich die Geschäftsleitung in Bergisch Gladbach, also im Inland befindet.

Als Mittelpunkt der geschäftlichen Oberleitung wird regelmäßig der Ort angesehen, an dem der für die Geschäftsführung maßgebliche Wille gebildet wird. Im Allgemeinen sind dies die Büroräume des Geschäftsleiters. Sind jedoch – wie hier – zur Ausübung der geschäftlichen Oberleitung Büroräume nicht erforderlich und auch nicht vorhanden oder werden sie trotz Vorhandenseins praktisch nicht genutzt, so kann Ort der Geschäftsleitung auch die Privatwohnung der leitenden Person sein.

Unerheblich für die Frage der Steuerpflicht ist der Ort, an dem die geschäftlichen Entscheidungen ausgeführt werden.

VZ 2021:
Für den Fall, dass mehrere gleichberechtigte leitende Geschäftsführer vorhanden und an verschiedenen Orten tätig sind, ist Mittelpunkt der geschäftlichen Oberleitung der Ort der kaufmännischen Leitung, hier also in Bergisch Gladbach. Unbeschränkte Steuerpflicht liegt daher ebenfalls vor.

VZ 2022:
Wird der maßgebliche geschäftliche Wille nicht von dem Geschäftsführer, sondern von anderen Personen gebildet, so bestimmt sich der Mittelpunkt der geschäftlichen Oberleitung nach dem Ort, an dem letztere die maßgebliche Entscheidung treffen. Als Ort der Geschäftsleitung ist daher das Amsterdamer Bürogebäude anzusehen, sodass sich weder Sitz noch Geschäftsleitung im Inland befinden. Die PROFUS GmbH unterliegt daher nicht mehr der unbeschränkten Körperschaftsteuerpflicht. Es kommt allenfalls die beschränkte Steuerpflicht infrage.

Fall 6:

a) 15.01.2022: keine Körperschaftsteuerpflicht, da lediglich eine Vorgründergesellschaft vorliegt.

   07.11.2022: Beginn der Körperschaftsteuerpflicht, da eine Vorgesellschaft vorliegt, obwohl die eigentliche GmbH erst mit der Eintragung im Handelsregister am 03. Januar 2023 entstanden ist.

b) Die steuerliche Einheitsbetrachtung von Vorgesellschaft und eigentlicher Kapitalgesellschaft setzt voraus, dass die Kapitalgesellschaft auch zivilrechtlich entstanden ist, d. h. in das Handelsregister eingetragen worden ist. Unterbleibt diese Eintragung, so liegt eine „verunglückte Gründung" vor. Die Nichteintragung der GmbH führt demnach dazu, dass sowohl die Vorgründungs- als auch die Vorgesellschaft nach den für Mitunternehmerschaften geltenden Grundsätzen zu besteuern sind. Eine Körperschaftsteuerpflicht hat insofern zu keinem Zeitpunkt der gemeinsamen Betätigung bestanden.

Fall 7:

Die vereinnahmten Mitgliedsbeiträge i. H. v. 15.000 € sind nach § 5 Abs. 1 Nr. 9 Satz 1 KStG von der Körperschaftsteuer befreit.

Die aus der Vereinsgaststätte erzielten Bruttoeinnahmen von (37.900 • 1,19 =) 45.101 € sind nicht steuerfrei (§ 5 Abs. 1 Nr. 9 Satz 2 KStG). Sie unterliegen in vollem Umfange der Besteuerung, weil sie den maßgebenden Bruttobetrag von 45.000 € übersteigen (§ 64 Abs. 3 AO). Auf die Höhe der entstandenen Betriebsausgaben kommt es insoweit nicht an.

Fall 8:

a) Das zu versteuernde Einkommen errechnet sich für den VZ 2022 wie folgt:

	vorläufiger Jahresüberschuss	59.796,00 €
+	vgA Zinsen (7 % v. 30.000 € =)	2.100,00 €
+	vgA Gehalt (3.500 € • 12 =)	42.000,00 €
+	KSt-Vorauszahlungen, § 10 Nr. 2 KStG	10.000,00 €
+	SolZ-Vorauszahlungen, § 10 Nr. 2 KStG	550,00 €
+	50 % Aufsichtsrat, § 10 Nr. 4 KStG	3.075,00 €
-	Investitionszulage	21.500,00 €
+	30 % Bewirtungskosten, § 4 Abs. 5 Nr. 2 EStG	900,00 €
+	Verspätungszuschlag: Die Lohnsteuer ist eine als BA abzugsfähige Steuer. Daher sind die Verspätungszuschläge ebenfalls abzugsfähig.	0,00 €
+	sämtliche Spenden	17.500,00 €
=	**Summe der Einkünfte**	**114.421,00 €**
-	Parteispenden: mangels Erwähnung in § 9 Abs. 1 Nr. 2 KStG nicht abzugsfähig	
-	wissenschaftliche Spenden, § 9 Abs. 1 Nr. 2 KStG max. 20 % von 114.421 €, max.	10.000,00 €
=	**Gesamtbetrag der Einkünfte**	**104.421,00 €**
=	**zu versteuerndes Einkommen**	**104.421,00 €**
•	15 % Tarifbelastung, § 23 Abs. 1 KStG	15.663,15 €
•	5,5 % SolZ, § 4 Satz 1 SolZG	861,47 €

b) Die Steuerrückstellungen ermitteln sich wie folgt:

	Körperschaftsteuer	15.663,15 €
-	Vorauszahlungen	10.000,00 €
=	**KSt-Rückstellung**	**5.663,15 €**
	Solidaritätszuschlag	861,47 €
-	SolZ-Vorauszahlungen	550,00 €
=	**SolZ-Rückstellung**	**311,47 €**

c) Der endgültige Jahresüberschuss beträgt:

	vorläufiger Jahresüberschuss	59.796,00 €
-	KSt-Rückstellung	5.663,15 €
-	SolZ-Rückstellung	311,47 €
=	**endgültiger Jahresüberschuss**	**53.821,38 €**

Fall 9:

1. a) **zu versteuerndes Einkommen**

	Vorläufiger Bilanzgewinn	169.362,50 €
-	Gewinnvortrag aus dem Vorjahr	17.600,00 €
=	vorläufiger korrigierter Bilanzgewinn	151.762,50 €
-	Beteiligungserträge, § 8b Abs. 1 KStG	10.000,00 €
+	nicht abz. BA von 5 %, § 8b Abs. 5 KStG	500,00 €
+	einbehaltene Kapitalertragsteuer	2.500,00 €
+	einbehaltener Solidaritätszuschlag	137,50 €
-	Investitionszulage	5.000,00 €
+	50 % Beiratsvergütungen (50 % von 18.000 € =)	9.000,00 €
+	Geschenke > 35 €, § 4 Abs. 5 Nr. 1 EStG	800,00 €
+	Geschenke < 35 € = abzugsfähige BA	0,00 €
+	GewSt-Vorauszahlungen 2022	25.500,00 €
+	Säumniszuschläge zur GewSt 2021	1.000,00 €
+	KSt-Vorauszahlungen 2022	20.000,00 €
+	SolZ-Vorauszahlungen 2022	1.100,00 €
+	vGA Gehalt (Rückwirkungsverbot) (1.000 € • 10 Monate =)	10.000,00 €
+	vGA Miete (380 € • 12 =)	4.560,00 €
+	sämtliche Spenden	18.500,00 €
=	Summe der Einkünfte	230.360,00 €
-	Spenden (ohne Parteispende)	12.500,00 €
=	zu versteuerndes Einkommen 2022	217.860,00 €

1. b) **Steuerrückstellungen**

	Tarifbelastung (15 % von 217.860 € =)	32.679,00 €
-	KSt-Vorauszahlungen 2022	20.000,00 €
-	einbehaltene Kapitalertragsteuer	2.500,00 €
=	**KStR 2022**	**10.179,00 €**
	SolZ (5,5 % von 32.679 € =)	1.797,34 €
-	SolZ-Vorauszahlungen 2022	1.100,00 €
-	einbehaltener Solidaritätszuschlag	137,50 €
=	**SolZ-Rückstellung 2022**	**559,84 €**

	zu versteuerndes Einkommen		217.860,00 €
+	Saldo Hinzurechnungen/Kürzungen		60.000,00 €
=	Gewerbeertrag		277.860,00 €
	abgerundet auf volle 100 €		277.800,00 €
	kein Freibetrag, da GmbH		
•	3,5 % = Steuermessbetrag (gerundet)		9.723,00 €
•	475 % Hebesatz = Gewerbesteuer (gerundet)		46.193,00 €
-	GewSt-Vorauszahlungen 2022		25.500,00 €
=	**GewStR 2022**		**20.684,00 €**

1\. c) **Endgültiger handelsrechtlicher Jahresüberschuss**

	vorläufiger korrigierter Bilanzgewinn	151.762,50 €
-	KStR	10.179,00 €
-	SolZ-Rückstellung	559,84 €
-	GewStR	20.684,00 €
=	endgültiger handelsrechtlicher Jahresüberschuss	120.339,66 €

2\. **Maximale Nettodividende Fritz Pannemann**

	Bruttodividende (60 % von 120.339,66 € =)	72.203,79 €
-	Kapitalertragsteuer (25 %)	18.050,94 €
-	SolZ (5,5 % von 18.050,94 € =)	992,80 €
=	**Nettodividende**	**53.160,05 €**

3\. **Summe der Einkünfte Fritz Pannemann**

	Einkünfte aus selbstständiger Arbeit: Beiratsvergütung gem. § 18 Abs. 1 Nr. 3 EStG		6.000,00 €
+	Einkünfte aus nichtselbstständiger Arbeit:		
	angemessenes Gehalt 01.01. - 31.10.2022:	40.000,00 €	
	angemessenes Gehalt 01.11. - 31.12.2022:	10.000,00 €	
		50.000,00 €	
	- AN-Pauschbetrag	1.200,00 €	
	= Einkünfte gem. § 19 EStG	48.800,00 €	48.800,00 €
+	Einkünfte aus Kapitalvermögen		
	Verdeckte Gewinnausschüttungen gem. § 20 Abs. 1 Nr. 1 Satz 2 i. V. mit § 32d Abs. 2 **Nr. 3** EStG:		
	Gehalt	10.000,00 €	
	Miete	4.560,00 €	
		14.560,00 €	
	Teileinkünfteverfahren (60 %)	8.736,00 €	
	= Einkünfte gem. § 20 EStG	8.736,00 €	8.736,00 €
	(**Hinweis:** Der Ansatz des Sparer-Pauschbetrages ist gem. § 32d Abs. 2 Nr. 3 Satz 2 EStG ausgeschlossen.)		
+	Einkünfte aus Vermietung und Verpachtung: ortsübliche Garagenmiete (120 € • 12 =)		1.440,00 €
=	**Summe der Einkünfte**		**64.976,00 €**

Fall 10:

a)		vorläufiger Jahresüberschuss	276.297,00 €
	+	**nicht abzugsfähige Betriebsausgaben**	
		30 % der Bewirtungskosten, § 4 Abs. 5 Nr. 2 EStG	+ 360,00 €
		Geschenke über 35 €, § 4 Abs. 5 Nr. 1 EStG: 250 € • 2 =	+ 500,00 €
		nichtabziehbare Vorsteuer gem. § 15 Abs. 1a Nr. 1 UStG	+ 95,00 €
		Aufwendungen für Gästehäuser, § 4 Abs. 5 Nr. 3 EStG	+ 250,00 €
	+	**nicht abzugsfähige Aufwendungen**	
		KSt-Nachzahlung, § 10 Nr. 2 KStG	+ 21.000,00 €
		SolZ-Nachzahlung, § 10 Nr. 2 KStG	+ 1.155,00 €
		Körperschaftsteuervorauszahlung, § 10 Nr. 2 KStG	+ 22.500,00 €
		Solidaritätszuschlags-Vorauszahlung, § 10 Nr. 2 KStG	+ 1.237,00 €
		Säumniszuschlag zu USt (Betriebsteuer)	+ 0,00 €
		Aussetzungszinsen zur Körperschaftsteuer, § 10 Nr. 2 KStG	+ 3.000,00 €
		Geldstrafen, § 10 Nr. 3 KStG	+ 5.000,00 €
		Aufsichtsratsvergütung, § 10 Nr. 4 KStG (5.000 € • 50 % =)	+ 2.500,00 €
	-	steuerfreie inländische Erträge	
		Bei der Investitionszulage handelt es sich um eine steuerfreie Einnahme	- 5.000,00 €
	+	gezahlte Spenden (insgesamt)	+ 21.000,00 €
	=	Summe der Einkünfte	349.894,00 €
	-	abzugsfähige Spenden	
		Parteispende mangels Erwähnung in § 9 Abs. 1 Nr. 2 KStG nicht abziehbar.	0,00 €
		Gemäß § 9 Abs. 1 Nr. 2 KStG sind Spenden an gemeinnützige Organisationen i. H. v. 20 % der Summe der Einkünfte abzugsfähig, max.	- 19.500,00 €
	=	Gesamtbetrag der Einkünfte	330.394,00 €
	-	Verlustabzug gem. § 10d EStG	17.394,00 €
	=	zu versteuerndes Einkommen	313.000,00 €
	•	15 % Körperschaftsteuer	46.950,00 €
	-	Vorauszahlungen	22.500,00 €
	=	Körperschaftsteuerrückstellung	24.450,00 €
	•	5,5 % Solidaritätszuschlag	2.582,25 €
	-	Vorauszahlungen	1.237,00 €
	=	SolZ-Rückstellung	1.345,25 €
		vorläufiger Jahresüberschuss	276.297,00 €
	-	Körperschaftsteuerrückstellung	24.450,00 €
	-	SolZ-Rückstellung	1.345,25 €
	=	endgültiger Jahresüberschuss	250.501,75 €

b) Die endgültige Bilanz zum 31.12.2022 sieht wie folgt aus:

Aktiva	Bilanz zum 31.12.2022		Passiva
	Euro		Euro
Verschiedene Aktiva	927.500,00	Gezeichnetes Kapital	25.000,00
		Kapitalrücklagen	50.000,00
		Gewinnrücklagen	240.000,00
		Jahresüberschuss	250.501,75
		Steuerückstellungen	88.295,25
		Verbindlichkeiten	273.703,00
	927.500,00	Gesamtkapital	927.500,00

Fall 11:

a) Hinsichtlich der **Darlehenszinsen** (Tz. 1) liegt bis einschl. August eine vGA vor, da es an einer im Voraus getroffenen klaren Vereinbarung mit dem beherrschenden Gesellschafter Meier fehlt. Die vGA ist gem. § 8 Abs. 3 Satz 2 KStG dem Einkommen mit (500 € • 8 Monate =) 4.000 € hinzuzurechnen. Dem Jahresergebnis ist die nicht vereinbarte Tantieme (Tz. 2) i. H. v. (15.000 € - 6.000 € =) 9.000 € hinzuzurechnen (vgl. Darlehenszinsen).

b)

	Jahresüberschuss	79.212,00 €
+	vGA Darlehenszinsen	4.000,00 €
+	vGA Tantieme	9.000,00 €
-	ausländische Erträge (steuerfrei)	3.000,00 €
+	30 % Bewirtungskosten	2.580,00 €
+	50 % Verwaltungsratvergütung	6.000,00 €
+	KSt-Vorauszahlungen	40.000,00 €
+	SolZ-Vorauszahlungen	2.200,00 €
+	sämtliche Spenden	9.000,00 €
		148.992,00 €
-	wiss. Spenden, 20 %, max.	3.000,00 €
=	zu versteuerndes Einkommen	145.992,00 €

Fall 12:

Sachverhalt 1:

	vorläufiger Jahresüberschuss	405.150,00 €
+	Geschenke	1.000,00 €
+	nicht abziehbare Vorsteuer	190,00 €
+	nicht abzugsfähige Bewirtungsaufwendungen (30 %)	900,00 €
+	Geldstrafe	500,00 €
+	GewSt-Vorauszahlungen und -Rückstellung	20.750,00 €
+	KSt- und SolZ-Vorauszahlungen	105.500,00 €
=	zu versteuerndes Einkommen	533.990,00 €

Sachverhalt 2:
Gesellschafter Josef Kniepich

- Gewinnausschüttung: Einkünfte aus Kapitalvermögen gem. § 32d Abs. 2 Nr. 3 EStG
  Einkünfte: 210.000 € • 60 % • 60 % = 75.600 €

  (**Hinweis:** Es findet das Teileinkünfteverfahren Anwendung; ein Abzug des Sparer-Pauschbetrages ist ausgeschlossen; § 32d Abs. 2 Nr. 3 Satz 2 EStG).
- Geschäftsführergehalt: Einkünfte aus nichtselbstständiger Arbeit
  Einkünfte: 66.000 € - AN-PB 1.200 € = 64.800 €

Gesellschafter Heinrich Kniepich

- Gewinnausschüttung: Einkünfte aus Gewerbebetrieb
  Einkünfte: 210.000 € • 30 % • 60 % = 37.800 €
  Es findet das Teileinkünfteverfahren Anwendung.

Gesellschafterin Hannah Kniepich

- Gewinnausschüttung: Einkünfte aus Kapitalvermögen
  Einkünfte: 0 €, da Abgeltungsprinzip gem. § 43 Abs. 5 EStG

  (**Hinweis:** § 32d Abs. 2 Nr. 3 EStG findet keine Anwendung, weil Hannah Kniepich nur zu 10 % an der GmbH beteiligt und nicht für diese beruflich tätig ist).
- Mieteinnahmen: Einkünfte aus Vermietung und Verpachtung
  Einkünfte: 8.000 € • 12 • 1,19 = 114.240 €

D. Gewerbesteuer

Zu 9.

Fall 1:

	Gewinn aus Gewerbebetrieb	59.150,00 €
+	Hypothekenzinsen < 100.000 €	0,00 €
+	Verlustanteil an der Willi Wutz KG	2.165,00 €
-	Grundbesitzkürzung Für die Frage, ob der Grundbesitz zum Betriebsvermögen des Unternehmers gehört, ist nach dem Stand vom 01.01. eines Jahres zu entscheiden (§ 20 Abs. 1 Satz 2 GewStDV). Beginnt die Steuerpflicht eines Gewerbetreibenden – wie hier – im Laufe des Erhebungszeitraums, so ist deshalb für diesen Erhebungszeitraum noch keine Kürzung vorzunehmen.	
		61.315,00 €
	abrunden auf volle 100 €	61.300,00 €
-	Freibetrag Der Freibetrag von 24.500 € wird nicht abgezogen, da es sich hier bei der GmbH um eine Kapitalgesellschaft handelt.	0,00 €
		61.300,00 €
•	Steuermesszahl von 3,5 % ergibt einen GewSt-Messbetrag von	2.145,00 €
•	Hebesatz von 460 % ergibt eine Gewerbesteuer i. H. v.	9.867,00 €

Fall 2:

Bisheriger Gewinn lt. Steuerbilanz		137.662,00 €
► Die aus Betriebsmitteln bezahlten Spenden sind keine abziehbaren		
► Betriebsausgaben. Der Gewinn erhöht sich deshalb um		12.500,00 €
► Das Disagio von 2.500 € ist 2022 nicht in voller Höhe eine abziehbare Betriebsausgabe. Es ist auf die Laufzeit des Darlehens zu verteilen, sodass in 2022 nur (2.500 € • $^1/_5$ für 5 Monate =) 208 € abgezogen werden können. Der Gewinn erhöht sich also um (2.500 € - 208 € =)		2.292,00 €
		152.454,00 €
+ Entgelte für Schulden		
► Schuldzinsen bei der Deutschen Bank	19.675,00 €	
► Disagio 2022 bei der Deutschen Bank (s. o.)	208,00 €	
► Kontokorrentzinsen	2.250,00 €	
► Hypothekenzinsen	8.965,00 €	
	31.098,00 €	
+ Gewinnanteil stiller Gesellschafter	5.250,00 €	
+ 50 % Miete Parkplatz	60.000,00 €	
+ 20 % Miete Telefonanlage	9.600,00 €	
	105.948,00 €	
- Freibetrag, max.	105.948,00 €	
	0,00 €	
- Grundbesitzkürzung zu 70 % (35.000 € • 140 % • 1,2 % • 70 % =)		412,00 €
- Parteispenden		
► Die Parteispenden sind mangels Erwähnung in § 9 Nr. 5 GewStG nicht abzugsfähig.		
► Die Spenden für religiöse und wissenschaftliche Zwecke sind im Rahmen der Höchstbetragberechnung voll anrechnungsfähig.		12.000,00 €
		140.042,00 €
- Gewerbeverlust, § 10a GewStG Der zum 31.12.2021 für die GbR festgestellte Verlust von 30.000 € ist zu 50 % (Anteil M. Meier) zu berücksichtigen.		15.000,00 €
		125.042,00 €
abrunden auf volle 100 €		125.000,00 €
- Freibetrag		24.500,00 €
		100.500,00 €
• 3,5 % ergibt einen Steuermessbetrag i. H. v.		3.517,00 €

Fall 3:

1.		Handelsbilanzgewinn		110.350,00 €
	+	GewSt-Vorauszahlungen (3.000 € • 4 =)		12.000,00 €
	+	Tätigkeitsvergütung Peter Holz (4.000 € • 12 =)		48.000,00 €
	+	Spenden		2.000,00 €
	+	Zinsen Kommanditist Werner Bunte		4.000,00 €
	=	Steuerrechtlicher Gewinn		176.350,00 €
	+	Hinzurechnungen		
		Zinsen Bankdarlehen	10.000,00 €	
		Zinsen Zwischenfinanzierung	45.000,00 €	
		Raummiete (50 % von 120.000 € =)	60.000,00 €	
		Miete Büroeinrichtung (20 % von 36.000 € =)	7.200,00 €	
		Leasingraten Lkw (20 % von 96.000 € =)	19.200,00 €	
			141.400,00 €	
		- Freibetrag, max.	141.400,00 €	
			0,00 €	
	-	Kürzungen		
		Grundbesitz: keine Kürzung, da zum 01.01.2022 kein Betriebsvermögen.		0,00 €
		Spenden		2.000,00 €
	-	Gewerbeverlust		10.000,00 €
	=	Gewerbeertrag		164.350,00 €
		abgerundet auf volle 100 €		164.300,00 €
	-	Freibetrag		24.500,00 €
				139.800,00 €
	=	• 3,5 % = Steuermessbetrag		4.893,00 €
	=	• Hebesatz (260 %) = Gewerbesteuer (abgerundet)		12.721,00 €
	-	GewSt-Vorauszahlungen		12.000,00 €
	=	Gewerbesteuerrückstellung		721,00 €

2. Gemäß § 35 Abs. 1 Satz 1 Nr. 2 EStG ermäßigt sich die tarifliche ESt des Peter Holz um das 4,0-Fache des anteiligen Steuermessbetrages:

   4.893,00 € • 50 % • 4,0 = 9.786,00 €

   Gemäß § 35 Abs. 1 Satz 5 EStG ist der Ermäßigungsbetrag auf die tatsächlich zu zahlende Gewerbesteuer beschränkt:

   4.893,00 € • 260 % • 50 % = 6.360,90 €

   Die tarifliche Einkommensteuer des Peter Holz ermäßigt sich demnach um 6.360,90 €.

Fall 4:

	ermittelter Gewinn		261.831,00 €
-	nicht abziehbare Vorsteuer (s. u.)		85,50 €
+	Privatnutzung Pkw (65.000 € • 12 % • 2 =)		15.600,00 €
+	Geschäftsführergehälter		144.000,00 €
+	Zinsen an Gesellschafter		7.800,00 €
+	nicht abzugsfähige Geschenke		450,00 €
+	30 % der Bewirtungsaufwendungen (30 % v. 1.500 € =)		450,00 €
+	nicht abziehbare Vorsteuer für Geschenke (19 % v. 450 € =)		85,50 €
	steuerlicher Gewinn		430.131,00 €
+	Zinsen Commerzbank (11 % v. 15.000 € • 6/12 =)	825,00 €	
+	Zinsen Stadtsparkasse A-Dorf (12 % v. 40.000 € • 5/12 =)	2.000,00 €	
+	50 % Gebäudemiete GmbH (50 % von 180.000 € =)	90.000,00 €	
+	50 % Geschäftsraummiete (50 % v. 35.000 € =)	17.500,00 €	
+	20 % Miete BGA (20 % v. 25.000 € =)	5.000,00 €	
+	20 % Miete EDV-Anlage (20 % v. 48.000 € =)	9.600,00 €	
		124.925,00 €	
-	Freibetrag, max.	124.925,00 €	
		0,00 €	
+	Verlust aus KG-Beteiligung		5.000,00 €
-	Grundbesitzkürzung zu 55 %, da Stand am 01. Januar maßgebend, § 20 GewStDV (140.000 € • 140 % • 55 % • 1,2 % =)		1.294,00 €
-	wissenschaftliche Spenden		2.500,00 €
			431.337,00 €
	abgerundet auf volle 100 €		431.300,00 €
-	Freibetrag		24.500,00 €
=	Gewerbeertrag		406.800,00 €
•	3,5 % Steuermessbetrag		14.238,00 €

Die Arbeitslohnanteile errechnen sich wie folgt:

A-Dorf:		576.600,00 €	B-Dorf:		167.000,00 €
	-	24.000,00 € (Auszubildende)		-	7.200,00 € (Auszubildende)
	+	18.750,00 € (Unternehmerlohn)		+	6.250,00 € (Unternehmerlohn)
		571.350,00 €			166.050,00 €
		571.000,00 € (abgerundet)			166.000,00 € (abgerundet)

Für die beiden Gemeinden ergeben sich daher folgende Anteile am Steuermessbetrag und an der Gewerbesteuer:

A-Dorf: 14.238 € • $^{571}/_{737}$ • 420 % = 46.330 €
B-Dorf: 14.238 € • $^{166}/_{737}$ • 450 % = 14.431 €

Fall 5:

Vorläufiger Gewinn		295.000,00 €
Gewerbesteuervorauszahlungen		50.000,00 €
2. Zinsen für Komplementärin (Gewinn vorab, § 15 Abs. 1 Nr. 2 EStG)		9.150,00 €
3. Spenden sind keine Betriebsausgabe (§ 4 Abs. 5, § 10b EStG)		7.000,00 €
(§ 7 GewStG)		361.150,00 €
Steuerlicher Gewinn (§ 7 GewStG)		361.150,00 €
► 20 % Miete EDV-Anlage	4.800,00 €	
► 20 % Miete Pkw (ohne Versicherungsprämie)	1.200,00 €	
► 20 % Miete Traktor	240,00 €	
► 100 % anteiliges Disagio	1.000,00 €	
► 100 % Zinsen (6 % v. 150.000 € • 5/12 =)	3.750,00 €	
	10.990,00 €	
- Freibetrag, max.	10.990,00 €	
	0,00 €	0,00 €
4. Grundstück 1: 1,2 % • 70 % • (90.000 € • 140 % =) 126.000 € (§ 9 Nr. 1 GewStG, § 20 GewStDV)		1.058,00 €
4. Grundstück 2: Es gehörte zu Beginn des Erhebungszeitraums nicht zum Betriebsvermögen, sodass eine Kürzung insoweit unterbleibt. Das Grundstück wurde in 2021 veräußert.		0,00 €
3. Wissenschaftliche Spenden bis max. 4 v. T. der Löhne und Gehälter und Umsätze = 26.166 €, max. 3.000 €. Die Parteispenden sind mangels Aufzählung in § 9 Nr. 5 GewStG nicht kürzungsfähig.		3.000,00 €
		357.092,00 €
abgerundet (§ 11 Abs. 1 GewStG)		357.000,00 €
- Freibetrag (§ 11 Abs. 1 Nr. 1 GewStG)		24.500,00 €
= verbleiben		332.500,00 €
• Steuermesszahl 3,5 % = Steuermessbetrag § 11 Abs. 2 GewStG		11.637,00 €
• Hebesatz 460 % = Gewerbesteuer		53.530,00 €
- Gewerbesteuervorauszahlungen		50.000,00 €
= Gewerbesteuerrückstellung		3.530,00 €

Fall 6:

1.

	Gewinn lt. GuV		168.975,00 €
+	GewSt-Vorauszahlungen		20.000,00 €
=	korrigierter steuerlicher Gewinn		188.975,00 €
+	Hinzurechnungen		
	Darlehenszinsen	16.000,00 €	
	20 % Pacht Einrichtung (20 % von 180.000 € • 40 %)	14.400,00 €	
	50 % Pacht Geschäftsgebäude (50 % von 180.000 € • 60 %)	54.000,00 €	
	50 % Miete Kundenparkplatz (50 % von 63.000 €)	31.500,00 €	
		115.900,00 €	
	- Freibetrag, max.	115.900,00 €	
		0,00 €	
-	Kürzungen		
	Geschäftsgebäude München (120.000 € • 140 % • 1,2 % • 80 %)		1.612,80 €
=	Gewerbeertrag		187.362,20 €
	abgerundet auf volle 100 €		187.300,00 €
-	Freibetrag		24.500,00 €
=	verbleibender Betrag		162.800,00 €
•	3,5 % Steuermesszahl = Gewerbesteuermessbetrag		5.698,00 €

2.

	Gesamt	München	Weeze
Löhne und Gehälter Unternehmerlohn	175.000,00 € 25.000,00 € 200.000,00 €	43.750,00 € 6.250,00 € 50.000,00 €	131.250,00 € 18.750,00 € 150.000,00 €
Zerlegungsanteil		25 %	75 %
anteiliger Messbetrag		1.424,50 €	4.273,50 €

3.

	Gewerbesteuer (**ohne** Betriebssitzverlegung)		
	München: 5.698 € • 490 % =		27.920,00 €
-	Gewerbesteuer (**mit** Betriebssitzverlegung)		
	München: 1.424,50 € • 490 % =	6.980,00 €	
	Weeze: 4.273,50 € • 415 % =	17.735,00 €	
		24.715,00 €	24.715,00 €
=	Gewerbesteuerentlastung		3.205,00 €

Fall 7:

Köln		
Summe der Filialen		261.000,00 €
+ Fiktiver Unternehmerlohn Jan Sänger		25.000,00 €
- Ausbildungsvergütungen		11.000,00 €
= Summe Köln		275.000,00 €
Düsseldorf		
Filiale Hauptbahnhof		2.000,00 €
Löhne und Gehälter insgesamt		277.000,00 €
Anteil Köln: 275/277; Anteil Düsseldorf: 2/277		
Einheitlicher Gewerbesteuermessbetrag	1.000,00 €	
davon Köln	992,78 €	
davon Düsseldorf	7,22 €	

Da der Düsseldorfer Anteil < 10 €, steht Düsseldorf kein Anteil am Gewerbesteuermessbetrag zu (§ 34 Abs. 2 GewStG).

Einheitlicher Gewerbesteuermessbetrag	1.000,00 €
Hebesatz (nur Köln): 450 %	
Gewerbesteuer: 1.000 € • 450 % =	4.500,00 €

Fall 8:

Zu 1a)		**Körperschaftsteuerrückstellung**	
		Vorläufiger handelsrechtlicher Jahresüberschuss	79.523,00 €
	+	30 % Bewirtungsaufwendungen, § 4 Abs. 5 Nr. 2 EStG	1.890,00 €
	+	Gewerbesteuer-Vorauszahlungen 2022	18.500,00 €
	=	vorläufiger steuerlicher Jahresüberschus	99.913,00 €
	+	KSt-Vorauszahlungen	20.000,00 €
	+	SolZ-Vorauszahlungen	1.100,00 €
	=	zu versteuerndes Einkommen	121.013,00 €
	•	15 % = Körperschaftsteuer (abgerundet)	18.151,00 €
	-	KSt-Vorauszahlungen	20.000,00 €
	=	Erstattungsanspruch	1.849,00 €
Zu 1b)		**SolZ-Rückstellung**	
		KSt • 5,5 % (§ 4 Satz 3 SolZG)	998,30 €
	-	SolZ-Vorauszahlungen	1.100,00 €
	=	Erstattungsanspruch	101,70 €

Zu 1c) Gewerbesteuerrückstellung

	zu versteuerndes Einkommen		121.013,00 €
	Hinzurechnungen		
+	Darlehenszinsen	5.000,00 €	
+	Stiller Gesellschafter	15.000,00 €	
		20.000,00 €	
	- Freibetrag, max.	20.000,00 €	
		0,00 €	0,00 €
	Kürzungen		
-	1,2 % von 70.000 € • 140 % =		1.176,00 €
			119.837,00 €
	Abrundung (auf volle 100 €)		119.800,00 €
•	Steuermesszahl: 3,5 % = Messbetrag		4.193,00 €
•	Hebesatz (475 %) = vorl. GewSt		19.916,00 €
-	GewSt-Vorauszahlungen		18.500,00 €
=	GewSt-Rückstellung		1.416,00 €

Zu 2) Endgültiger handelsrechtlicher Jahresüberschuss

	vorläufiger handelsrechtlicher Jahresüberschuss		79.523,00 €
-	GewSt-Rückstellung	1.416,00 €	
+	KSt-Rückstellung	1.849,00 €	
+	SolZ-Rückstellung	101,70 €	
		534,70 €	+ 534,70 €
=	endgültiger handelsrechtlicher Jahresüberschuss		80.057,70 €

E. Umsatzsteuer

Zu 2.5 (Unternehmer)

Fall 1:

1. Keine unternehmerische Tätigkeit, da es an der Wiederholungsabsicht (Nachhaltigkeit) fehlt. Es handelt sich insoweit um einen einmaligen Verkauf, der nicht den Beginn einer gewerblichen oder beruflichen Tätigkeit darstellt.
2. Dietmar Brenner ist hinsichtlich der einmaligen Planung des Einfamilienhauses als Unternehmer anzusehen. Nachhaltigkeit auch bei einmaliger Tätigkeit, die den Beginn einer beruflichen Tätigkeit darstellte. Wiederholungsabsicht lag ebenfalls vor.
3. Rudolf Schraube ist Unternehmer i. S. des UStG: Selbstständige Ausübung einer gewerblichen Tätigkeit (Autoreparaturen nach Feierabend), sodass eine nachhaltige Tätigkeit (planmäßige Wiederholung) zur Erzielung von Einnahmen vorliegt.
4. Der Steuerfachangestellte ist Unternehmer, da er nachhaltig und zur Erzielung von Einnahmen mit der Vermietung eine sonstige Leistung erbringt. Selbstständigkeit liegt ebenfalls vor.

Fall 2:

a) Es liegt umsatzsteuerlich nur **ein** Unternehmen vor, denn umsatzsteuerlich sind die verschiedenen drei Betriebe (Surfschule, Surfshop und Surfhotel) des Welle nur Betriebsstätten eines Unternehmens.

b) Sämtliche Umsätze der Betriebsstätten untereinander sind als sog. Innenumsätze nicht steuerbar und führen daher weder zum Entstehen der Umsatzsteuer noch berechtigen sie zum Vorsteuerabzug.

c) Es ist nur eine USt-Erklärung abzugeben, da umsatzsteuerlich nur ein Unternehmen vorliegt.

Fall 3:

Toni ist Unternehmer, weil er mit dem selbstständigen Betrieb seiner Skischule nachhaltig mit Einnahmeerzielungsabsicht tätig ist (§ 2 Abs. 1 Sätze 1 und 3 UStG). Als Inhaber des Sportgeschäfts übt er eine typische gewerbliche Tätigkeit (Handel mit Sportartikeln) selbstständig aus und ist damit auch insoweit Unternehmer.

Sein Unternehmen umfasst nach § 2 Abs. 1 Satz 2 UStG die Skischule und das Sportgeschäft (Unternehmenserweiterung).

Unternehmer ist ferner die Firma **Huber Skilift GmbH**, weil sie als selbstständig tätige juristische Person nachhaltig Leistungen gegen Entgelt ausführt. Der Unternehmereigenschaft steht nicht entgegen, dass die Firma keine Gewinne erwirtschaftet (§ 2 Abs. 1 Satz 3 UStG). Ihr Unternehmen umfasst den Skiliftbetrieb.

Die **Eheleute Huber** sind als Ehegattengemeinschaft unternehmerfähig. Da sie mit der Vermietung des Wohn- und Geschäftshauses nachhaltig zur Erzielung von Einnahmen selbstständig tätig sind, sind sie auch Unternehmer. Ihr Unternehmen umfasst die Vermietung des Wohn- und Geschäftshauses.

Toni, die GmbH und die Ehegattengemeinschaft haben für den VZ 2022 jeweils eine USt-Erklärung abzugeben.

Fall 4:

Leistungen im **Rahmen des Unternehmens:**

- Grundgeschäfte: Umsätze aus der Tätigkeit als Steuerberater (steuerbar)
- Hilfsgeschäft: Veräußerung der EDV-Anlage (steuerbar)
- Nebengeschäft: Prüfungsausschuss der Kammer Düsseldorf (steuerfrei nach § 4 Nr. 26 UStG)

Die Tätigkeit als Vorsitzender des Tennisclubs liegt im privaten Bereich, also **außerhalb des Unternehmens** und ist daher nicht steuerbar.

Zu 3.2.5 (Entgeltliche Lieferungen)

Fall 1:

	Inland	Gemeinschafts-gebiet	Drittlands-gebiet
Düsseldorf	x	x	
Malente	x	x	
Brilon	x	x	
Vatikan			x
Insel Helgoland			x
Insel Sylt	x	x	
Freihafen Duisburg			x
Cuxhafen	x	x	
Mittelberg (Kleines Walsertal)		x	
Büsingen am Hochrhein			x
Monaco		x	
Insel Fuerteventura			x
Insel Man		x	
Jungholz (Tirol)		x	
Palma de Mallorca		x	

Fall 2:

1. Verschaffung der Verfügungsmacht an einem beweglichen Wirtschaftsgut am 29. April durch Einigung und Übergabe der Kfz-Papiere und der Schlüssel (§ 929 Satz 1 BGB). Geliefert wurde gem. § 3 Abs. 6 Satz 1 UStG in Düsseldorf, da dort die Beförderung durch den Kunden beginnt.
2. Verschaffung der Verfügungsmacht an einem beweglichen Wirtschaftsgut am 1. August durch Übergabe kurze Hand (§ 929 Satz 2 BGB). Geliefert wurde gem. § 3 Abs. 7 Satz 1 UStG in Bergisch Gladbach, da sich dort der Gegenstand befindet.
3. Verschaffung der Verfügungsmacht an einem beweglichen Wirtschaftsgut am 20. April durch Einigung und Vereinbarung eines Besitzkonstituts (§ 930 BGB). Geliefert wurde gem. § 3 Abs. 7 Satz 1 UStG in Würzburg, da sich dort der Gegenstand befindet.
4. Verschaffung der Verfügungsmacht an einem beweglichen Wirtschaftsgut am 6. Oktober durch Abtretung des Herausgabeanspruchs (§ 931 BGB). Geliefert wurde gem. § 3 Abs. 7 Satz 1 UStG in Coburg, da sich dort der Gegenstand befindet.
5. Verschaffung der Verfügungsmacht an einem beweglichen Wirtschaftsgut am 25. Mai durch Übergabe des Konnossements (Traditionspapier i. S. des § 647 HGB). Geliefert wurde gem. § 3 Abs. 7 Satz 1 UStG auf hoher See, da sich dort der Gegenstand befindet.
6. Verschaffung der Verfügungsmacht an einer Immobilie am 01. März, da der Immobilienmakler als wirtschaftlicher Eigentümer sowohl die Nutzungen als auch die Lasten trägt. Geliefert wurde gem. § 3 Abs. 7 Satz 1 UStG in Solingen, da sich dort der Gegenstand befindet.
7. Verschaffung der Verfügungsmacht an einem beweglichen Wirtschaftsgut durch Einigung und Übergabe am 18. Juni (§ 929 Satz 1 BGB), da der Käufer den Computer zu diesem Zeitpunkt wie ein Eigentümer nutzen kann. Der Eigentumsvorbehalt stellt nur eine Sicherung des Kaufpreises dar. Geliefert wurde gem. § 3 Abs. 6 Satz 1 UStG in Köln, da dort die Beförderung durch den Kunden beginnt.
8. Trotz Übertragung des Eigentums erfolgt keine Lieferung i. S. des UStG, da die Übergabe lediglich die Sicherung eines Kredits bezweckt, nicht aber die Verwendung der Lieferwagen durch die Stadtsparkasse. Eine Verschaffung der Verfügungsmacht erfolgt erst im Zeitpunkt der Verwertung. Im Zeitpunkt der Verwertung der zur Sicherheit übereigneten Sache liegen dann zwei Lieferungen vor: Eine Lieferung des Sicherungsgebers an den Sicherungsnehmer und eine solche des Sicherungsnehmers an den Erwerber.

Fall 3:

1. Es liegen die Voraussetzungen der Fernverkaufsregelung nach § 3c Abs. 1 UStG vor, sodass die Lieferung als in Frankreich ausgeführt gilt, weil die Versendung des Gegenstandes dort endet. Die Privatperson gehört zu dem Abnehmerkreis und der Lieferer überschreitet die Lieferschwelle von 10.000 €.
2. Die Voraussetzungen der Fernverkaufsregelung des § 3c UStG liegen nicht vor, weil die Lieferschwelle nicht überschritten wird. D hat auch nicht auf die Anwendung der Regelung zur Lieferschwelle verzichtet. Der Ort der Lieferung liegt in Köln (§ 3 Abs. 6 Satz 1 UStG).
3. Die Voraussetzungen des § 3c Abs. 1 UStG liegen nicht vor. Die Fernverkaufsregelung setzt wesensmäßig voraus, dass der leistende Unternehmer die Versendung oder Beförderung der Ware veranlasst. § 3c UStG schließt einen Warentransport durch den Abnehmer aus. Der Ort der Lieferung liegt somit in Köln (§ 3 Abs. 6 Satz 1 UStG).
4. a) Die Voraussetzungen des § 3c Abs. 1 UStG liegen vor. Die Kiste Wein wird bei einer Lieferung von einem selbstständigen Dritten, den der leistende Unternehmer beauftragt hat, von einem Mitgliedstaat in einen anderen befördert (§ 3c Abs. 1 UStG). Der Abnehmer gehört als Privatperson zu dem Abnehmerkreis des § 3c Abs. 1 UStG. Zwar überschreitet D die Lieferschwelle nicht, jedoch sind nach § 3c Abs. 5 UStG bei der Lieferung verbrauchsteuerpflichtiger Waren (alkoholische Getränke) an Privatpersonen die Regelungen der Fernverkaufsregelung nicht anwendbar. Ungeachtet des Umfangs der Lieferung gilt bei verbrauchsteuerpflichtigen Waren an Privatpersonen die Lieferung stets dort als ausgeführt, wo die Beförderung oder Versendung des Gegenstandes endet, also in Brüssel.

   b) Die Voraussetzungen der Fernverkaufsregelung des § 3c UStG liegen nicht vor. Die Kiste Wein wird zwar bei einer Lieferung auf Veranlassung des Lieferers von einem Mitgliedstaat in einen anderen, nämlich Belgien, versendet. Nach § 3c Abs. 5 UStG gilt § 3c Abs. 1 UStG der Vorschrift jedoch nicht für die Lieferung verbrauchsteuerpflichtiger Waren. Das bedeutet, dass bei Lieferungen verbrauchsteuerpflichtiger Waren an Schwellenerwerber und juristische Personen außerhalb ihres Unternehmens, die unterhalb der Erwerbsschwelle liegen und nicht zur Erwerbsbesteuerung optiert haben, die Fernverkaufsregelung nicht gilt, sodass die Anwendung des § 3c Abs. 1 UStG an der fehlenden Voraussetzung scheitert. Der Lieferort liegt somit in Köln (§ 3 Abs. 6 Satz 1 UStG).

   c) Die Voraussetzungen des § 3c UStG liegen nicht vor. Denn der Getränkehändler in Brüssel gehört nicht zu dem Abnehmerkreis des Absatzes 1 (Ort: Köln; § 3 Abs. 6 Satz 1 UStG).

Fall 4:

1. Karlsruhe, § 3 Abs. 8 UStG
2. Zürich, § 3 Abs. 6 Satz 1 UStG
3. Aachen, § 3c Abs. 1 UStG (Prognose ist unerheblich!)
4. Rom, § 3 Abs. 6 Satz 1 UStG
5. Brüssel, § 3 Abs. 6 Satz 1 UStG
6. München, § 3 Abs. 6 Satz 1 UStG
7. Bünde, § 3 Abs. 6 Satz 1 UStG
8. Nancy, § 3 Abs. 6 Satz 1 UStG

Fall 5:

1. Es liegt eine Versendungslieferung i. S. des § 3 Abs. 6 Satz 3 UStG vor, da die Warenbewegung durch einen selbstständigen Beauftragten ausgeführt wird. Da der Abnehmer Schuldner der EUSt ist, liegen die Voraussetzungen des § 3 Abs. 8 UStG nicht vor. Lieferort daher Zürich (§ 3 Abs. 6 Satz 1 UStG). Die Lieferung ist nicht steuerbar gem. § 1 Abs. 1 Nr. 1 UStG.
2. Weil der Gegenstand der Lieferung bei der Versendung durch den Unternehmer vom Drittlandsgebiet in das Inland gelangt und Schuldner der EUSt der Lieferer ist, ist Lieferort Aachen (§ 3 Abs. 8 UStG). Die Lieferung ist steuerbar (§ 1 Abs. 1 Nr. 1 UStG).
3. Der Gegenstand der Lieferung wird durch den Lieferer fortbewegt, somit liegt eine Beförderungsleistung nach § 3 Abs. 6 Satz 2 UStG vor. Lieferort ist gem. § 3 Abs. 6 Satz 1 UStG Essen. Die Lieferung ist steuerbar gem. § 1 Abs. 1 Nr. 1 UStG.
4. Es liegt eine Versendungslieferung gem. § 3 Abs. 6 Satz 3 UStG vor. Lieferort ist Bochum (§ 3 Abs. 6 Satz 1). Die Lieferung ist steuerbar (§ 1 Abs. 1 Nr. 1 UStG).
5. Es liegt eine Beförderungslieferung i. S. des § 3 Abs. 6 Satz 2 UStG vor, durch den Unternehmer in das Drittlandsgebiet. Somit ist § 3 Abs. 8 UStG nicht anwendbar. Lieferort ist gem. § 3 Abs. 6 Satz 1 UStG Minden. Die Lieferung ist steuerbar (§ 1 Abs. 1 Nr. 1 UStG).
6. Die Lieferung erfolgt hier durch schlichte Einigung gem. § 929 Satz 2 BGB. Da der Gegenstand bei der Verschaffung der Verfügungsmacht nicht bewegt wird, ist der Lieferort gem. § 3 Abs. 7 Satz 1 UStG Paris. Die Lieferung ist nicht steuerbar (§ 1 Abs. 1 Satz 1 UStG).
7. Weil der Kommittent an den Kommissionär erst in dem Zeitpunkt liefert, in dem dieser seinem Abnehmer Verfügungsmacht verschafft, liegt am 10. Oktober noch keine Lieferung vor, somit ist auch kein Ort der Lieferung zu bestimmen. Bei der Lieferung am 11. November wird der Gegenstand der Lieferung P an H nicht bewegt, der Ort der Lieferung ist gem. § 3 Abs. 7 Satz 1 UStG Zürich, da dort Verfügungsmacht verschafft wurde. Die Lieferung ist nicht steuerbar (§ 1 Abs. 1 Nr. 1 UStG).

Fall 6:

1. a) Bei den Lieferungen des K an A und des A an L handelt es sich um zwei selbstständige Lieferungen im Rahmen eines Reihengeschäftes, da mehrere Unternehmer über denselben Gegenstand (Computer) Umsatzgeschäfte abgeschlossen haben und der Computer unmittelbar vom ersten Unternehmer (K) an den letzten Abnehmer (L) gelangt. Die Lieferung des K an A stellt eine bewegte Lieferung in Form einer Beförderungslieferung dar. Ort der Lieferung ist gem. § 3 Abs. 6 Satz 1 i. V. mit Abs. 6 Satz 5 Köln, da dort die Beförderung beginnt. Die Lieferung des A an L ist eine unbewegte Lieferung, da die Warenbewegung nur einer Lieferung im Reihengeschäft zugeordnet werden kann (§ 3 Abs. 6 Satz 5 UStG). Ort dieser bewegten Lieferung folgenden Lieferung ist gem. § 3 Abs. 7 Satz 2 Nr. 2 UStG Leverkusen, da dort die Beförderung endet.

   b) Die bewegte Lieferung ist in diesem Fall die Lieferung des A an L gem. § 3 Abs. 6 Satz 1 i. V. mit Abs. 6 Satz 5 UStG. Ort der Beförderungslieferung ist gem. § 3 Abs. 6 Satz 1 UStG Köln, da dort die Beförderung beginnt. Die unbewegte Lieferung ist hier die Lieferung des K an A. Ort dieser der Beförderungslieferung des A an L vorangehenden Lieferung ist ebenfalls Köln, da dort die Beförderung beginnt, § 3 Abs. 7 Satz 2 Nr. 1 UStG.

2. Eine steuerfreie innergemeinschaftliche Lieferung liegt nicht vor, da der Computer im Inland verblieben und somit nicht in das übrige Gemeinschaftsgebiet gelangt ist. Hinzu kommt im Fall 1b), dass die Lieferung des K an A die unbewegte Lieferung ist, aber eine innergemeinschaftliche Lieferung nur einer bewegten Lieferung zugeordnet werden kann.

Fall 7:

a) Ja, weil alle Voraussetzungen des § 25b Abs. 1 UStG erfüllt sind.

b) Ort der Lieferung ist Leverkusen, weil dort die Versendung der bewegten Lieferung beginnt (§ 3 Abs. 6 Satz 1 i. V. mit Abs. 6 Satz 5 UStG).

c) Ja, da der Ort im Inland liegt. Die Lieferung ist jedoch als innergemeinschaftliche Lieferung steuerfrei.

d) Ort der unbewegten Lieferung ist Venlo, weil dort die Versendung endet (§ 3 Abs. 7 Satz 2 Nr. 2 UStG).

e) Steuerschuldner ist der V. Er hat seine aus der Lieferung des P entfallende USt selbst zu berechnen und in einer USt-Voranmeldung in den Niederlanden anzugeben. V ist berechtigt, die geschuldete USt als Vorsteuer abzuziehen.

Zu 3.4.3 (Sonstige Leistungen)

Fall 1:

1. Es liegt eine sonstige Leistung vor, denn in der Veräußerung des Entwurfs liegt die Übertragung eines Verwertungsrechts. Die Übergabe des Entwurfs ist gegenüber der Übertragung des Rechts nur von untergeordneter Bedeutung und dient lediglich der Sichtbarmachung der künstlerischen Leistung.
2. Sonstige Leistung.
3. Die Hingabe von Geld als bloßes Entgelt stellt umsatzsteuerlich überhaupt keine Leistung im wirtschaftlichen Sinne dar.
4. Die Theaterkarte verkörpert das Recht, die Theatervorführung zu besuchen. Rechte sind auch dann keine Liefergegenstände, wenn sie durch Beweisurkunden verbrieft werden. Es liegt daher eine sonstige Leistung vor.
5. Sonstige Leistung durch Unterlassen.
6. Das Betriebsgrundstück ist ein körperlicher Gegenstand, sodass keine sonstige Leistung i. S. des § 3 Abs. 9 UStG, sondern eine Lieferung i. S. des § 3 Abs. 1 UStG vorliegt.
7. Die Veräußerung eines Copyrights, also eines Urheberrechts, ist eine sonstige Leistung in Form eines Duldens.

Fall 2:

1. Leverkusen – § 3a Abs. 3 Nr. 2b) UStG
2. Fuerteventura – § 3a Abs. 3 Nr. 1c) UStG
3. Strecke Düsseldorf – Grenze und zurück – § 3b Abs. 1 Satz 2 UStG
4. Bonn – § 3a Abs. 2 UStG
5. Madrid – § 3a Abs. 3 Nr. 3a) UStG bzw. Abs. 3 Nr. 5 UStG
6. Venlo – § 3a Abs. 3 Nr. 1b) UStG
7. Münster – § 3a Abs. 2 UStG
8. a) Duisburg – § 3a Abs. 2 UStG
   b) Duisburg – § 3a Abs. 1 UStG
9. Gran Canaria – § 3a Abs. 3 Nr. 3a) UStG bzw. Abs. 3 Nr. 5 UStG
10. Wuppertal – § 3a Abs. 2 UStG
11. Bielefeld – § 3a Abs. 3 Nr. 1b) UStG
12. Hannover – § 3a Abs. 2 UStG
13. Duisburg – § 3a Abs. 2 UStG

14. a) Schweiz – § 3a Abs. 3 Nr 2 Satz 3 UStG
    b) Köln – § 3a Abs. 3 Nr. 2b) UStG
    c) Wien – § 3a Abs. 2 UStG
15. Frankreich – § 3a Abs. 2 UStG
16. Schweiz – § 3a Abs. 2 UStG
17. Schweiz – § 3a Abs. 2 UStG
18. Leverkusen – § 3b Abs. 3 UStG
19. Italien – § 3a Abs. 2 UStG

Zu 3.5.4 (Unentgeltliche sonstige Leistungen)

a) unentgeltliche sonstige Leistung i. S. des § 3 Abs. 9a Nr. 1 UStG; Ort: Düsseldorf (§ 3a Abs. 1 UStG). Die Privatnutzung im Ausland ist unerheblich.
b) unentgeltliche sonstige Leistung i. S. des § 3 Abs. 9a Nr. 2 UStG; Ort: Köln (§ 3a Abs. 3 Nr. 3 b) UStG)
c) unentgeltliche sonstige Leistung i. S. des § 3 Abs. 9a Nr. 2 UStG; Ort: Erkrath (§ 3a Abs. 1 UStG)
d) unentgeltliche Lieferung i. S. des § 3 Abs. 1b Nr. 1 UStG; Ort: Basel (§ 3 Abs. 6 UStG)
e) unentgeltliche Lieferung i. S. des § 3 Abs. 1b Nr. 1 UStG; Ort: Fuerteventura (§ 3 Abs. 7 UStG)
f) unentgeltliche sonstige Leistung i. S. des § 3 Abs. 9a Nr. 2 UStG; Ort: Leverkusen (§ 3a Abs. 3 Nr. 1 UStG)
g) unentgeltliche sonstige Leistung i. S. des § 3 Abs. 9a Nr. 1 UStG; Ort: Düsseldorf (§ 3a Abs. 3 Nr. 1 UStG) (Bezüglich des Erdgeschosses liegt ein nicht steuerbarer Innenumsatz vor.)
h) unentgeltliche sonstige Leistung i. S. des § 3 Abs. 9a Nr. 2 UStG; Ort: Leverkusen (§ 3a Abs. 3 Nr. 1 UStG)
i) unentgeltliche sonstige Leistung i. S. des § 3 Abs. 9a Nr. 1 UStG; Ort: Düsseldorf (§ 3a Abs. 3 Nr. 2 UStG)
j) unentgeltliche sonstige Leistung i. S. des § 3 Abs. 9a Nr. 1 UStG; Ort: Solingen (§ 3a Abs. 1 Satz 1 UStG)

Zu 3.7.4 (Leistungsaustausch)

1. Ein Leistungsaustausch liegt mangels Vorliegen „zweier Beteiligter" nicht vor. Der Vorgang ist umsatzsteuerlich ein sog. nicht steuerbarer Innenumsatz, der sich zwischen zwei Betrieben eines Unternehmers ergibt.

2. Wird ein Gegenstand vom Unternehmer vom Inland zu einer nicht nur vorübergehenden Verwendung in eine Betriebsstätte des Unternehmers in das EU-Ausland verbracht, so gilt dies als fiktive Lieferung gegen Entgelt (§ 3 Abs. 1a UStG).
3. Es liegt eine unechte Schenkung und damit ein Leistungsaustausch in Form einer Lieferung vor. Ein wirtschaftlicher Zusammenhang zwischen Leistung und Gegenleistung liegt vor, da die Lieferung des Gemäldes der Gegenleistung (Vermittlungsleistung) willen und der Einkaufsleiter die Gegenleistung um der Lieferung willen erbracht hat (tauschähnlicher Umsatz).
4. Es liegt keine Schenkung, sondern eine steuerbare unentgeltliche Lieferung an einen Arbeitnehmer aufgrund des Dienstverhältnisses ohne besonders berechnetes Entgelt vor (§ 3 Abs. 1b Nr. 2 UStG).
5. Müller repariert seinen beschädigten Lkw im Auftrag des Schädigers Schmitz. Er erbringt somit eine sonstige Leistung gegenüber Schmitz. Dieser Leistung steht eine Gegenleistung gegenüber. Da diese Zahlung um der Reparaturleistung willen erfolgt, ist ein wirtschaftlicher Zusammenhang zwischen Leistung und Gegenleistung gegeben, sodass ein Leistungsaustausch vorliegt (sog. unechter Schadensersatz).
6. Ein Leistungsaustausch und damit ein steuerbarer Umsatz i. S. des § 1 Abs. 1 Nr. 1 UStG liegt nicht vor, da der U dem Dieb gegenüber keine Leistung erbracht hat. U hat dem Dieb nichts willentlich zugewendet, vielmehr hat sich dieser widerrechtlich der Sachen bemächtigt. Ein nachträgliches Einverständnis des U für den Eigentumsübergang ist dem Sachverhalt nicht zu entnehmen. Der Betrag von 1.000 € kann darum nicht Gegenleistung (Entgelt) sein. Es handelt sich vielmehr um einen echten, nicht steuerbaren Schadensersatz.
7. Der U bewirkte eine Lieferung, denn er hat der Stadt Leverkusen die Verfügungsmacht an dem umstrittenen Grundstücksstreifen verschafft (§ 3 Abs. 1 UStG). Die Lieferung erfolgte am 01. Oktober durch Auflassung und Besitzeinräumung (§§ 873, 925 BGB). Die Tatsache, dass die Übereignung nur unter dem Druck drohender Enteignung zustande kam, ist unbeachtlich, denn gesetzlicher oder behördlicher Zwang schließen nach § 1 Abs. 1 Nr. 1 Satz 2 UStG eine Leistung i. S. des UStG nicht aus. Die Lieferung des Grundstücks ist steuerbar, da sie gegen Entgelt (100.000 €) erfolgte und auch alle anderen Tatbestandsmerkmale des § 1 Abs. 1 Nr. 1 UStG vorliegen, jedoch nach § 4 Nr. 9a UStG steuerbefreit.
8. Ein Leistungsaustausch und damit ein steuerbarer Umsatz i. S. des § 1 Abs. 1 Nr. 1 UStG liegt nicht vor, denn der U konnte wegen der drohend auf ihn gerichteten Pistole und der dadurch subjektiv empfundenen Lebensgefahr kein zweckgerichtetes Verhalten entfalten, das auf den Erhalt einer Gegenleistung im Austausch gegen die erbrachte Leistung abzielte. Es ist deshalb auch ohne Bedeutung, dass der Einbrecher für den Teppich 300 € zurücklässt; sie sind kein Entgelt für eine Leistung des U, sondern vielmehr als echten, nicht steuerbaren Schadensersatz anzusehen.

Zu 3.8.2 (Werklieferung, Werkleistung)

1. Das Verpflichtungsgeschäft ist ein Kaufvertrag (der Vertragsgegenstand ist bereits beim Kauf vorhanden). Es handelt sich somit weder um eine Werklieferung noch um eine Werkleistung, sondern um eine normale Lieferung nach § 3 Abs. 1 UStG.
2. Gegenstand des Werkvertrages ist die Herstellung eines Liefergegenstandes (Anzugs). Der vom Werkunternehmer S beschaffte Anzugstoff ist Hauptstoff. S erbringt daher eine Werklieferung gem. § 3 Abs. 4 UStG.
3. Gegenstand des Werkvertrages ist die Herstellung eines Liefergegenstandes (Anzugs). Knöpfe, Nähgarn und Futter sind nach der Verkehrsauffassung keine Hauptstoffe, denn sie sind im Vergleich zum fertigen Werk nur von untergeordneter Bedeutung. Es kommt nicht darauf an, dass sie für den Anzug unentbehrlich sind. Weil von S keine Hauptstoffe, sondern nur Nebenstoffe beschafft wurden, liegt eine Werkleistung vor.
4. Gegenstand des Werkvertrages ist die Bearbeitung (Reparatur) eines Liefergegenstandes (Pkw). Bei der Bearbeitung wird ein Hauptstoff (Austauschmotor) verwendet. Da der Austauschmotor vom Werkunternehmer beschafft wurde, handelt es sich um eine Werklieferung (§ 3 Abs. 4 UStG).
5. Gegenstand des Werkvertrages ist die Bearbeitung (Reparatur) eines Liefergegenstandes (Motor). Dabei werden jedoch keine Hauptstoffe verwendet. Schrauben und Splinte sind nach der Verkehrsauffassung im Verhältnis zum reparierten Motor von nur untergeordneter Bedeutung. W führt deshalb eine Werkleistung aus.
6. Gegenstand des Werkvertrages ist die Bearbeitung eines verbeulten Kotflügels. Für die Reparatur wird an Material ausschließlich Lack verwendet. Lack ist nach der Verkehrsauffassung gegenüber dem auszubessernden Kotflügel von nur untergeordneter Bedeutung und daher kein Hauptstoff. Somit liegt eine Werkleistung vor.
7. Gegenstand des Werkvertrages ist die Bearbeitung eines Liefergegenstandes (Papier). Die bei der Bearbeitung verwendete Druckerschwärze ist kein Hauptstoff. Sie ist nach der Verkehrsauffassung gegenüber dem fertigen Werk (bedrucktes Papier) von nur untergeordneter Bedeutung. Im Vordergrund steht die geleistete Arbeit. Demzufolge erbringt D eine Werkleistung.
8. Gegenstand des Werkvertrages ist die Herstellung des Liefergegenstandes Rohbau. Das Baumaterial für die Herstellung eines Rohbaus stellt Hauptstoff dar. B führt daher eine Werklieferung aus.
9. Gegenstand des Werkvertrages ist die Bearbeitung eines Liefergegenstandes (Gebäude). Für diese Bearbeitung werden keine Hauptstoffe verwendet. Farbe ist im Verhältnis zum gestrichenen Gebäude von nur untergeordneter Bedeutung. Es liegt somit eine Werkleistung vor.
10. Gegenstand des Werkvertrages ist die Bearbeitung eines Liefergegenstandes (Zimmer). Die dabei verwendeten Tapeten sind Hauptstoffe. Sie sind nach der Verkehrsauffassung im Verhältnis zum tapezierten Zimmer von nicht nur untergeordneter Bedeutung (vgl. BFH, BStBl 1963 III S. 346). Der Hauptstoff wurde jedoch vom Besteller beschafft, da er in dessen Namen und auf dessen Rechnung erworben worden ist. M erbringt folglich eine Werkleistung.

Zu 5.8 (Innergemeinschaftlicher Erwerb)

Fall 1:

1. Der Liefergegenstand gelangt bei einer Lieferung aus dem Gebiet eines Mitgliedstaates – Belgien – in das Gebiet eines anderen Mitgliedstaates – Deutschland. Dabei ist es ohne Bedeutung, ob der Lieferer oder der Abnehmer die Ware befördert (§ 1a Abs. 1 Nr. 1 UStG). Der Erwerber D ist ein Unternehmer, der die Ware für sein Unternehmen erwirbt (§ 1a Abs. 1 Nr. 2 UStG). Der Lieferer ist gleichfalls Unternehmer, der die Lieferung im Rahmen seines Unternehmens ausführt. Anhaltspunkte, dass der Lieferer Kleinunternehmer ist, liegen nicht vor (§ 1a Abs. 1 Nr. 3 UStG). Die Voraussetzungen des innergemeinschaftlichen Erwerbs nach § 1a Abs. 1 UStG sind danach erfüllt. Der Ort des innergemeinschaftlichen Erwerbs liegt im Inland, weil sich die Ware am Ende der Beförderung in Köln befindet (§ 3d Satz 1 UStG). Damit ist der innergemeinschaftliche Erwerb steuerbar (§ 1 Abs. 1 Nr. 5 UStG).
2. Die Ware gelangt aus dem Drittlandsgebiet in das Inland. Damit ist der Steuertatbestand der Einfuhr nach § 1 Abs. 1 Nr. 4 UStG erfüllt und unterliegt der Einfuhrumsatzbesteuerung. Ein innergemeinschaftlicher Erwerb ist begrifflich ausgeschlossen.
3. Es liegt ein steuerbarer innergemeinschaftlicher Erwerb gem. § 1 Abs. 1 Nr. 5 UStG vor. Der Erwerbstatbestand (§ 1a Abs. 1 UStG) ist erfüllt, da der Gegenstand bei der Lieferung an den deutschen Abnehmer aus dem Gebiet eines Mitgliedstaates (Frankreich) gelangt ist und sowohl der Erwerber als auch der Lieferer Unternehmer sind. Unmaßgeblich ist, ob die Beförderung/Versendung durch den Abnehmer oder den leistenden Unternehmer erfolgt. Der Ort des innergemeinschaftlichen Erwerbs ist gem. § 3d Satz 1 UStG Düsseldorf.
4. Es handelt sich um eine Einfuhr gem. § 1 Abs. 1 Nr. 4 UStG. Der Gegenstand ist aus dem Drittlandsgebiet (Norwegen) in das Inland gelangt. Ein innergemeinschaftlicher Erwerb (§ 1a Abs. 1 UStG) ist begrifflich ausgeschlossen.
5. Die Porzellanvase gelangt bei der Beförderung aus dem Gebiet eines Mitgliedstaates Frankreich – in das Gebiet eines anderen Mitgliedstaates – Deutschland (§ 1a Abs. 1 Nr. 1 UStG). D gehört als Privatperson nicht zu dem Erwerberkreis des § 1a Abs. 1 Nr. 2 UStG. Der Vorgang erfüllt daher nicht den Tatbestand des innergemeinschaftlichen Erwerbs (§ 1 Abs. 1 Nr. 5 i. V. mit § 1a Abs. 1 UStG). Auch der Steuertatbestand der Einfuhr nach § 1 Abs. 1 Nr. 4 UStG ist nicht erfüllt, weil die Ware nicht aus dem Drittlandsgebiet in das Inland eingeführt wird. Da die Lieferung des französischen Unternehmers somit weder als Ausfuhrlieferung noch als innergemeinschaftliche Lieferung von der Umsatzsteuer befreit ist, bleibt die Lieferung mit der französischen Umsatzsteuer belastet.
6. Die Porzellanschale wird aus dem Drittlandsgebiet – USA – in das Inland eingeführt. Sie unterliegt damit nach § 1 Abs. 1 Nr. 4 UStG der Einfuhrumsatzbesteuerung. Ein innergemeinschaftlicher Erwerb (§ 1a Abs. 1 UStG) ist begrifflich ausgeschlossen.
7. Soweit der Gemüsehändler die 1.000 Kisten Tomaten an seinen in Düsseldorf ansässigen Abnehmer D befördert, handelt es sich um eine innergemeinschaftliche (steuerfreie) Lieferung. Der Lieferort ist Amsterdam (nach entsprechenden Vorschriften des niederländischen UStG, § 3 Abs. 6 Satz 1 UStG). Hinsichtlich der

400 weiteren Kisten Tomaten, die zum Verkauf auf dem Wochenmarkt bestimmt sind, erfüllt der Vorgang im Inland den Tatbestand des innergemeinschaftlichen Erwerbs nach § 1a Abs. 2 UStG. Der Unternehmer N befördert die Tomaten aus seinem in einem anderen Mitgliedstaat gelegenen Unternehmensteil – den Niederlanden – in seinen im Inland gelegenen Unternehmensteil. Diese unternehmensinterne Warenbewegung erfüllt den Tatbestand des Verbringens nach § 1a Abs. 2 UStG, weil die Tomaten im inländischen Unternehmen verbraucht werden, in dem sie an Privatpersonen verkauft werden.

8. Die Lieferung wurde von einem (französischen) Unternehmer, der kein Kleinunternehmer ist, im Rahmen seines Unternehmens gegen Entgelt ausgeführt (§ 1a Abs. 1 Nr. 3 UStG). Der Liefergegenstand wurde von dem Unternehmer F aus dem Gebiet eines Mitgliedstaats – Frankreich – in das Gebiet eines anderen Mitgliedstaates – Deutschland – befördert (§ 1a Abs. 1 Nr. 1 UStG). Der Erwerber ist ein Unternehmer, der den Gegenstand für sein Unternehmen erwirbt (§ 1a Abs. 1 Nr. 1 UStG). Damit liegen die tatbestandsmäßigen Voraussetzungen des § 1a Abs. 1 UStG vor. Der innergemeinschaftliche Erwerb ist jedoch nach § 1 Abs. 1 Nr. 5 UStG nur steuerbar, wenn er im Inland erfolgt. Nach § 3d Satz 1 UStG wird der innergemeinschaftliche Erwerb in dem Mitgliedstaat bewirkt, in dem sich der Gegenstand am Ende der Beförderung befindet. Die Ware wurde nach Köln befördert, sodass der Ort des innergemeinschaftlichen Erwerbs grundsätzlich im Inland liegt. Nach § 3d Satz 2 UStG gilt der innergemeinschaftliche Erwerb allerdings auch als in Belgien bewirkt, weil D gegenüber dem Lieferer F die ihm von Belgien erteilte USt-Id.-Nr. verwandte. Wenn D nachweist, dass der Vorgang in Deutschland der Erwerbsbesteuerung unterlegen hat, entfällt die Erwerbsbesteuerung in Belgien.

9. Die Voraussetzungen des innergemeinschaftlichen Erwerbs nach § 1a Abs. 1 UStG liegen vor. Insbesondere ist es nach § 1a Abs. 1 Nr. 1 UStG nicht erforderlich, dass der Liefergegenstand aus dem Gebiet eines Mitgliedstaates in das Inland gelangt. Vielmehr muss er nur aus dem Gebiet eines Mitgliedstaates in das eines anderen Mitgliedstaates gelangen. Diese Voraussetzung ist erfüllt, denn die Elektrogeräte werden von Frankreich nach Amsterdam versendet. Steuerbar ist der nach § 1a Abs. 1 UStG tatbestandsmäßig verwirklichte innergemeinschaftliche Erwerb aber nur dann, wenn er im Inland erfolgt (§ 1 Abs. 1 Nr. 5 UStG). Nach § 3d Satz 1 UStG liegt der Ort des innergemeinschaftlichen Erwerbs grundsätzlich in Amsterdam, weil sich der Liefergegenstand am Ende der Versendung in Amsterdam befand. Nach § 3d Satz 2 UStG gilt der Erwerb jedoch auch als im Inland bewirkt, weil D bei der Bestellung gegenüber F die ihm im Inland erteilte USt-IdNr. verwandt hat. Der Ort des innergemeinschaftlichen Erwerbs ist mithin im Inland, sodass es sich um einen nach § 1 Abs. 1 Nr. 5 UStG steuerbaren Erwerbsvorgang handelt. Weist D die Besteuerung des i. g. Erwerbs in Amsterdam nach (§ 3d Satz 2 UStG), ist die Steuer bzw. die Vorsteuer aus dem Erwerb auf 0 € zu berichtigen (§ 17 Abs. 2 Nr. 4 UStG).

10. Die Voraussetzungen des § 1a Abs. 1 UStG sind erfüllt. Denn das Heizöl gelangt aus dem Gebiet eines Mitgliedstaates – Belgien – in das Gebiet eines anderen Mitgliedstaates – Deutschland – (§ 1a Abs. 1 Nr. 1 UStG). Der Erwerber, eine für den Hoheitsbereich erwerbende öffentlichrechtliche Körperschaft, ist eine dem Unternehmen gleichgestellte juristische Person, die nicht Unternehmer ist oder die den Gegenstand nicht für ihr Unternehmen erwirbt (§ 1a Abs. 1 Nr. 2b UStG). Der Lieferer ist

ein Unternehmer, der die Lieferung des Heizöls an die TH Aachen gegen Entgelt im Rahmen seines Unternehmens ausführt, und der kein Kleinunternehmer ist (§ 1a Abs. 1 Nr. 3b UStG). Nach § 1a Abs. 3 UStG liegt ein innergemeinschaftlicher Erwerb i. S. der Absätze 1 und 2 jedoch nur dann vor, wenn der Erwerber trotz seiner Zugehörigkeit zu dem Erwerberkreis nach § 1a Abs. 3 Nr. 1 mit dem Gesamtbetrag der Entgelte für innergemeinschaftliche Erwerbe den Betrag von 12.500 € im vorangegangenen Kalenderjahr oder im laufenden Kalenderjahr überschreitet (§ 1a Abs. 3 Nr. 2 UStG). Die TH Aachen ist ein Erwerber i. S. des § 1a Abs. 3 Nr. 1d UStG. Das Entgelt für den Erwerb des Heizöls liegt mit 10.000 € unterhalb der Erwerbsschwelle. Nach Einschätzung der TH Aachen wird der Gesamtbetrag der Entgelte für innergemeinschaftliche Erwerbe den Betrag von 12.500 € im laufenden Jahr nicht überschreiten. Die Voraussetzungen des Absatzes 3 sind mithin erfüllt. Nach § 1a Abs. 5 UStG ist jedoch der (tatbestandsmäßig verwirklichte) §1a Abs. 3 UStG nicht anwendbar, wenn es sich um den Erwerb verbrauchsteuerpflichtiger Waren handelt. Heizöl (Mineralöl) ist eine verbrauchsteuerpflichtige Ware i. S. des UStG. Daher ist § 1a Abs. 3 UStG nicht anwendbar, sodass die TH Aachen mit dem Erwerb von Heizöl zum Preis von 10.000 € – unabhängig von der Erwerbsschwelle – der Erwerbsbesteuerung nach § 1a Abs. 1 UStG unterliegt. Der Ort liegt gem. § 3d Satz 1 UStG in Aachen.

11. a) Der in Belgien ansässige Unternehmer B 2 erbringt mit dem Druck der Vorlesungsverzeichnisse eine Werklieferung. Gemäß § 1a Abs. 3 UStG liegen die Voraussetzungen des innergemeinschaftlichen Erwerbs nach § 1a Abs. 1 Nr. 1 UStG nicht vor, wenn bei dem Erwerber, obwohl er zum Erwerberkreis nach § 1a Abs. 1 Nr. 2b UStG gehört, der Gesamtbetrag der Entgelte für Erwerbe i. S. der Absätze 1 und 2 den Betrag von 12.500 € im vorangegangenen und auch im laufenden Kalenderjahr nicht überschritten wird. Die TH Aachen hat im Februar einen Betrag von 10.000 € für den innergemeinschaftlichen Erwerb von Heizöl aufgewandt und im August für den Druck der Vorlesungsverzeichnisse weitere 10.000 €, sodass der Schwellenwert von 12.500 € i. S. des Absatzes 3 Nr. 2 überschritten zu sein scheint. In den Schwellenwert von 12.500 € sind jedoch die Beträge nicht einzubeziehen, die über die Regelung des § 1a Abs. 5 UStG stets zum innergemeinschaftlichen Erwerb nach § 1a Abs. 1 UStG führen. Heizöl (Mineralöl) ist eine verbrauchsteuerpflichtige Ware, sodass das auf den innergemeinschaftlichen Erwerb des Heizöls entfallende Entgelt von 10.000 € in den Erwerbsschwellenbetrag von 12.500 € nicht einbezogen werden darf. Die TH Aachen liegt mit dem Gesamtbetrag der Entgelte für Erwerbe i. S. des § 1a Abs. 1 und 2 UStG im laufenden Jahr mit 10.000 € für die Inanspruchnahme des Drucks der Vorlesungsverzeichnisse unter der Erwerbsschwelle von 12.500 €, sodass nach § 1a Abs. 3 UStG in der Inanspruchnahme der Werklieferung kein innergemeinschaftlicher Erwerb nach § 1a Abs. 3 UStG vorliegt. Die Inanspruchnahme des Drucks der Verzeichnisse durch den in Belgien ansässigen Unternehmer wird also nicht als innergemeinschaftliche Lieferung behandelt. Die Besteuerung der Werklieferung unterliegt in Belgien der Umsatzbesteuerung. Die TH Aachen hat nach § 1a Abs. 4 UStG jedoch die Möglichkeit, zur Erwerbsbesteuerung zu optieren.

b) B 2 erbringt mit dem Druck der Vorlesungsverzeichnisse eine sonstige Leistung (Be- oder Verarbeitung eines beweglichen körperlichen Gegenstandes). Der Ort richtet sich nach § 3a Abs. 2 Nr. 3c Satz 1 UStG (Leistungsort Belgien).

12. Die Verbringung der Gegenstände stellt aus deutscher Sicht einen innergemeinschaftlichen Erwerb gem. § 1a Abs. 2 UStG dar. Der Ort des innergemeinschaftlichen Erwerbs bestimmt sich nach § 3d Satz 1 UStG (Ende der Beförderung der Gegenstände in Duisburg). Der innergemeinschaftliche Erwerb ist daher in Deutschland steuerbar.

Fall 2:

a) Dr. Lunge hat für den VZ 2022 einen i. g. Erwerb zu versteuern, da die Erwerbsschwelle den Betrag von 12.500 € übersteigen wird. Ort des i. g. Erwerbs ist gem. § 3d Satz 1 UStG am Ende der Versendung in Wuppertal. Der Erwerb ist daher bei Dr. Lunge gem. § 1 Abs. 1 Nr. 5 i. V. mit § 1a UStG steuerbar.

b) Dr. Lunge überschreitet die Erwerbsschwelle nicht. Er wird daher einem privaten Endverbraucher gleichgestellt mit der Folge, dass er bei sich im Inland keine Erwerbsbesteuerung durchzuführen hat (§ 1a Abs. 3 UStG).

c) Durch Verzicht auf die Anwendung des § 1a Abs. 3 UStG hat der Erwerber die Möglichkeit, die Erwerbsbesteuerung (bei gleichzeitiger Steuerbefreiung in Frankreich) freiwillig durchzuführen.

Fall 3:

a) Da der Versicherungsvertreter die Erwerbsschwelle von 12.500 € jährlich nicht überschreitet, braucht er gem. § 1a Abs. 3 UStG keine Erwerbsbesteuerung vorzunehmen. In diesem Fall erhält er von dem dänischen Lieferer eine Rechnung über umgerechnet 10.000 € zzgl. 25 % dänische Umsatzsteuer = 2.500 €.

b) Optiert der Versicherungsvertreter für die Erwerbsbesteuerung, stellt der dänische Lieferer nur umgerechnet 10.000 € in Rechnung. Die deutsche Umsatzsteuer auf den i. g. Erwerb beträgt (19 % von 10.000 € =) 1.900 €. Der Versicherungsvertreter spart demnach durch eine Option zur Erwerbsbesteuerung (2.500 € - 1.900 € =) 600 €.

Fall 4:

Der Pkw gelangt bei der Lieferung an Pfiffig aus Paris ins Inland. Damit liegt gem. § 1b Abs. 1 UStG ein i. g. Erwerb vor. Der Erwerb erfolgt gem. § 3d Satz 1 UStG im Inland (Köln), da sich dort der Pkw am Ende der Beförderung befindet. Somit sind alle Voraussetzungen des § 1 Abs. 1 Nr. 5 i. V. mit § 1b UStG erfüllt. Insbesondere handelt es sich bei dem Pkw um ein neues Fahrzeug. Es hat zwar mehr als 6.000 km zurückgelegt, jedoch liegt seine erste Inbetriebnahme zum Zeitpunkt des Erwerbs nicht mehr als sechs Monate zurück.

Zu 6.2.4 Steuerbefreiungen mit Vorsteuerabzug (Abzugsumsätze)

Sachverhalt 1:

Fall 1:

1. Es liegt eine innergemeinschaftliche Lieferung nach § 6a Abs. 1 UStG vor. Die Eisenteile gelangen im Rahmen einer bewegten Lieferung aus dem Inland in einen anderen Mitgliedstaat. Dabei ist es ohne Bedeutung, ob der liefernde Unternehmer oder der Abnehmer die Ware befördert (§ 6a Abs. 1 Nr. 1 UStG). Sowohl der Lieferer als auch der Abnehmer sind Unternehmer. Der Lieferer liefert die Ware im Rahmen seines Unternehmens gegen Entgelt und der Abnehmer erwirbt die Gegenstände für sein Unternehmen (§ 6a Abs. 1 Nr. 2a UStG). Der Abnehmer unterliegt mit dem Erwerb der Eisenteile in Belgien der Erwerbsbesteuerung nach den §§ 1a Abs. 1, 3d entsprechenden Vorschriften des belgischen UStG (§ 6a Abs. 1 Nr. 3 UStG).
2. Die Voraussetzungen für eine innergemeinschaftliche Lieferung nach § 6a Abs. 1 UStG liegen nicht vor. Das Gemälde gelangt im Rahmen einer bewegten Lieferung zwar aus dem Inland in einen anderen Mitgliedstaat (§ 6a Abs. 1 Nr. 1 UStG). N gehört jedoch als Privatmann nicht zum Abnehmerkreis i. S. des § 6a Abs. 1 Nr. 2 UStG. Da die Lieferung des in Köln ansässigen Unternehmers D keine innergemeinschaftliche Lieferung und daher auch nicht von der Umsatzsteuer befreit ist, bleibt die Lieferung für den niederländischen Abnehmer mit der deutschen Umsatzsteuer belastet (Ursprungslandprinzip im innergemeinschaftlichen Reiseverkehr).
3. Es liegt eine innergemeinschaftliche Lieferung i. S. des § 6a Abs. 2 UStG vor. Der Unternehmer D befördert die Waren, die zum Verkauf auf dem Wochenmarkt bestimmt sind, aus dem im Inland belegenen Unternehmensteil in seinen in einem anderen Mitgliedstaat belegenen Unternehmensteil. Diese unternehmensinterne Warenbewegung erfüllt den Tatbestand des Verbringens, weil das Obst in dem anderen Mitgliedstaat belegenen Unternehmensteil verbraucht wird, indem es an Privatkunden verkauft wird.
4. Die Melkmaschine gelangt bei einer Lieferung aus dem Inland in einen anderen Mitgliedstaat. Der L ist ebenso wie der Abnehmer Unternehmer. Der Liefergegenstand ist für das Unternehmen des B angeschafft worden (§ 6a Abs. 1 Nr. 12 UStG). Fraglich ist, ob auch die dritte Voraussetzung des § 6a Abs. 1 Nr. 3 UStG erfüllt ist und der Erwerb der Melkmaschine bei B (in Belgien) der Erwerbsbesteuerung unterliegt. Dadurch, dass B gegenüber D seine belgische USt.-IdNr. verwendet, gibt er zu erkennen, dass er steuerfrei einkaufen will und der Erwerb der Ware in Belgien der Erwerbsbesteuerung unterliegt. Mithin ist auch die dritte Voraussetzung des § 6a Abs. 1 Nr. 3 UStG gegeben, dass der Erwerb beim Abnehmer in einem anderen Mitgliedstaat der Erwerbsbesteuerung unterliegt. Die Lieferung ist steuerfrei.
5. Eine innergemeinschaftliche Lieferung i. S. des § 6a UStG liegt nicht vor, da der Liefergegenstand nicht in einen anderen Mitgliedstaat gelangt. Die Warenbewegung erfolgt vielmehr in ein Drittland. Die Lieferung ist daher als Ausfuhrlieferung gem. § 4 Nr. 1a i. V. mit § 6 Abs. 1 Nr. 2 und Abs. 2 Nr. 1 UStG steuerfrei. (Der belgische Unternehmer ist ausländischer Abnehmer, § 6 Abs. 2 Nr. 1 UStG.)

Sachverhalt 2:

Fall 1:

Die Lieferungen (§ 3 Abs. 1 UStG) der KG an die drei Abnehmer A, B und C sind wie folgt zu beurteilen:

a) Die bewegte Lieferung an den Abnehmer A wurde am 05. Januar 2022 in Bergisch Gladbach ausgeführt (§ 3 Abs. 6 Satz 1 UStG); dort hat die KG durch Übergabe des Motors dem A die Verfügungsmacht verschafft. Die gegen Entgelt als Grundgeschäft im Inland bewirkte Abhollieferung ist nach § 1 Abs. 1 Nr. 1 UStG steuerbar, jedoch als i. g. Lieferung nach § 4 Nr. 1b) i. V. mit § 6a UStG steuerbefreit. Der steuerfreie Umsatz ist mit 2.975 € anzusetzen.

b) Die bewegte Lieferung an den Abnehmer B gilt mit dem Beginn der Beförderung am 08. Januar 2022 als ausgeführt (§ 3 Abs. 6 Satz 1 UStG). Die gegen Entgelt als Grundgeschäft im Inland bewirkte Beförderungslieferung ist nach § 1 Abs. 1 Nr. 1 UStG steuerbar, jedoch als i. g. Lieferung nach § 4 Nr. 1b) i. V. mit § 6a UStG steuerbefreit. Der steuerfreie Umsatz ist mit 2.800 € anzusetzen. Die Transportkosten teilen als Nebenleistung das Schicksal der steuerfreien Hauptleistung.

c) Die bewegte Lieferung an den Abnehmer C gilt am 22. Januar 2022 mit der Übergabe des Motors an den Spediteur in Bergisch Gladbach als ausgeführt (§ 3 Abs. 6 Satz 1 UStG). Die gegen Entgelt als Grundgeschäft im Inland bewirkte Lieferung ist steuerbar (§ 1 Abs. 1 Nr. 1 UStG). Der Motor ist nach Emden in den Freihafen gelangt und wurde durch die liefernde KG an den im dortigen Zollfreigebiet i. S. des § 1 Abs. 3 UStG ansässigen Unternehmer C für Zwecke seines Unternehmens versendet (§ 6 Abs. 1 Nr. 3a) UStG). Ausfuhr- und Buchnachweis i. S. des § 6 Abs. 4 UStG sind als erbracht anzusehen. Die Lieferung ist daher als Ausfuhrlieferung nach § 4 Nr. 1a) i. V. mit § 6 UStG steuerfrei. Der steuerfreie Umsatz ist mit 4.165 € anzusetzen.

Fall 2:

Der Handelsvertreter V hat durch die Vermittlungen von Geschäften für die KG sonstige Leistungen in Form von Vermittlungsleistungen ausgeführt (§ 3 Abs. 9 UStG). Der Ort der sonstigen Leistungen ist gem. § 3a Abs. 2 UStG jeweils Bergisch Gladbach, da dort der Leistungsempfänger (KG) seinen Sitz hat. Unerheblich ist deshalb in diesem Zusammenhang, dass er die Kaufverträge zwischen der KG und den einzelnen Kunden jeweils an deren Sitzort abgeschlossen hat. Die sonstigen Leistungen sind daher steuerbar nach § 1 Abs. 1 Nr. 1 UStG. Die Beantwortung der Frage, ob diese Vermittlungsleistungen nach § 4 Nr. 5 UStG steuerfrei oder steuerpflichtig sind, setzt die umsatzsteuerrechtliche Beurteilung der vermittelten Umsätze (Lieferungen) voraus. Soweit die KG an ihre Kunden A und B steuerfreie i. g. Lieferungen ausgeführt hat, scheidet eine Steuerbefreiung nach § 4 Nr. 5 UStG aus, sodass die Vermittlungsleistungen insoweit steuerpflichtig sind. Soweit die KG an den Kunden C eine steuerfreie Ausfuhrlieferung getätigt hat, ist die Vermittlungsleistung des V nach § 4 Nr. 5a) UStG steuerfrei.

Fall 3:

Die KG hat durch das Abschleppen des Fahrzeugs der Rentners R eine sonstige Leistung ausgeführt (§ 3 Abs. 9 UStG), die in einem Befördern besteht. Es handelt sich um einen gegen Entgelt ausgeführten Hilfsumsatz. Die am 08. Mai 2022 bewirkte Beförderungsleistung wurde mit dem Beginn der Beförderung in den Niederlanden ausgeführt (§ 3b Abs. 3 Satz 1 UStG) und ist deshalb nicht steuerbar nach § 1 Abs. 1 Nr. 1 UStG. Der von der KG vereinnahmte Betrag wurde daher zutreffend nicht der Umsatzsteuer unterworfen.

Zu 6.5 (Steuerbefreiungen)

Fall 1:

a) steuerbar und steuerfrei, Option möglich

b) steuerbar und steuerfrei, Option nicht möglich (Ausschlussumsätze)

c) steuerbar und steuerfrei, Option nicht möglich

d) steuerbar und steuerpflichtig

Fall 2:

a) 2.

b) 1. (§ 4 Nr. 8e UStG: ..., „ausgenommen“ ...)

c) 3.

d) 4.

e) 3.

Fall 3:

Sachverhalt 1:
J. M. hat an den Möbelmarkt M. eine Lieferung i. S. des § 3 Abs. 1 UStG ausgeführt. Es handelt sich um ein gegen Entgelt ausgeführtes Geschäft im Rahmen des Unternehmens. Die Lieferung wurde am 01. Mai 2022 (Tag des wirtschaftlichen Übergangs) in Köln bewirkt (§ 3 Abs. 7 Satz 1 UStG). Der im Inland getätigte Umsatz ist nach § 1 Abs. 1 Nr. 1 UStG steuerbar.

Er ist jedoch nach § 4 Nr. 9a UStG steuerfrei, weil die Übereignung eines inländischen Grundstücks unter das GrEStG fällt. Ein Verzicht auf die Steuerbefreiung nach § 4 Nr. 9a UStG liegt nicht vor. Die Grunderwerbsteuer gehört nicht zum Entgelt. Der steuerfreie Umsatz ist mit 80.000 € anzusetzen.

Sachverhalt 2:
Durch die Vermietung von Praxis-, Büro- und Wohnräumen hat J. M. sonstige Leistungen bewirkt (§ 3 Abs. 9 UStG). Der Ort der sonstigen Leistungen ist entsprechend der Belegenheit des Grundstücks in Köln (§ 3a Abs. 3 Nr. 1 UStG). Die sonstigen Leistungen

sind daher steuerbar (§ 1 Abs. 1 Nr. 1 UStG), jedoch grundsätzlich nach § 4 Nr. 12a UStG steuerfrei. Zu prüfen ist jedoch, ob J. M. zulässigerweise auf die Inanspruchnahme der Steuerbefreiung nach § 4 Nr. 12a UStG verzichtet hat.

Die Optionserklärung i. S. des § 9 Abs. 1 UStG ist an keine besondere Form gebunden und insbesondere darin zu sehen, dass der Unternehmer Rechnungen mit gesondertem Steuerausweis erteilt hat und die Umsätze in der USt-Voranmeldung bzw. USt-Jahreserklärung als steuerpflichtig behandelt. Eine solche Optionserklärung ist im vorliegenden Fall hinsichtlich des I. und III. Obergeschosses abgegeben worden, denn ein Mietvertrag, in dem neben der Nettomiete auch die Umsatzsteuer gesondert ausgewiesen wird, ist als Rechnung i. S. des § 14 Abs. 1 UStG anzuerkennen. Hinsichtlich der Vermietung der Büroräume im I. Obergeschoss hat die KG als Unternehmer an einen anderen Unternehmer für dessen Unternehmen einen optionsfähigen Umsatz ausgeführt und daher nach § 9 Abs. 1 UStG zulässigerweise auf die Steuerbefreiung verzichtet, da die Büroräume weder Wohnzwecken noch anderen nichtunternehmerischen Zwecken i. S. des § 9 Abs. 2 UStG dienen.

Hinsichtlich der Vermietung der Wohnungen im III. Obergeschoss an eine Baufirma für ihre Arbeitnehmer kommt eine Option nicht in Betracht, da die Wohnungen nichtunternehmerischen Zwecken dienen. Nichtunternehmerische Zwecke i. S. des § 9 Abs. 2 UStG liegen insbesondere dann vor, wenn das Grundstück von demjenigen, dem die Nutzung auf der Endstufe überlassen ist, für private Zwecke genutzt wird. Hier wurden die Wohnungen auf der Endstufe den Arbeitnehmern der Baufirma überlassen, die sie für ihre privaten Wohnzwecke genutzt hatten.

Die Vermietung der Wohnräume im III. Obergeschoss bleibt daher nach § 4 Nr. 12a UStG steuerfrei. Da die KG diese Umsätze jedoch unzulässigerweise als steuerpflichtig behandelt hat, schuldet sie die ausgewiesene Umsatzsteuer von 190 € auch nach § 14 Abs. 2 UStG.

Bei den in der Zeit von Juli bis November 2022 ausgeführten Renovierungsarbeiten handelt es sich um Leistungen für das Unternehmen des J. M. Er kann jedoch für 2022 den USt-Betrag von 28.500 € nicht in voller Höhe als Vorsteuer berücksichtigen. Vom Vorsteuerabzug ausgeschlossen ist die Steuer für Lieferungen und sonstige Leistungen, die von J. M. zur Ausführung nach § 4 Nr. 12a UStG steuerfreier Umsätze verwendet worden sind (§ 15 Abs. 2 Nr. 1 UStG). Durch Aufteilung der Vorsteuern von 28.500 € nach § 15 Abs. 4 UStG im Wege der wirtschaftlichen Zuordnung bzw. sachgerechten Schätzung (ein Geschoss steuerpflichtig vermietet; drei Geschosse steuerfrei vermietet), ergeben sich für J. M. abziehbare Vorsteuerbeträge i. H. v. (28.500 € • 1/4 =) 7.125 €; die nicht abziehbaren Vorsteuern belaufen sich dementsprechend auf 21.375 €.

Zu 7.3 (Steuersätze)

Fall 1:

Nr.	Sachverhalt	7 %	19 %
1.	Gastwirt veräußert gegrillte Hähnchen in Warmhalteverpackungen über die Straße.	x	
2.	Ein Verlag liefert Tageszeitungen und Zeitschriften.	x	
3.	Hummer		x
4.	Kaffee	x	
5.	Ein Automatenaufsteller stellt in der Betriebskantine des B einen Würstchenautomaten auf.	x	
6.	Das Café C veräußert Eis in Bechern zum Mitnehmen.	x	
7.	Eine Bäckerei veräußert Brötchen.	x	
8.	Eine Sektkellerei veräußert Sekt.		x
9.	Zigaretten		x
10.	Ein Blumengeschäft veräußert Schnittblumen.	x	
11.	Bier		x
12.	Eine Getränkegroßhandlung veräußert Mineralwasser.		x
13.	Ein Stehcafé veräußert tassenweise Kaffee, der an Stehtischen getrunken werden kann.		x
14.	Ein Großmarkt veräußert Tomaten in Holzkisten.	x	
15.	Milch	x	
16.	Taxifahrt innerhalb eines Stadtgebietes (Beförderungsstrecke: 26 km)	x	
17.	Taxifahrt außerhalb des Stadtgebietes (Beförderungsstrecke: 87 km)		x
18.	Taxifahrt innerhalb des Stadtgebietes (Beförderungsstrecke: 62 km)	x	
19.	Dienstreise mit der Deutschen Bahn AG, Fahrtstrecke insgesamt 150 km	x	

Fall 2:

Sonstige Leistungen i. S. des § 3 Abs. 9 UStG sind anzunehmen, wenn der Unternehmer sich nicht auf den Umsatz von Nahrungsmitteln „zum Mitnehmen" beschränkt, sondern auch im sog. Darreichungsbereich ausführt, die den bestimmungsmäßigen sofortigen Verzehr fördern. Besondere Vorrichtungen für den Verzehr an Ort und Stelle sind ein typisierendes Merkmal dafür, dass Dienstleistungen im Darreichungsbereich vorhanden sind, wobei es nicht darauf ankommt, wer die besonderen Vorrichtungen bereithält. Bei einem Partyservice sind demnach nur dann begünstigte Lieferungen i. S. des § 3 Abs. 1 UStG anzunehmen, wenn der Unternehmer sich auf das bloße Anliefern der Speisen beschränkt und vor Ort keine Serviceleistungen gegenüber den verzehrenden Personen erbringt. So verhält es sich im vorliegenden Fall.

Die Lieferung des Menüs unterliegt deshalb dem ermäßigten Steuersatz von 7 %. Die gelieferten Getränke fallen nicht unter die Anlage 2 zum UStG und unterliegen somit dem Regelsteuersatz von 19 %. Die Gestellung des Bedienungspersonals, der Tafelausrüstung und der Antransport sind Nebenleistungen zur Lieferung des Menüs und der Getränke und teilen damit deren Schicksal.

Wegen unterschiedlicher Steuersätze ist das Entgelt bezüglich der Nebenleistungen aufzuteilen und der Menülieferung bzw. den Getränkelieferungen zuzuordnen. Mangels anderer Aufteilungskriterien ist die Aufteilung im Verhältnis der Verkaufspreise für Getränke und Menü wie folgt vorzunehmen:

Kaufpreis Menü:	225 €
Kaufpreis Getränke:	225 €
insgesamt	450 €

prozentualer Anteil Menü: 50 %
prozentualer Anteil Getränke:50 %

Gesamtpreis der Nebenleistungen:		200 €
Anteil Menü:	200 € • 50 % =	100 €
Anteil Getränke:	200 € • 50 % =	100 €

Kaufpreis Menü + anteilige Nebenleistung = 325 €
USt = 325 € : 1,07 • 0,07 = 21,26 €

Kaufpreis Getränke + anteilige Nebenleistung = 325 €
USt = 325 € : 1,19 • 0,19 = 51,89 €

Die USt beträgt also insgesamt (21,26 € + 51,89 =) 73,15 €.

Zu 8.7 (Bemessungsgrundlage)

Fall 1:

a) unentgeltliche Lieferung, steuerbar, Einkaufspreis = 640 €

b) Lieferung, steuerbar, Entgelt = 1.000 €

c) Innenumsatz, nicht steuerbar

d) echter Schadensersatz, nicht steuerbar

Fall 2:

Es handelt sich um eine Lieferung (an nahestehende Personen). Bemessungsgrundlage ist der aktuelle Einkaufspreis i. H. v. (110 % von 2.900 € =) 3.190 € (Mindestbemessungsgrundlage). Das gezahlte Entgelt von 3.000 € liegt unter der Mindestbemessungsgrundlage.

Fall 3:

Sachverhalt 1:
Die GmbH hat an den Kunden E eine Lieferung ausgeführt (§ 3 Abs. 1 UStG), indem sie ihm durch Eigentumsübertragung an dem neuen Pkw die Verfügungsmacht verschafft hatte. Die Lieferung wurde am 20. Juli 2022 durch Übergabe des Pkw in Oberhausen ausgeführt (§ 3 Abs. 6 Satz 1 UStG). Sie ist nach § 1 Abs. 1 Nr. 1 UStG steuerbar und zu 19 % steuerpflichtig (§ 12 Abs. 1 UStG). Die Bemessungsgrundlage (§ 10 Abs. 1 UStG) beträgt (26.180 € : 1,19 =) 22.000 €, die Umsatzsteuer 4.180 €.

Die von der GmbH dem E neben dem Listenpreis und den Überführungskosten gesondert in Rechnung gestellte Kfz-Briefgebühr ist Bestandteil des von E gegenüber der GmbH geschuldeten Kaufpreises. Die GmbH vereinnahmte von E die Gebühr im eigenen Namen und für eigene Rechnung. Mit der Bezahlung der Gebühr an den Hersteller des Pkw tilgte die GmbH eine eigene Schuld gegenüber der Herstellerfirma. Die Kfz-Briefgebühr von 30 € ist weder bei der GmbH noch bei der Herstellerfirma ein durchlaufender Posten i. S. des § 10 Abs. 1 Satz 6 UStG.

Die Zulassung des Pkw ist auf den Namen des Käufers (Kfz-Halters) E vorzunehmen. Die Zulassungsgebühr wird von ihm geschuldet. Die GmbH hat den Betrag an die Zulassungsstelle im fremden Namen und für fremde Rechnung entrichtet. Es ist unerheblich, dass sie den Betrag zuerst verausgabt und später erst von E vereinnahmt hat. Die Zulassungsgebühr ist für die GmbH ein durchlaufender Posten; er gehört nach § 10 Abs. 1 Satz 5 UStG nicht zum Entgelt.

Durch Vermittlung der Versicherung für den von E erworbenen Pkw hat die GmbH gegenüber der Versicherungsgesellschaft eine sonstige Leistung bewirkt (§ 3 Abs. 9 UStG). Die Vermittlungsleistung ist nicht als übliche Nebenleistung zur Lieferung anzusehen. Es handelt sich vielmehr um zwei verschiedene Leistungen und zwei verschiedene Leistungsempfänger. Die sonstige Leistung ist nach § 1 Abs. 1 Nr. 1 UStG steuerbar, aber nach § 4 Nr. 11 UStG steuerfrei.

Auch juristische Personen können Versicherungsvertreter sein. Es ist auch ohne Bedeutung, dass die GmbH andere, nicht nach § 4 Nr. 11 UStG steuerfreie Umsätze ausführt. Der steuerfreie Umsatz ist mit 162 € anzusetzen.

Als Versicherungsnehmer schuldete E die Versicherungsprämie der Versicherungsgesellschaft. Die GmbH hat die Prämie im fremden Namen und für fremde Rechnung vereinnahmt und verausgabt und damit ein fremdes Schuldverhältnis (zwischen Versicherungsnehmer und Versicherungsgesellschaft) zum Erlöschen gebracht. Für die GmbH ist die Versicherungsprämie von 540 € daher ein durchlaufender Posten i. S. des § 10 Abs. 1 Satz 5 UStG.

Sachverhalt 2:
Die GmbH hat an den Kunden H am 27. Juli 2022 durch Übergabe des Neufahrzeugs in Oberhausen (§ 3 Abs. 6 Satz 1 UStG) eine Lieferung bewirkt (§ 3 Abs. 1 UStG). Sie ist nach § 1 Abs. 1 Nr. 1 UStG steuerbar und zu 19 % steuerpflichtig (§ 12 Abs. 1 UStG). An die Stelle der ursprünglich ausschließlich in Geld vereinbarten Gegenleistung ist die Lieferung des Unfallwagens und Zahlung durch Verrechnungsscheck getreten. Die Bemessungsgrundlage errechnet sich nach § 10 Abs. 2 UStG wie folgt:

Gemeiner Wert des an Zahlungs statt gelieferten Kfz	5.800,00 €
zzgl. Barzahlung des Kunden H durch Verrechnungsscheck	18.000,00 €
Gegenleistung insgesamt	23.800,00 €
Bemessungsgrundlage (23.800 € : 1,19 =)	20.000,00 €
Umsatzsteuer (19 % von 20.000 € =)	3.800,00 €

Im Zusammenhang mit der Lieferung des Unfallwagens für das Unternehmen der GmbH ergibt sich kein Vorsteuerabzug, weil weder eine Rechnung noch eine Gutschrift mit gesondertem Steuerausweis erteilt wurde.

Fall 4:

Ausgangspunkt ist hierbei der Listenpreis zzgl. der Kosten für Sonderausstattung und einschl. der USt. Listenpreis ist dabei die auf volle 100 € nach unten abgerundete unverbindliche Preisempfehlung des Herstellers im Zeitpunkt der Erstzulassung einschl. der Zuschläge für Sonderausstattungen (ohne Autotelefon) und der USt. Rabatte mindern also nicht die Bemessungsgrundlage.

Der Listenpreis beträgt demnach:

Gesamtkosten	27.750,00 €
+ 19 % USt	5.272,50 €
	33.022,50 €
abgerundet	33.000,00 €

1. Pauschalregelung
Bei der 1 %-Regelung ist eine Kürzung um 20 % für nicht mit Vorsteuer belastete Kosten unzulässig. Aus dem so ermittelten Wert ist die Umsatzsteuer herauszurechnen. Die Bemessungsgrundlage errechnet sich wie folgt:

a) Privatfahrten 1 % v. 33.000 € • 9 Monate =	2.970,00 €
b) Fahrten zwischen Wohnung und erster Tätigkeitsstätte 0,03 % v. 33.000 € • 6 km • 9 Monate =	534,60 €
Bruttowert der sonstigen Leistung an den Arbeitnehmer	3.504,60 €
Bemessungsgrundlage (3.504,60 € : 1,19 =)	2.945,04 €
Umsatzsteuer (2.945,04 € • 19 % =)	559,56 €

2. Tatsächliche Kosten

Bei der Fahrtenbuchmethode darf keine Kürzung um die nicht mit Vorsteuer belasteten Kosten vorgenommen werden.

Der so ermittelte Wert ist ein Nettowert, auf den die Umsatzsteuer aufzuschlagen ist. Die Bemessungsgrundlage errechnet sich wie folgt:

a) übrige Privatfahrten	10.500 km
b) Fahrten zwischen Wohnung und erster Tätigkeitsstätte	9.100 km
Fahrten insgesamt	19.600 km

Auf 1 km Fahrleistung entfallen 0,45 €/km (11.250 € : 25.000 km). Auf die Fahrten des Arbeitnehmers entfällt mithin eine Bemessungsgrundlage i. H. v. (0,45 €/km • 19.600 km =) 8.820 €. Die Umsatzsteuer beträgt daher (8.820 € • 19 % =) 1.675,80 €.

Durch den Ansatz der tatsächlichen Kosten (1.675,80 €) ergibt sich daher für den VZ 2022 gegenüber der Pauschalregelung (559,56 €) eine ungünstigere Lösung.

Aus dem Anschaffungsvorgang und den laufenden Kosten steht dem Unternehmer der volle Vorsteuerabzug zu.

Zu 9.5 (Rechnungen und Steuerausweis)

Fall 1:

a) Flamme ist nach § 14 Abs. 2 Nr. 2 UStG zur Ausstellung einer ordnungsgemäßen Rechnung mit gesondertem Steuerausweis verpflichtet. Eine Rechnungsübermittlung als schlichte E-Mail ohne digitale Signatur würde ausreichen, weil es sich insoweit um eine zulässige elektronische Rechnung i. S. der § 14 Abs. 1 Sätze 7 und 8 UStG handeln würde.

   Elektronische Rechnungen sind in dem elektronischen Format der Ausstellung bzw. des Empfangs (z. B. digital als E-Mail ggf. mit Anhängen in Bildformaten wie pdf oder tiff, digital als Computer-Telefax, digital als Web-Download oder in EDI-Formaten) auf einem Datenträger aufzubewahren, der keine Änderungen mehr zulässt. Hierzu gehören insbesondere nur einmal beschreibbare CDs und DVDs. Eine Aufbewahrung einer elektronischen Rechnung als Papierausdruck ist in diesen Fällen nicht zulässig, da dies einen Medienbruch darstellen und zusätzliche Kontrollen notwendig machen würde.

b) Birne könnte seinen Anspruch auf Rechnung mit gesondertem Steuerausweis vor einem ordentlichen Gericht mit Erfolg geltend machen. Dieser zivilrechtliche Anspruch verjährt in 30 Jahren.

Fall 2:

a) Die Rechnung enthält nicht alle nach § 14 Abs. 4 UStG geforderten Angaben. Es fehlt neben der Rechnungsnummer die Angabe des Entgelts für die Leistung sowie des darauf entfallenden Steuerbetrages.

b) Angabe des Entgelts i. H. v. (892,50 € : 1,19 =) 750 €, sowie der darauf entfallenden Umsatzsteuer von (19 % von 750 € =) 142,50 €.

c) Anforderung einer ordnungsgemäßen Rechnung i. S. des § 14 Abs. 4 UStG beim Lieferer.

Fall 3:

a) Name und Anschrift des leistenden Unternehmers, Ausstellungsdatum, Menge und Bezeichnung des Gegenstandes, Entgelt und Steuer in einer Summe, Steuersatz!

b) Es handelt sich nur bei der ersten Eingangsrechnung um eine Kleinbetragsrechnung i. S. des § 33 UStDV. Bei der zweiten Eingangsrechnung übersteigt der Bruttobetrag die Grenze von 250 €. Der – allerdings nicht entscheidende – Nettobetrag läge mit (266,43 € : 1,07 =) 249 € knapp unter dieser Grenze.

c) Aus der ersten Eingangsrechnung kann die Vorsteuer mit (232,05 € : 1,19 • 0,19 =) 37,05 € herausgerechnet werden. Bei der zweiten Eingangsrechnung muss vom Rechnungsaussteller eine korrigierte Rechnung angefordert werden, da sonst kein Vorsteuerabzug möglich ist.

Fall 4:

a) Der Fahrausweis kann als Rechnung i. S. des § 34 UStDV anerkannt werden, denn er enthält den Namen und die Anschrift des befördernden Unternehmers (Deutsche Bahn AG), Ausstellungsdatum, Entgelt und Steuerbetrag in einer Summe (124,95 €).

b) Der Vorsteuerabzug beträgt (124,95 € : 1,07 • 0,07 =) 8,17 €.

Zu 10.9 (Vorsteuerabzug)

Fall 1:

1. Erhöhung der abziehbaren Vorsteuer um 1.900 €, weil die Leistung für das Unternehmen ausgeführt wurde und eine Rechnung mit gesondertem Steuerausweis vorliegt, § 15 Abs. 1 Nr. 1 UStG.
2. Erhöhung der abziehbaren Vorsteuer um 31,50 €. Soweit ein gesondert ausgewiesener Steuerbetrag auf eine Zahlung vor Ausführung der Umsätze entfällt, ist er bereits abziehbar, wenn die Rechnung mit Steuerausweis vorliegt und die Zahlung geleistet worden ist, § 15 Abs. 1 Nr. 1 Satz 3 UStG.

3. Der Kunde muss 49.700 € aufwenden, um die Leistung zu erhalten. In diesem Betrag ist die Steuer enthalten. Der Steuerausweis in der Rechnung ist falsch, denn die Nebenleistungen (Frachtkosten, Transportversicherung und Verpackung) teilen als Nebenleistung das Schicksal der mit 19 % steuerpflichtigen Hauptleistung. Das Entgelt beträgt (49.700 € : 1,19 =) 41.764,71 € und die Umsatzsteuer beträgt (41.764,71 € • 19 % =) 7.935,29 €.

Fall 2:

1. A schuldet (508,25 € : 1,19 • 0,19 =) 81,15 € USt, § 10 Abs. 1 UStG. B hat einen Vorsteuerabzug lediglich i. H. v. 33,25 €.
2. E schuldet gem. § 14c Abs. 2 UStG die ausgewiesene Umsatzsteuer von 570 €; der F hat keinen Vorsteuerabzug, da er den Pkw nicht von einem anderen Unternehmer erworben hat.

Fall 3:

Vorsteuer lt. Aufgabe		6.500,00 €
1.	Gemäß § 15 Abs. 1 Nr. 1 UStG besteht voller Vorsteuerabzug	5.000,00 €
2.	Vorsteuer-Abzug nicht möglich, da die Leistung nicht von einem anderen Unternehmer erbracht wurde, § 15 Abs. 1 Nr. 1 UStG.	–
3.	Vorsteuer-Abzug i. H. v. 95 € nicht möglich, da die Voraussetzungen des § 15 Abs. 1a UStG erfüllt sind.	–
4.	Vorsteuerausschluss für die Verpflegungskosten nach Pauschbeträgen. Die Übernachtungskosten sind abzugsfähig.	9,80 €
5.	Die in Rechnung gestellte Umsatzsteuer ist nicht als Vorsteuer abzugsfähig, da der Kleinunternehmer die Steuer nach § 14c Abs. 2 UStG schuldet.	–
6.	kein Vorsteuerabzug möglich, denn es liegt keine Rechnung mit gesondertem Steuerausweis vor.	–
7.	voller Vorsteuerabzug	79,80 €
8.	voller Vorsteuerabzug für den angemessenen Teil Die Vorsteuer auf den unangemessenen Teil ist nicht abzugsfähig.	45,60 €
9.	Gemäß § 15 Abs. 1a Nr. 1 UStG besteht kein Vorsteuerabzug, da die Freigrenze von 35 € überschritten ist. Das Geldgeschenk ist in die 35 €-Grenze einzubeziehen.	–
	Vorsteuer-Abzug insgesamt	11.635,20 €

Fall 4:

1.	Die Fahrkarte der Bundesbahn ist ein Fahrausweis gem. § 34 UStDV. Die abziehbare Vorsteuer beträgt (333,20 € : 1,07 • 0,07 =)	21,80 €
2.	Abzugsverbot, da keine Kleinbetragsrechnung.	–
3.	Bei den Taxirechnungen handelt es sich um Kleinbetragsrechnungen. Die abziehbare Vorsteuer beträgt (42,80 € : 1,07 • 0,07 =)	2,80 €
4.	Abzugsverbot, da Pauschbeträge	24,60 €

Fall 5:

a) Die 19.000 € aus dem Erwerb des Pkw erfüllen bei Pauly die Voraussetzungen für den Vorsteuerabzug nach § 15 Abs. 1 Nr. 1 UStG. Zu beachten ist aber auch, dass die Umsätze aus der Tätigkeit als Versicherungsmakler nach § 4 Nr. 11 UStG steuerfrei und daher gem. § 15 Abs. 2 Nr. 1 UStG vorsteuerschädlich sind. Die Umsätze aus der Tätigkeit als Grundstücksmakler sind dagegen steuerpflichtig und deshalb vorsteuerunschädlich. Somit werden 6.000 km für vorsteuerschädliche Ausgangsumsätze zurückgelegt. Die Vorsteuer von 19.000 € unterliegt somit zu 6/10 = 11.400 € dem Vorsteuerabzugsverbot nach § 15 Abs. 2 UStG. Sie kann deshalb nur i. H. v. (19.000 € - 11.400 =) 7.600 € als Vorsteuer geltend gemacht werden.

b) Der Reparaturaufwand erhöht generell die Fahrtkosten mit dem Pkw. Folge ist, dass die Vorsteuer nicht ausschließlich den vorsteuerschädlichen Umsätzen als Versicherungsmakler zuzuordnen ist, sondern entsprechend den Nutzungsverhältnissen im VZ 2022 aufzuteilen ist, also das gleiche Schicksal teilt wie die anderen in Rechnung gestellten Vorsteuern im Zusammenhang mit den Betriebskosten des Pkw. Die Vorsteuer von 1.900 € darf nur i. H. v. (1.900 € • 40 % =) 760 € als Vorsteuer geltend gemacht werden.

Fall 6:

		Abzugsfähige Vorsteuer
Vorsteuer		1.900.000,00 €
davon entfallen auf		
Abzugsumsätze		
steuerpflichtige Lieferungen	1.200.000,00 €	1.200.000,00 €
i. g. Lieferungen	350.000,00 €	350.000,00 €
Ausschlussumsätze	25.000,00 €	0 €
Mischumsätze (Rest)	325.000,00 €	
davon abzugsfähige Vorsteuer (93 % von 325.000 € =)		302.250,00 €
abzugsfähige Vorsteuer VZ 2022		**1.852.250,00 €**

Fall 7:

a) P. S. führte eine Lieferung aus. Eine sonstige Leistung scheidet aus, da keine besonderen Vorrichtungen zum Verzehr an Ort und Stelle bereitgehalten werden.

b) 1. Bemessungsgrundlage: 2,95 € : 1,07 = 2,76 €
   Umsatzsteuer: 2,76 € • 7 % = 0,19 €
   2. P. S. schuldet 0,47 €
   3. P. S. schuldet auch den Mehrbetrag i. H. v. 0,28 €.
   § 14c Abs. 1 UStG

c) Es handelt sich um eine ordnungsgemäße Kleinbetragsrechnung i. S. des § 33 UStDV. Die Angabe der Steuernummer und/oder USt-IdNr. ist nicht erforderlich.

d) Mörtel kann nur 0,19 € als Vorsteuer geltend machen, da nur dieser Betrag gesetzlich geschuldet wird, § 15 Abs. 1 Satz 1 Nr. 1 UStG.

Zu 12.4 (Entstehung der Steuer)

Fall 1:

1. Im **April 2022** entsteht keine Umsatzsteuer, da keine Leistung ausgeführt wurde. Der Vertragsabschluss als solcher lässt noch keine USt entstehen, da Anknüpfungspunkt für die Umsatzsteuer nicht das Verpflichtungs-, sondern das Erfüllungsgeschäft ist.
2. Im **Mai 2022** entsteht aufgrund der Anzahlungsbesteuerung Umsatzsteuer i. H. v. (18.000 € : 1,19 • 0,19 =) 2.873,95 €.
3. Im **Juni 2022** entsteht aufgrund der Anzahlungsbesteuerung Umsatzsteuer i. H. v. (11.000 € : 1,19 • 0,19 =) 1.756,30 €.
4. Im **Juli 2022** entsteht die Umsatzsteuer für den noch nicht versteuerten Restbetrag, da in diesem Voranmeldungszeitraum die Leistung ausgeführt worden ist. Der Restbetrag beträgt: 180.000 € : 1,19 • 0,19 = 28.739,50 € - 2.873,95 € (Mai) - 1.756,30 € (Juni) = 24.109,25 €.
5. Im **August 2022** entsteht keine Umsatzsteuer, da die Leistung bereits versteuert worden ist. Auf den Zahlungseingang kommt es bei der Besteuerung nach vereinbarten Entgelten insoweit nicht an.

Fall 2:

1. Anzahlungsbesteuerung; Mai 2022; USt = 22.800 € (142.800 € : 1,19 • 0,19)
2. Anzahlungsbesteuerung; Juni 2022; USt = 3.800 € (23.800 € : 1,19 • 0,19)
3. Anzahlungsbesteuerung; Juli 2022; USt = 1.756,30 € (11.000 € : 1,19 • 0,19)
4. Sollbesteuerung der Schlussabrechnung;
   USt = 47.500 € - 22.800 € - 3.800 € - 1.756,30 € = 19.143,70 €.

Fall 3:

1. Besteuerung nach vereinbarten Entgelten

Voranmeldungszeitraum	Bemessungsgrundlage	Umsatzsteuer
Mai 2022	16.806,72 €	3.193,28 €
November 2022	33.613,45 €	6.386,55 €
Dezember 2022	25.210,08 €	4.789,92 €
Januar 2023	11.176,47 €	2.123,53 €
August 2023	313.193,28 €	59.506,72 €
	400.000,00 €	76.000,00 €

2. Besteuerung nach vereinnahmten Entgelten

Voranmeldungszeitraum	Bemessungsgrundlage	Umsatzsteuer
Mai 2022	16.806,72 €	3.193,28 €
November 2022	33.613,45 €	6.386,55 €
Dezember 2022	25.210,08 €	4.789,92 €
Januar 2023	11.176,47 €	2.123,53 €
Oktober 2023	313.193,28 €	59.506,72 €
	400.000,00 €	76.000,00 €

Zu 14.5 (Besteuerungsverfahren)

zu 1.

	vorläufige Zahllast 12/2022	750,00 €
+	USt aus Rechnung	152,00 €
		902,00 €
-	Sondervorauszahlung 2022	800,00 €
=	Zahllast 12/2022	102,00 €

zu 2.

Die Voranmeldung 12/2022 ist bis zum 10.02.2023 (Donnerstag) einzureichen, weil Axel Schweiß einen Antrag auf Dauerfristverlängerung gestellt hat.

zu 3.

	USt Januar 2022 - November 2022	6.200,00 €
+	USt Dezember 2022	902,00 €
		7.102,00 €
	davon $^1/_{11}$ = (abgerundet auf volle Euro)	645,00 €

zu 4.

Die Sondervorauszahlung ist bis zum 10.02.2023 (Donnerstag) an das Finanzamt abzuführen.

Teil 2: Lösungen zu den Übungsaufgaben

A. Einkommensteuer

1. Persönliche Steuerpflicht

1.1 Unbeschränkte und beschränkte Steuerpflicht

Aufgabe 1: Persönliche Steuerpflicht, Wohnsitz, gewöhnlicher Aufenthalt

Unbeschränkt einkommensteuerpflichtig sind gem. § **1 Abs. 1 Satz 1** EStG **natürliche** Personen, die im Inland einen **Wohnsitz** oder ihren **gewöhnlichen Aufenthalt** haben. Einen Wohnsitz hat jemand dort, wo er eine **Wohnung** unter Umständen **innehat**, die darauf schließen lassen, dass er die Wohnung **beibehalten** und **benutzen** wird (§ 8 AO).

Als gewöhnlicher Aufenthalt ist nach § **9 Satz 2** AO stets und von Beginn an ein zeitlich zusammenhängender Aufenthalt von **mehr** als **sechs** Monaten Dauer anzusehen; **kurzfristige** Unterbrechungen bleiben unberücksichtigt.

Das gilt nicht (es liegt also kein gewöhnlicher Aufenthalt vor), wenn der Aufenthalt ausschließlich zu **Besuchs-, Erholungs-, Kur oder ähnlichen privaten** Zwecken genommen wird und nicht länger als **ein Jahr** dauert (§ **9 Satz 3** AO).

Die unbeschränkte Steuerpflicht erstreckt sich auf das sog. **Welteinkommen**, also auf alle in- und ausländischen Einkünfte.

Unbeschränkt steuerpflichtig sind auch **deutsche** Staatsangehörige, die im Inland keinen **Wohnsitz** oder **gewöhnlichen Aufenthalt** haben und zu einer inländischen **juristischen Person des öffentlichen Rechts** in einem **Dienstverhältnis** stehen und dafür Arbeitslohn aus einer **inländischen öffentlichen Kasse** beziehen (§ **1 Abs. 2** EStG).

Natürliche Personen, die im Inland weder einen Wohnsitz noch ihren gewöhnlichen Aufenthalt haben, sind vorbehaltlich der § 1 Abs. 2 und 3 EStG und des § 1a EStG **beschränkt** einkommensteuerpflichtig, wenn sie **inländische** Einkünfte i. S. des § 49 EStG haben.

Aufgabe 2: Persönliche Steuerpflicht

Fall 1
Susanne Meier ist eine natürliche Person mit Wohnsitz gem. § 8 AO im Inland und ist damit gem. § 1 Abs. 1 Satz 1 EStG unbeschränkt einkommensteuerpflichtig.

Das Alter spielt für die Frage der persönlichen Steuerpflicht keine Rolle.

Die Besteuerung erstreckt sich grundsätzlich auf ihre in- und ausländischen Einkünfte.

Fall 2
Herr von Köppen ist nach § 1 Abs. 2 EStG unbeschränkt einkommensteuerpflichtig, denn

- er ist deutscher Staatsangehöriger,
- es besteht ein Dienstverhältnis zu einer inländischen juristischen Person des öffentlichen Rechts und er bezieht Gehaltszahlungen aus einer inländischen öffentlichen Kasse,
- er hat in Deutschland weder seinen Wohnsitz gem. § 8 AO noch seinen gewöhnlichen Aufenthalt gem. § 9 AO.

Die Besteuerung erstreckt sich grundsätzlich auf seine in- und ausländischen Einkünfte.

Fall 3
Die Studentin Nicole Petit ist als natürliche Person gem. § 1 Abs. 1 Satz 1 EStG unbeschränkt einkommensteuerpflichtig, denn sie hatte im Inland einen gewöhnlichen Aufenthalt, da sie sich dort länger als sechs Monate aufhielt (§ 9 Satz 2 AO).

Gem. § 9 Satz 2 Halbsatz 2 AO bleiben kurzfristige Unterbrechungen unberücksichtigt.

Fall 4
George Bigfoot ist gem. § 1 Abs. 4 EStG beschränkt einkommensteuerpflichtig, da er weder einen Wohnsitz noch einen gewöhnlichen Aufenthalt im Inland hatte, jedoch inländische Einkünfte erzielte.

Ein gewöhnlicher Aufenthalt wurde nicht begründet:

Zwar betrug sein Aufenthalt mehr als sechs Monate, sodass grundsätzlich nach § 9 Satz 2 AO ein gewöhnlicher Aufenthalt angenommen werden kann. Dies gilt dann jedoch nicht, wenn – wie hier – der Aufenthalt ausschließlich zu Kurzwecken genommen wird und nicht länger als ein Jahr dauert, § 9 Satz 3 AO.

Aufgabe 3: Antrag auf unbeschränkte Steuerpflicht

Zu a)
Bonmots ist mit seinen in Deutschland erzielten Mieteinkünften gem. § 1 Abs. 4 EStG beschränkt einkommensteuerpflichtig, da er im Inland weder einen Wohnsitz noch einen gewöhnlichen Aufenthalt hat.

Zu b)
Ein Antrag hätte gem. § 1 Abs. 3 EStG Aussicht auf Erfolg.

Zwar übersteigen die ausländischen Einkünfte den Grundfreibetrag; die inländischen Einkünfte unterliegen jedoch zu mindestens 90 % (90,91 %) der deutschen Einkommensteuer.

Eine Bescheinigung der belgischen Finanzbehörde liegt vor.

1.2 Sachliche Steuerpflicht

Aufgabe 4: Ermittlungsschema

	Einkünfte aus Gewerbebetrieb	50.000,00 €
+	Einkünfte aus Vermietung und Verpachtung	20.000,00 €
+	Sonstige Einkünfte	4.000,00 €
=	**Summe der Einkünfte**	**74.000,00 €**
-	Altersentlastungsbetrag	684,00 €
-	Entlastungsbetrag für Alleinerziehende	4.008,00 €
=	**Gesamtbetrag der Einkünfte**	**69.308,00 €**
-	Sonderausgaben	5.000,00 €
-	Außergewöhnliche Belastungen	10.000,00 €
=	**Einkommen**	**54.308,00 €**
-	Kinderfreibetrag	2.730,00 €
-	Betreuungs- und Erziehungsfreibetrag	1.464,00 €
=	**zu versteuerndes Einkommen**	**50.114,00 €**

Aufgabe 5: Ermittlungsschema

	Einkünfte aus Gewerbebetrieb		20.000,00 €
+	Einkünfte aus selbstständiger Arbeit		1.500,00 €
+	Einkünfte aus nichtselbstständiger Arbeit		
	Einnahmen	50.000,00 €	
	Werbungskosten	5.000,00 €	
	Einkünfte	45.000,00 €	45.000,00 €
-	Einkünfte aus Vermietung und Verpachtung		
	Einnahmen	12.000,00 €	
	Werbungskosten	13.500,00 €	
	Einkünfte	- 1.500,00 €	- 1.500,00 €
=	**Summe der Einkünfte**		**65.000,00 €**
=	**Gesamtbetrag der Einkünfte**		**65.000,00 €**
-	Sonderausgaben		7.000,00 €
-	Außergewöhnliche Belastungen		2.000,00 €
=	**Einkommen**		**56.000,00 €**
=	**zu versteuerndes Einkommen**		**56.000,00 €**

2. Veranlagungsformen und Tarif

Aufgabe 6: Veranlagungsformen, Tarif

a) Zusammenveranlagung, Splittingtarif
Einzelveranlagung, jeweils Grundtarif

b) Dr. Juris und die neue Ehefrau: Zusammenveranlagung, Splittingtarif
Einzelveranlagung, Grundtarif

geschiedene Ehefrau: Einzelveranlagung, Grundtarif
(kein Gnadensplitting, da seit 2021 getrennt lebend)

c) Die Voraussetzungen des § 26 Abs. 1 Satz 1 EStG haben einen Tag vorgelegen, daher:
- Zusammenveranlagung, Splittingtarif
- Einzelveranlagung, Grundtarif

d) Die Voraussetzungen des § 26 Abs. 1 Satz 1 EStG haben einen Tag vorgelegen, daher:
- Zusammenveranlagung, Splittingtarif
- Einzelveranlagung, Grundtarif

e) Einzelveranlagung, Verwitwetensplitting

f) Einzelveranlagung, Grundtarif

3. Einkünfte aus Land- und Forstwirtschaft

Aufgabe 7: Wirtschaftsjahr, Freibetrag, Ermittlung des GdE

Zu a)
Beginn: 01.07.
Ende: 30.06.

Gesetzliche Grundlage: § 4a Abs. 1 Satz 2 Nr. 1 EStG

Zu b)
Der Freibetrag für Land- und Forstwirte nach § **13 Abs. 3** EStG beträgt bei der Einzelveranlagung **900,00** €, maximal jedoch die **Höhe der Einkünfte aus Land- und Forstwirtschaft**.

Der Freibetrag für Land- und Forstwirte wird nicht bei der Ermittlung der Einkünfte aus Land- und Forstwirtschaft, sondern erst nach der **Summe der Einkünfte** bei der Ermittlung des **Gesamtbetrags der Einkünfte** abgezogen.

Der Freibetrag für Land- und Forstwirte ist nur zu gewähren, wenn die **Summe der Einkünfte** den Grenzbetrag von **30.700,00** € nicht übersteigt.

Im Fall der **Zusammenveranlagung** von Ehegatten **verdoppeln** sich der Freibetrag und der Grenzbetrag.

Zu c)

	Einkünfte aus Land- und Forstwirtschaft		
	Wj. 2021/22: 6/12 von 5.000,00 €=	2.500,00 €	
	Wj. 2022/23: 6/12 von -4.000,00 €=	- 2.000,00 €	
		500,00 €	500,00 €
+	**Einkünfte aus selbstständiger Arbeit**		30.000,00 €
=	**Summe der Einkünfte**		**30.500,00 €**
-	**Freibetrag für Land- und Forstwirte** Der Freibetrag ist zu gewähren, weil die Summe der Einkünfte 30.700,00 € nicht übersteigt (hier: 30.500,00 €). Der Freibetrag beträgt grundsätzlich 900,00 €; hier ist er jedoch nur bis zur Höhe der Einkünfte von 500,00 € zu gewähren.		500,00 €
=	**Gesamtbetrag der Einkünfte**		**30.000,00 €**

4. Einkünfte aus selbstständiger Arbeit

Aufgabe 8: Arten der Einkünfte

1. § 18 Abs. 1 Nr. 1 EStG, da Katalogberuf
2. § 18 Abs. 1 Nr. 1 EStG, da unterrichtende Tätigkeit
3. § 18 Abs. 1 Nr. 3 EStG
4. § 18 Abs. 1 Nr. 1 EStG, da Katalogberuf
5. § 18 Abs. 1 Nr. 1 EStG, da Katalogberuf
6. § 18 Abs. 1 Nr. 1 EStG, da „ähnlicher Beruf"
7. kein § 18 EStG, da Angestelltenverhältnis (Einkünfte aus nichtselbstständiger Arbeit)
8 § 18 Abs. 1 Nr. 1 EStG, da künstlerische Tätigkeit
9. kein § 18 EStG, da kein Katalogberuf und kein „ähnlicher Beruf" (Einkünfte aus Gewerbebetrieb)
10. § 18 Abs. 1 Nr. 3 EStG
11. § 18 Abs. 1 Nr. 1 EStG, da unterrichtende Tätigkeit
12. kein § 18 EStG, da Angestelltenverhältnis (Einkünfte aus nichtselbstständiger Arbeit)
13 § 18 Abs. 1 Nr. 3 EStG
14. § 18 Abs. 1 Nr. 1 EStG, da „ähnlicher Beruf"
15. kein § 18 Abs. 1 Nr. 1 EStG, da keine künstlerische Tätigkeit (keine eigenen Motive); es handelt sich um Einkünfte aus Gewerbebetrieb
16. kein § 18 Abs. 1 Nr. 1 EStG, da keine unterrichtende Tätigkeit (fehlende Fachkenntnisse i. S. des § 18 Abs. 1 Nr. 1 Satz 3 EStG); es handelt sich um Einkünfte aus Gewerbebetrieb.

5. Einkünfte aus Gewerbebetrieb

Aufgabe 9: Begriff des Gewerbebetriebes

Positive Merkmale:

1. Selbstständigkeit (keine Weisungsgebundenheit)
2. Nachhaltigkeit (Wiederholungsabsicht)
3. Gewinnerzielungsabsicht (die Absicht reicht aus)
4. Beteiligung am allgemeinen wirtschaftlichen Verkehr (Leistungen müssen der Allgemeinheit angeboten werden.

Negative Merkmale:

1. keine Ausübung von Land- und Forstwirtschaft
2. keine Ausübung von Tätigkeiten i. S. des § 18 EStG

Aufgabe 10: Wirtschaftsjahr bei Gewerbetreibenden

Bei Gewerbetreibenden, deren Firma im Handelsregister eingetragen ist, ist nach § 4a Abs. 1 Nr. 2 Satz 1 EStG Wirtschaftsjahr der Zeitraum, für den sie regelmäßig Abschlüsse machen.

Dies kann das Kalenderjahr (31.12.) oder aber auch ein abweichendes Wirtschaftsjahr sein.

Bei Gewerbetreibenden, deren Firma nicht im Handelsregister eingetragen ist, ist nach § 4a Abs. 1 Nr. 3 Satz 1 EStG Wirtschaftsjahr immer das Kalenderjahr.

Aufgabe 11: Abweichendes Wirtschaftsjahr

Bei Gewerbetreibenden gilt der Gewinn des Wirtschaftsjahres als in dem Kalenderjahr bezogen, in dem das Wirtschaftsjahr endet (§ 4a Abs. 2 Nr. 2 EStG).

Eine Zwölftelung – wie bei den Einkünften aus Land- und Forstwirtschaft – findet also nicht statt.

Aufgabe 12: Ermittlung des zu versteuernden Einkommens

	Einkünfte aus Land- und Forstwirtschaft (Fischzucht)		
	Wj. 2021/22: 6/12 von - 42.000,00 € =	- 21.000,00 €	
+	Wj. 2022/23: 6/12 von 44.600,00 € =	22.300,00 €	
			1.300,00 €
+	**Einkünfte aus Gewerbebetrieb** (Fischimbiss)		
	Wj. 2021/22 endet im VZ 2022		2.000,00 €
+	**Einkünfte aus selbstständiger Arbeit**		31.000,00 €
+	**Einkünfte aus Kapitalvermögen**		4.000,00 €
+	**Einkünfte aus Vermietung und Verpachtung**		20.000,00 €
=	**Summe der Einkünfte**		**58.300,00 €**
-	**Freibetrag für Land- und Forstwirte**		
	FB ist zu gewähren, da SdE < 61.400,00 €; Höhe: 1.800,00 €, max.		1.300,00 €
-	Altersentlastungsbetrag		684,00 €
=	**Gesamtbetrag der Einkünfte**		**56.316,00 €**
-	Sonderausgaben		8.000,00 €
-	Außergewöhnliche Belastungen		1.550,00 €
=	**Einkommen/zu versteuerndes Einkommen**		**46.766,00 €**

Aufgabe 13: Gewinnverteilung

Gesell-schafter	Kapital	Verzinsung	Restgewinn	Vorweg-gewinn	Gewinn-Anteil
Peter Ernst	**300.000,00 €**	18.000,00 €	42.000,00 €	60.000,00 €	120.000,00 €
Gerd Span	**500.000,00 €**	30.000,00 €	70.000,00 €	4.800,00 €	104.800,00 €
Bernd Kleff	**400.000,00 €**	24.000,00 €	56.000,00 €	72.000,00 €	152.000,00 €
Gesamt	**1.200.000,00 €**	72.000,00 €	168.000,00 €		

Die Gesellschafter erzielen als Mitunternehmer gem. § 15 Abs. 1 Nr. 2 EStG Einkünfte aus Gewerbebetrieb.

Aufgabe 14: Betriebsveräußerung im Ganzen

	Einkünfte aus Gewerbebetrieb		
	Laufender Gewinn		10.000,00 €
	Veräußerungsgewinn gem. § 16 EStG:		
	Verkaufspreis	100.000,00 €	
-	Betriebsvermögen	31.000,00 €	
-	Beratungskosten	5.000,00 €	
=	Veräußerungsgewinn	64.000,00 €	
-	Freibetrag gem. § 16 Abs. 4 EStG	45.000,00 €	
=	steuerpflichtiger Veräußerungsgewinn		19.000,00 €
=	**Einkünfte aus Gewerbebetrieb = Summe der Einkünfte**		**29.000,00 €**

Aufgabe 15: Veräußerung einer freiberuflichen Praxis

Einkünfte aus selbstständiger Arbeit

	Laufende Einkünfte:			
	Betriebseinnahmen	144.300,00 €		
-	Betriebsausgaben	77.339,00 €		
=	Gewinn	66.961,00 €		66.961,00 €
	Veräußerungsgewinn gem. § 18 Abs. 3 EStG:			
	Veräußerungspreis		180.300,00 €	
-	Veräußerungskosten		4.800,00 €	
-	Betriebsvermögen		30.200,00 €	
=	Veräußerungsgewinn		145.300,00 €	
-	Freibetrag	45.000,00 €		
	Kürzung: (145.300,00 € - 136.000,00 €)	9.300,00 €		
=	gekürzter Freibetrag	35.700,00 €	- 35.700,00 €	
=	steuerpflichtiger Veräußerungsgewinn		109.600,00 €	109.600,00 €
=	**Einkünfte aus selbstständiger Arbeit = Summe der Einkünfte**			**176.561,00 €**

6. Begriffe bei den Überschusseinkünften

6.1 Steuerfreie Einnahmen

Aufgabe 16: Steuerfreie Einnahmen

Sachverhalt	nicht steuerbar in €	steuerpflichtig in €	steuerfrei in € mit gesetzlicher Grundlage
a) Herbert Weil verkauft seinen alten Fernsehschrank für 150,00 € über eBay. Weitere Verkäufe tätigte er nicht.	150,00 €		
b) Hugo Pass erhält wegen eines erlittenen Arbeitsunfalls eine jährliche Rente von der Berufsgenossenschaft i. H. v. 3.600,00 €.			3.600,00 € § 3 Nr. 1a EStG
c) Peter Müller ist Angestellter. Um den Gesundheitszustand seiner Mitarbeiter zu fördern, übernimmt sein Arbeitgeber die jährlichen Kosten für ein Fitnesstraining i. H. v. 360,00 €.			360,00 § 3 Nr. 34 EStG

Sachverhalt	nicht steuerbar in €	steuerpflichtig in €	steuerfrei in € mit gesetzlicher Grundlage
d) Felix Maag ist nebenberuflich Trainer beim Sportclub Gelb-Grün e. V. und erhält vom Verein eine jährliche Aufwandsentschädigung i. H. v. 3.600,00 €.		600,00 €	3.000,00 € § 3 Nr. 26 EStG
e) Doris Groß erhält von ihrem Arbeitgeber einen monatlichen Zuschuss i. H. v. 80,00 € zu ihrem zu zahlenden Kindergartenbeitrag für ihre Tochter Chantal.			960,00 € § 3 Nr. 33 EStG
f) Michael Müller erhält von seinem Arbeitgeber einen Zuschuss zum Arbeitslohn anlässlich seiner Hochzeit i. H. v. 500,00 €.		500,00 €	
g) Willi Wutz ist seit August 2022 arbeitslos und erhält von der Bundesagentur für Arbeit ein monatliches Arbeitslosengeld i. H. v. 800,00 €.			4.000,00 € § 3 Nr. 2a EStG
h) Die Industriekauffrau Beate Krug erhält von ihrem Arbeitgeber seit Januar 2022 neben ihrem Arbeitslohn kostenlos ein Smartphone gestellt. Die monatlichen Kosten i. H. v. 40,00 € übernimmt der Arbeitgeber.			480,00 € § 3 Nr. 45 EStG

6.2 Zu- und Abflussprinzip

Aufgabe 17: Zu- und Abfluss von Einnahmen und Ausgaben

Zu 1.
VZ 2022 (keine 10-Tages-Regelung, da vorzeitige Fälligkeit)

Zu 2.
VZ 2022 (10-Tages-Regelung, da Zahlung und Fälligkeit im kurzen Zeitraum liegen)

Zu 3.
VZ 2021: Miete für Februar 2022 – Dezember 2022, mithin 33.000,00 €
(keine 10-Tages-Regelung, da Fälligkeit außerhalb des kurzen Zeitraums)

VZ 2022: Miete für Januar 2022 i. H. v. 3.000,00 €
(10-Tages-Regelung, da Zahlung und Fälligkeit im kurzen Zeitraum liegen)

Zu 4.
VZ 2021 (Zinsen gelten immer am 31.12. als zugeflossen, unabhängig davon, wann die Gutschrift tatsächlich vorgenommen wird)

Zu 5.
VZ 2021 (Lohnzahlungszeitraum endet in 2021)

7. Einkünfte aus nichtselbstständiger Arbeit

Aufgabe 18: Bruttogehalt: Dienstwohnung, Personalrabatt

	Bruttogehalt		2.800,00 €
+	geldwerter Vorteil Dienstwohnung ortsüblicher Mietwert: 95 m² • 6,50 = 617,50 € + 150,00 € =	767,50 €	
	davon ²⁄₃ =	511,67 €	
	tatsächlich gezahlt: 237,50 € + 150,00 € =	387,50 €	
	geldwerter Vorteil	124,17 €	124,17 €
+	Urlaubsgeld (25 %)		700,00 €
+	Personalrabatt:		
	Einkauf Mai 2022	3.000,00 €	
	Einkauf Januar 2022	1.400,00 €	
	Summe	4.400,00 €	
-	4 %	176,00 €	
	Verbleiben	4.224,00 €	
	Zahlung 70 % von 4.400,00 € =	3.080,00 €	
	Erhaltener Rabatt	1.144,00 €	
-	Freibetrag	1.080,00 €	
=	Geldwerter Vorteil	64,00 €	64,00 €
	Bruttogehalt Mai 2022		**3.688,17 €**

Aufgabe 19: Zufluss, Aufmerksamkeiten, Steuerbefreiung, Firmenfahrzeug

	Nettogehalt	1.978,00 €	
+	Steuerbeträge	480,00 €	
+	SV-Beiträge	558,00 €	
=	Bruttolohn	3.016,00 €	
•	11 Monate		33.176,00 €
+	Urlaubsgeld		989,00 €
+	Gehalt Dezember (wirtschaftliche Zugehörigkeit)		3.016,00 €
+	Weihnachtsgeld (Zufluss erst in 2023)		0,00 €
+	Smartphone (steuerfrei, § 3 Nr. 45 EStG)		0,00 €
+	Blumenstrauß (Aufmerksamkeit, da < 60,00 €)		0,00 €
+	Privatfahrten Firmenfahrzeug: 1 % von 25.000,00 € • 12 Monate =		3.000,00 €
+	Fahrten Wohnung bis 1. Tätigkeitsstätte 0,03 % von 25.000,00 € • 10 km • 12 Monate =		900,00 €
=	**Einnahmen aus nichtselbstständiger Arbeit**		**41.081,00 €**

Aufgabe 20: Versorgungsfreibetrag, Pauschbeträge

	Bruttoarbeitslohn (9 • 3.000,00 € =)		27.000,00 €
+	Versorgungsbezüge (3 • 2.100,00 € =)		6.300,00 €
+	Sonderzahlung		1.000,00 €
=	Einnahmen		34.300,00 €
-	Versorgungsfreibetrag		
	Berechnung der Bemessungsgrundlage:		
	12 • 2.100,00 € =	25.200,00 €	
	+ Sonderzahlung	1.000,00 €	
	Bemessungsgrundlage	26.200,00 €	
	davon 14,4 % = 3.772,80 € höchstens	1.080,00 €	
	+ Zuschlag zum Versorgungsfreibetrag	324,00 €	
		1.404,00 €	
	zeitanteilig für 3 Monate	351,00 €	351,00 €
-	Arbeitnehmer-Pauschbetrag		1.000,00 €
-	Werbungskostenpauschbetrag für Versorgungsbezüge		102,00 €
=	**Einkünfte aus nichtselbstständiger Arbeit**		**32.847,00 €**

Aufgabe 21: Versorgungsfreibetrag, Werbungskosten

	Bruttoarbeitslohn: 9 • 4.100,00 € =	36.900,00 €	
	Versorgungsbezüge: 3 • 2.850,00 € =	8.550,00 €	
=	steuerpflichtige Einnahmen	45.450,00 €	45.450,00 €
-	Versorgungsfreibetrag		
	12 • 2.850,00 € = 34.200,00 €		
	34.200,00 € • 14,4 % = 4.924,80 €,		
	jedoch max. 1.080,00 €		
	davon $^3/_{12}$ =	270,00 €	
	Zuschlag 324,00 €,		
	davon $^3/_{12}$ =	81,00 €	
		351,00 €	351,00 €
-	Werbungskostenpauschbetrag für Versorgungsbezüge		102,00 €
-	tatsächliche Werbungskosten aktiver Dienst		
	Fahrten Wohnung – erste Tätigkeitsstätte		
	150 Tage • 18 km • 2 • 0,30 €/km =		1.620,00 €
	Fachliteratur, Buch ist in 2022 zu erfassen (Abflussprinzip)		245,00 €
	Bürostuhl ist GWG, da netto mit 785,70 € < 800,00 €,		
	WK brutto, gerundet		935,00 €
	Arbeitszimmer max. 1.250,00 €		1.250,00 €
	Reinigung Anzüge = Kosten der privaten Lebensführung		0,00 €
	Kontoführungsgebühren		16,00 €
	Fortbildungskosten		
-	Fahrtkosten: 45 km • 4 Tage • 2 • 0,30 €/km =	108,00 €	
-	Verpflegungsmehraufwand: 4 Tage • 14,00 €	56,00 €	
		164,00 €	164,00 €
=	**Einkünfte aus nichtselbstständiger Arbeit**		**40.767,00 €**

Aufgabe 22: Betriebsausflug, öffentliche Verkehrsmittel, Arbeitsmittel

	Bruttoarbeitslohn:	64.016,00 €
	Geldwerter Vorteil private PC-Nutzung = steuerfrei gem. § 3 Nr. 45 EStG Betriebsausflug: Zuwendungen des Arbeitgebers aus Anlass von Betriebsveranstaltungen führen bis zu einem Wert von 110,00 € zu keinem steuerpflichtigen Arbeitslohn: § 19 Abs. 1 Satz 1 Nr. 1a EStG	0,00 €
-	**Werbungskosten:**	
	Fahrtkosten Wohnung bis Arbeitsstätte Entfernungspauschale: (180 • 0,30 € • 20 km) + (180 • 0,38 € • 155 km) = 11.682,00 € Tatsächlich aufgewendet: 4.050,00 € Da für die Fahrten kein eigener PKW genutzt wird, ist der Ansatz der Fahrtkosten auf 4.500,00 € begrenzt.	4.500,00 €
	Kleidung: nicht abzugsfähig, da keine Berufskleidung (alternativ: Aufwendungen für die private Lebensführung)	0,00 €
	Arbeitszimmer: Laufende Kosten nicht abzugsfähig, da Eva Heuer ein Arbeitsplatz in Frankfurt zur Verfügung steht.	
	Schreibtisch, zeitanteilige AfA 960,00 € : 10 = 96,00 €, anteilig 8/12 = 64,00 €	64,00 €
	Bürostuhl, GWG (< 800,00 €)	640,00 €
	Kontoführungspauschale	16,00 €
=	**Einkünfte aus nichtselbstständiger Arbeit**	**58.796,00 €**

8. Einkünfte aus Kapitalvermögen

Aufgabe 23: Freistellungsauftrag, tatsächliche Werbungskosten

Zu a)

Einkunftsart mit genauer gesetzlicher Grundlage:
Einkünfte aus Kapitalvermögen gem. § 20 Abs. 1 Nr. 7 EStG

Berechnung der Zinsgutschrift Sparkasse Mainz mit kurzer Begründung:
Die Zinsgutschrift beträgt 500,00 €.

Steuerabzugsbeträge werden nicht einbehalten, weil ein Freistellungsauftrag über 801,00 € vorliegt.

Berechnung der Zinsgutschrift Mainzer Volksbank:

	Festgeldzinsen	400,00 €
-	25,0 % KapESt	100,00 €
-	5,5 % SolZ	5,50 €
=	Gutschrift	294,50 €

Höhe der Einkünfte dem Grunde nach:

	Festgeldzinsen	900,00 €
-	Sparer-Pauschbetrag	801,00 €
		99,00 €

Zu b)
Axel Schweiß muss die Einkünfte **nicht** in seiner ESt-Erklärung 2022 angeben, da diese mit dem erfolgten Steuerabzug als abgegolten gelten, § 43 Abs. 5 EStG.

Zu c)
Nein, die Depotgebühren kann er nicht geltend machen, weil durch § 20 Abs. 9 Satz 1 Halbsatz 2 EStG ein Abzug der tatsächlichen Werbungskosten ausgeschlossen ist.

Zu d)
Axel Schweiß sollte die „kleine Veranlagungsoption" gem. § 32d Abs. 4 EStG beantragen, da er seinen Freistellungsauftrag ungünstig verteilt hat und er somit einen zu hohen Steuerabzug hatte.

Aufgabe 24: Dividenden, stiller Gesellschafter, Aktienverkauf, Zinsen

Gewinnausschüttung Schneider GmbH		
Gutschrift	2.208,75 €	
zzgl. einbehaltene Kapitalertragsteuer, 25 % der Bruttodividende und zzgl. 5,5 % Solidaritätszuschlag		
100 % - 25 % - (5,5 % • 25 %) = 73,625 %		
100 % - 73,625 % = 26,375 %		
2.208,75 € • 26,375 % : 73,625 % =	791,25 €	
	3.000,00 €	3.000,00 €
Gewinnanteil typisch stiller Gesellschafter		
100.000,00 € • 15 % =		15.000,00 €
Zinsen aus Darlehensgewährung		
50.000,00 € • 2 % =		1.000,00 €
Gewinn aus dem Verkauf von Aktien		
Einnahmen aus der Veräußerung	3.500,00 €	
abzgl. 1,08 % Provision, Courtage	37,80 €	
abzgl. AK (100 Aktien • 27,00 € =)	2.700,00 €	
abzgl. 1,08 % Provision, Courtage	29,16 €	
	733,04 €	733,00 €
Sparbuchzinsen (wirtschaftliche Zugehörigkeit)		100,00 €
Einnahmen aus Kapitalvermögen		19.833,00 €
abzgl. Sparer-Pauschbetrag		801,00 €
Einkünfte aus Kapitalvermögen		**19.032,00 €**

Der Abzug der tatsächlichen Werbungskosten (Finanzierungskosten) ist gem. § 20 Abs. 9 Satz 1 EStG ausgeschlossen.

Aufgabe 25: Abgeltungsprinzip, Fälle des § 32d EStG, Teileinkünfteverfahren

Festgeldzinsen:	kein Ansatz gem. § 43 Abs. 5 EStG Zinsen unterliegen dem Abgeltungsprinzip		
Zinsen Nachbar:	kein Ansatz gem. § 32d Abs. 1 und 3 EStG Zinsen unterliegen dem Abgeltungssteuersatz und erhöhen die tarifliche Einkommensteuer.		
Zinsen Bruder:	Ansatz gem. § 32d Abs. 2 Nr. 1 Buchst. a) EStG		
	Zinserträge		1.000,00 €
	Der Ansatz des Sparer-Pauschbetrages ist ausgeschlossen, § 32d Abs. 2 Nr. 1 Satz 2 EStG.		
Gewinnanteil:	Ansatz gem. § 32d Abs. 2 Nr. 3 a) EStG Bruttodividende: 18.406,25 € • 100 : 73,625 =		
	Einnahmen	25.000,00 €	
	- tatsächl. WK	250,00 €	
		24.750,00 €	
	• 60 % (Teileinkünfteverf.)	14.850,00 €	14.850,00 €
	Der Ansatz des Sparer-Pauschbetrages ist ausgeschlossen, § 32d Abs. 2 Nr. 3 Satz 2 EStG		
=	**Einkünfte aus Kapitalvermögen**		**15.850,00 €**

9. Einkünfte aus Vermietung und Verpachtung

Aufgabe 26: Einnahmen, Zu- und Abflussprinzip, 10-Tages-Regelung

Die für den VZ 2022 anzusetzenden Einnahmen aus Vermietung und Verpachtung berechnen sich wie folgt:

EG Miete VZ 2022:	12 • 1.500,00 € =	18.000,00 €
Miete VZ 2023:	11 • 1.500,00 € =	16.500,00 €
	Die Miete für Januar 2023 ist wegen der 10-Tages-Regel im VZ 2023 anzusetzen.	
1. OG:	Anzusetzen ist die tatsächlich zugeflossene Miete und nicht die ortsübliche Miete: 500,00 € • 4 =	2.000,00 €
	Die Kaution stellt keine steuerbare Einnahme dar.	
2. OG:	Der Mietwert lt. Mietspiegel stellt mangels Zuflusses keine steuerpflichtige Einnahme dar. Mieteinnahmen liegen daher nicht vor.	
Garage, Werbung:	700,00 € + 400,00 € =	1.100,00 €
Umlagen 2022:	tatsächlich zugeflossen sind im VZ 2022	1.500,00 €
Umlagen 2021:	tatsächlich zugeflossen sind im VZ 2022	900,00 €
Einnahmen aus Vermietung und Verpachtung im VZ 2022		**40.000,00 €**

Aufgabe 27: Finanzierungskosten, Anschaffungskosten

	Einnahmen	
	Mietzins (4.760,00 € • 3=)	**14.280,00 €**
-	**Werbungskosten**	
	Gebäudeversicherung	1.220,00 €
	Notar Grundschuldbestellung	1.309,00 €
	Darlehenszinsen	5.625,00 €
	Grundbesitzabgaben	326,00 €
	Erhaltungsaufwendungen	476,00 €
	Gericht Grundschuldbestellung	790,00 €
	Gebäude-AfA (siehe unten)	1.346,00 €
	gesamt	**11.092,00 €**
=	**Einkünfte gem. § 21 EStG**	**3.188,00 €**

Ermittlung der Abschreibung:

	Kaufpreis	375.000,00 €
+	Notar Kaufvertrag	2.856,00 €
+	Grunderwerbsteuer	24.375,00 €
+	Gericht Eigentumsänderung	1.329,00 €
=	Anschaffungskosten	403.560,00 €
-	$^1/_3$ Grund und Boden	134.520,00 €
=	AfA-BMG	269.040,00 €
•	2 % • $^3/_{12}$ = (aufgerundet)	1.346,00 €

Aufgabe 28: Herstellungskosten

Einnahmen			0,00 €
-	**Werbungskosten**		
	Erschließungskosten		
	= nachträgliche AK des Grundstücks	0,00 €	
	Planungskosten	59.500,00 €	
	Baukosten	952.000,00 €	
	Fahrten zur Baustelle		
	100 • 25 km • 2 • 0,30 €/km =	1.500,00 €	
	Summe der Herstellungskosten	1.013.000,00 €	

Abschreibungen

2 % AfA gem. § 7 Abs. 4 EStG von 1.013.000,00 €
= 20.260,00 €, zeitanteilig für 1 Monat,
20.260,00 € • $^1/_{12}$ = 1.688,33 ≈ 1.689,00 €

Kreditkosten

Disagio 10.000,00 € (voll abzugsfähig)	10.000,00 €
Zinsen = Zinsanteil aus der Annuitätenbelastung	5.625,00 €
Summe der Werbungskosten = Verlust aus VuV	**- 17.314,00 €**

Aufgabe 29: Teilweise Nutzung zu eigenen Wohnzwecken

	Mieteinnahmen	45.000,00 €	
+	Mietumlage Heizung/Nebenkosten	9.000,00 €	
		54.000,00 €	54.000,00 €
-	Werbungskosten		
	Zinsen	7.000,00 €	
	Dachreparatur	15.000,00 €	
	Heizung / Nebenkosten	7.200,00 €	
	Gebäudeversicherung, 10-Tages-Regel	2.400,00 €	
	Gebäudehaftpflichtversicherung	600,00 €	
	Abschreibung (200.000,00 € • 2 % =)	4.000,00 €	
		36.200,00 €	
	• 5/6 (vermieteter Teil), aufgerundet	30.167,00 €	
	Rechtsanwalt zu 100 %	1.300,00 €	
		31.467,00 €	31.467,00 €
=	**Einkünfte aus Vermietung und Verpachtung**		**22.533,00 €**

Aufgabe 30: Teilweise Eigennutzung, verbilligte Vermietung, 4.000,00 €-Regel

	Einnahmen:		
	EG: kein Ansatz, da eigengewerblich genutzt		0,00 €
	1. OG: (12 • 800,00 €) + (12 • 100,00 €) =		10.800,00 €
	2. OG: (12 • 200,00 €) + (12 • 25,00 €) =		2.700,00 €
			13.500,00 €
-	**Werbungskosten:**		
	Gebäudeversicherung	1.800,00 €	
	Grundbesitzabgaben	2.400,00 €	
	Darlehenszinsen	18.000,00 €	
	Darlehenstilgung (keine Werbungskosten)	0,00 €	
	Sonstige Hauskosten	3.300,00 €	
	gesamt	25.500,00 €	
	davon abziehbar 1/3 = 8.500,00 € (1. OG)		8.500,00 €
	davon abziehbar 1/3 = 8.500,00 € • 25 % (2. OG)		2.125,00 €
	Abschreibung 1. OG		6.000,00 €
	Abschreibung 2. OG = 6.000,00 € • 25 %		1.500,00 €
	Anbau Markise 1. OG (Erhaltungsaufwand, da < 4.000,00 € netto)		4.600,00 €
=	**Einkünfte aus Vermietung und Verpachtung**		**- 9.225,00 €**

Aufgabe 31: Anschaffungsnaher Aufwand

Mit der Dachreparatur und der Fassadendämmung wird die Gebäudesubstanz nicht erweitert, so dass zunächst von Erhaltungsaufwendungen auszugehen ist.

Es könnte jedoch ein anschaffungsnaher Herstellungsaufwand nach § 6 Abs. 1 Nr. 1a EStG vorliegen:

	Kaufpreis	400.000,00 €
+	Grunderwerbsteuer	26.000,00 €
+	Notarkosten Kaufvertrag	3.500,00 €
+	Grundbuch Eigentumswechsel	1.500,00 €
=	Summe	431.000,00 €
-	Anteil Grund und Boden (50 %)	215.500,00 €
=	Anschaffungskosten Gebäude	215.500,00 €
	davon 15 % =	32.325,00 €
	Erhaltungsaufwendungen, brutto	105.000,00 €
-	19 % Umsatzsteuer	16.764,71 €
=	**Erhaltungsaufwendungen, netto**	**88.235,29 €**

Die Erhaltungsaufwendungen sind demnach größer als 15 % der Anschaffungskosten des Gebäudes, sodass anschaffungsnaher Herstellungsaufwand vorliegt.

Abschreibung/Berechnung der AfA:

	AK Gebäude (bisher)	215.500,00 €
+	anschaffungsnaher Aufwand	105.000,00 €
=	AfA-Bemessungsgrundlage	320.500,00 €
	davon 2 % • $\frac{9}{12}$ = (aufgerundet)	4.808,00 €

10. Sonstige Einkünfte

10.1 Rentenbesteuerung

Aufgabe 32: Altersrente, Rente aus privater Lebensversicherung

	Altersrente (900,00 € • 2=)	1.800,00 €	
•	Besteuerungsanteil 2022 = 82 % =		1.476,00 €
+	Rente aus privater LV =	8.400,00 €	
•	Ertragsanteil 2018 = 22 % (61. Lj.)		1.848,00 €
=	Einnahmen		3.324,00 €
-	tatsächliche WK (Rentenberater)		300,00 €
=	**sonstige Einkünfte**		**3.024,00 €**

Aufgabe 33: Rentenanpassungsbetrag

	Jahresbruttorente	21.807,00 €
-	Rentenanpassungsbetrag	207,00 €
=	verbleiben	21.600,00 €
	davon 80 % (Besteuerungsanteil 2020)	17.280,00 €
+	Rentenanpassungsbetrag	207,00 €
=	steuerpflichtige Einnahmen	17.487,00 €
-	WK-Pauschbetrag	102,00 €
=	**sonstige Einkünfte**	**17.385,00 €**

10.2 Privates Veräußerungsgeschäft

Aufgabe 34: Voraussetzungen, Freigrenze

Zu 1.

Es liegt kein steuerpflichtiges privates Veräußerungsgeschäft vor, weil das Einfamilienhaus im Jahr der Veräußerung und in den beiden vorangegangenen Jahren zu eigenen Wohnzwecken genutzt wurde.

Zu 2.

	Veräußerungserlös	7.000,00 €
-	Anschaffungskosten	6.350,00 €
-	Werbungskosten	55,00 €
=	**Veräußerungsgewinn**	**595,00 €**

Der Veräußerungsgewinn ist steuerfrei, weil die Freigrenze i. H. v. 599,99 € nicht überschritten ist.

Aufgabe 35: Veräußerung einer bisher vermieteten Immobilie

Einkünfte aus Vermietung und Verpachtung

	Einnahmen (750,00 € • 5 Monate=)	3.750,00 €
-	**Werbungskosten**	
	AfA: 2 % von 250.000,00 € • 5/12 = (gerundet)	2.084,00 €
	Grundsteuer/Straßenreinigung	240,00 €
	Hausversicherungen	480,00 €
	Verwaltungsgebühren	800,00 €
=	**Einkünfte**	**146,00 €**

Sonstige Einkünfte/privates Veräußerungsgeschäft

	Verkaufspreis		350.000,00 €
-	Anschaffungskosten	300.000,00 €	
	- AfA 2022 (s. o.)	2.084,00 €	
	- AfA 2018 - 2021: 5.000,00 € • 4 Jahre	20.000,00 €	
	- AfA 2017: 5.000,00 € • 11/12	4.584,00 €	
		273.332,00 €	273.332,00 €
=	**Einkünfte**		**76.668,00 €**

10.3 Gelegentliche Leistungen

Aufgabe 36: Gelegentliche Vermittlung, gelegentliche Vermietung, Freigrenze

Zu 1.

	Provision	260,00 €
-	Werbungskosten	25,00 €
=	**Einkünfte**	**235,00 €**

Es liegen keine steuerpflichtigen sonstigen Einkünfte i. S. des § 22 Nr. 3 EStG vor, weil die Freigrenze i. H. v. 255,99 € nicht überschritten ist.

Zu 2.
Es liegen steuerpflichtige sonstige Einkünfte i. S. des § 22 Nr. 3 EStG i. H. v. 400,00 € vor, die sich wie folgt ermitteln:

	Mieteinnahmen	600,00 €
-	Werbungskosten	200,00 €
=	**sonstige Einkünfte § 22 EStG**	**400,00 €**

Die Freigrenze i. H. v. 255,59 € ist überschritten.

11. Ermittlung des Gesamtbetrags der Einkünfte

11.1 Altersentlastungsbetrag

Aufgabe 37: Voraussetzungen, Bemessungsgrundlage, Höhe

Zu a)
Stefan List erfüllt für den VZ 2022 die altersmäßigen Voraussetzungen für die Gewährung des Altersentlastungsbetrages, weil er sein 64. Lebensjahr am 31.12.2021, also **vor** Beginn des VZ 2022 vollendet hatte.

Zu b)

	Einkünfte aus selbstständiger Arbeit:			10.000,00 €
+	**Einkünfte aus nichtselbstständiger Arbeit:**			
	Bruttoarbeitslohn aus aktivem Dienstverhältnis		4.000,00 €	
+	Versorgungsbezüge		24.000,00 €	
=	Einnahmen aus nichtselbstständiger Arbeit		28.000,00 €	
-	Versorgungsfreibetrag			
	14,4 % von 24.000,00 € = 3.408,00 €, max.	1.080,00 €		
	Zuschlag zum Versorgungsfreibetrag	324,00 €		
		1.404,00 €	1.482,00 €	
-	Arbeitnehmer-Pauschbetrag		1.200,00 €	
-	Pauschbetrag für Versorgungsbezüge		102,00 €	
=	Einkünfte aus nichtselbstständiger Arbeit		25.216,00 €	25.294,00 €

-	**Einkünfte aus Vermietung und Verpachtung**			- 15.000,00 €
+	**sonstige Einkünfte**			
	Renteneinnahmen: 24.000,00 €			
•	Besteuerungsanteil von 2021: 81 % =	19.440,00 €		
-	Pauschbetrag	102,00 €		
=	sonstige Einkünfte	19.338,00 €		19.338,00 €
=	**Summe der Einkünfte**			**39.630,00 €**
-	**Altersentlastungsbetrag**			
	Versorgungsbezüge und Renteneinkünfte werden nicht berücksichtigt.			
	Bruttoarbeitslohn aus aktivem Dienstverhältnis		4.000,00 €	
+	positive Summe der anderen Einkünfte: Einkünfte aus selbstständiger Arbeit und Vermietung und Verpachtung sind nach Verrechnung nicht positiv (- 5.000,00 €)		0,00 €	
=	Bemessungsgrundlage		4.000,00 €	
	davon 14,4 % =		576,00 €	576,00 €
	(der Höchstbetrag von 684,00 € wird nicht erreicht)			
=	**Gesamtbetrag der Einkünfte**			**39.054,00 €**

Aufgabe 38: Altersentlastungsbetrag bei Ehegatten

		Ehemann	**Ehefrau**
	Einkünfte aus Land- und Forstwirtschaft		3.000,00 €
+	Einkünfte aus Gewerbebetrieb	15.000,00 €	
+	Einkünfte aus nichtselbstständiger Arbeit	20.000,00 €	
-	Einkünfte aus Vermietung und Verpachtung	- 2.500,00 €	- 2.500,00 €
+	Sonstige Einkünfte		4.000,00 €
=	**Summe der Einkünfte**	**32.500,00 €**	**4.500,00 €**
-	**Freibetrag für Land- und Forstwirte**, max.		1.800,00 €
	Der Freibetrag ist zu gewähren, weil die Summe der Einkünfte 61.400,00 € nicht übersteigt.		
-	**Altersentlastungsbetrag (Ehemann)**		
	Versorgungsbezüge bleiben außer Ansatz.		
	pos. Summe der anderen Einkünfte: 12.500,00 €		
	davon 15,2 % = 2.000,00 €, max.	722,00 €	
-	**Altersentlastungsbetrag (Ehefrau)**		
	Altersrente bleibt außer Ansatz.		
	pos. Summe der anderen Einkünfte: 500,00 €		
	davon 14,4 % = 72,00 €		72,00 €
	Der Höchstbetrag von 684,00 € wird nicht erreicht.		
=	**Gesamtbetrag der Einkünfte**	**31.778,00 €**	**2.628,00 €**
=	**gemeinsamer Gesamtbetrag der Einkünfte**		**34.406,00 €**

11.2 Entlastungsbetrag für Alleinerziehende

Aufgabe 39: Voraussetzungen, Höhe

Zu 1.
Karin Leisner hat einen Anspruch auf den Entlastungsbetrag i. H. v. (4.008,00 € + 240,00 € =) 4.248,00 €, da sie für ihren Sohn Kai einen Freibetrag nach § 32 Abs. 6 EStG oder Kindergeld erhält. Die auch noch bestehende Haushaltsgemeinschaft mit der 19-jährigen Anna steht dem nicht entgegen, da für sie ein Anspruch auf Kindergeld besteht.

Zu 2.
Ab April 2022 kann Ute Zitter den Entlastungsbetrag für Alleinerziehende zeitanteilig i. H. v. (4.008,00 € • $^{9}/_{12}$ =) 3.006,00 € in Anspruch nehmen.

Zu 3.
Für den VZ 2022 kann Dominique Kerber einen Entlastungsbetrag für Alleinerziehende i. H. v. 4.148,00 € (4.008,00 € + 240,00 € • $^{7}/_{12}$) in Anspruch nehmen.

Zu 4.
Bis einschließlich August 2022 kann Emma Adams den Entlastungsbetrag für Alleinerziehende zeitanteilig i. H. v. (4.008,00 € + 240,00 € = 4.248,00 € • $^{8}/_{12}$ =) 2.832,00 € in Anspruch nehmen.

12. Sonderausgaben

12.1 Altersvorsorgeaufwendungen

Aufgabe 40: Freiberufler, kaufmännischer Angestellter

Zu 1.
Die Beiträge an das Versorgungswerk sind dem Grunde nach § 10 Abs. 1 Nr. 2a EStG als Altersvorsorgeaufwendungen berücksichtigungsfähig, da es sich insoweit bei dem Versorgungswerk um eine berufsständische Versorgungseinrichtung handelt.

Die abziehbaren Altersvorsorgeaufwendungen berechnen sich wie folgt:

Altersvorsorgeaufwendungen (1.500,00 € • 12 =)	18.000,00 €
davon 94 % =	16.920,00 €
abziehbare Altersvorsorgeaufwendungen	**16.920,00 €**

Zu 2.
Die Beiträge zur gesetzlichen Rentenversicherung sind dem Grunde nach § 10 Abs. 1 Nr. 2a EStG als Altersvorsorgeaufwendungen berücksichtigungsfähig.

Die abziehbaren Altersvorsorgeaufwendungen berechnen sich wie folgt:

	Arbeitnehmeranteil zur gesetzlichen Rentenversicherung	2.790,00 €
+	Arbeitgeberanteil zur gesetzlichen Rentenversicherung	2.790,00 €
=	Summe	5.580,00 €
	davon 94 % =	5.246,00 €
-	steuerfreier Arbeitgeberanteil zur gesetzl. Rentenversicherung	2.790,00 €
=	**abziehbare Altersvorsorgeaufwendungen**	**2.456,00 €**

Aufgabe 41: Altersvorsorgeaufwendungen bei Ehegatten, „Rürup-Rente“

Die Beiträge für die spätere „Rürup-Rente“ sind dem Grunde nach § 10 Abs. 1 Nr. 2b) EStG als Altersvorsorgeaufwendungen berücksichtigungsfähig.

Die abziehbaren Altersvorsorgeaufwendungen berechnen sich wie folgt:

	Beiträge zum Versorgungswerk	20.000,00 €
+	Arbeitnehmeranteil zur gesetzlichen Rentenversicherung	3.900,00 €
+	Arbeitgeberanteil zur gesetzlichen Rentenversicherung	3.900,00 €
+	Beiträge „Rürup-Rente“	2.000,00 €
=	Summe	29.800,00 €
	davon 94 % =	28.012,00 €
-	steuerfreier Arbeitgeberanteil zur gesetzl. Rentenversicherung	3.900,00 €
=	**abziehbare Altersvorsorgeaufwendungen**	**24.112,00 €**

12.2 Sonstige Vorsorgeaufwendungen

Aufgabe 42: Steuerfreie Arbeitgeberzuschüsse, 4 %-Kürzung

Die abziehbaren sonstigen Vorsorgeaufwendungen berechnen sich wie folgt:

	Beiträge zur Krankenversicherung	8.284,00 €	
-	steuerfreier Arbeitgeberzuschuss	3.877,00 €	
		4.407,00 €	4.407,00 €
+	Beiträge zur Pflegeversicherung	1.354,00 €	
-	steuerfreier Arbeitgeberzuschuss	677,00 €	
		677,00 €	677,00 €
+	Beiträge zur Arbeitslosenversicherung		1.170,00 €
+	Beiträge zur privaten Haftpflichtversicherung		2.400,00 €
+	Beiträge zur Unfallversicherung		300,00 €
=	Summe		8.954,00 €

	Höchstbetrag (1.900,00 € • 2 =)		3.800,00 €
	mindestens jedoch abziehbar:		
	Krankenversicherung	4.407,00 €	
	abzgl. 4 %	176,00 €	
		4.231,00 €	
+	Pflegeversicherung	677,00 €	
		4.908,00 €	4.908,00 €

Abziehbar ist der größere Betrag, mithin 4.908,00 €.

Aufgabe 43: Versicherungsbeiträge für Familienangehörige

	Höchstbetrag (2.800,00 € • 2 =)		5.600,00 €
	mindestens abzugsfähig:		
	Krankenversicherung (Basisanteil) Jakob	3.600,00 €	
+	Krankenversicherung (Ehefrau)	3.100,00 €	
+	Krankenversicherung (Kind)	1.300,00 €	
+	Pflegeversicherung (Jakob)	200,00 €	
+	Pflegeversicherung (Ehefrau)	200,00 €	
=	Summe	8.400,00 €	
-	Erstattung aus VZ 2021 (Basisanteil)	1.700,00 €	
=	verbleiben	6.700,00 €	6.700,00 €

Abziehbar ist der größere Betrag, mithin 6.700,00 €.

Bei den Beiträgen zu der Krankenversicherung erfolgt keine 4 % - Kürzung, da kein Anspruch auf Krankengeld besteht.

Die Beiträge für die private Haftpflichtversicherung sind nicht zusätzlich abzugsfähig.

Aufgabe 44: Versicherungsbeiträge von Rentnern

Die abziehbaren sonstigen Vorsorgeaufwendungen berechnen sich wie folgt:

	Beiträge zur Krankenversicherung Wolfgang Peters	1.700,00 €
+	Beiträge zur Krankenversicherung Monika Peters	1.100,00 €
+	Beiträge zur Pflegeversicherung Wolfgang Peters	500,00 €
+	Beiträge zur Pflegeversicherung Monika Peters	350,00 €
	gesamt	3.650,00 €
+	Beiträge für privaten Haftpflichtversicherung	200,00 €
+	Beiträge für Hundehaftpflicht, jährlich	120,00 €
=	Summe	3.970,00 €

Höchstbetrag (1.900,00 € • 2 =)		3.800,00 €
mindestens jedoch abziehbar: Kranken- und Pflegeversicherungsbeiträge		3.650,00 €

Abziehbar ist der größere Betrag, mithin 3.800,00 €.

Bei den Beiträgen zu der Krankenversicherung erfolgt keine 4 %-Kürzung, da ein Rentner keinen Anspruch auf Krankengeld besitzt.

12.3 Übrige Sonderausgaben

Aufgabe 45: Zweitausbildung, Unterhaltsleistungen, Kirchensteuer, Schulgeld, Kinderbetreuung

Zu a)

	Bruttoarbeitslohn		60.000,00 €
-	Werbungskosten		
	Fahrtkosten: (220 Tage • 20 km • 0,30 €/km) + (220 Tage • 37 km • 0,38 € =)		4.414,00 €
	Kosten für die zweite Ausbildung (§ 9 Abs. 6 EStG):		
	Gebühren	6.000,00 €	
	Fahrtkosten (20 Tage • 100 km • 2 • 0,30 €/km =)	1.200,00 €	
	Lernmaterial	400,00 €	
	Summe	7.600,00 €	7.600,00 €
=	Einkünfte aus nichtselbständiger Arbeit		47.986,00 €
=	Summe der Einkünfte		47.986,00 €
-	Entlastungsbetrag für Alleinerziehende (4.008,00 € + 240,00 € =)		4.248,00 €
=	**Gesamtbetrag der Einkünfte**		**43.738,00 €**

Zu b)

	Unterhaltsleistungen (1.200,00 € • 12 =) 14.400,00 €, max. abzugsfähig		13.805,00 €
+	Kirchensteuer		
	Erstattung für VZ 2020	- 300,00 €	
	Nachzahlung für VZ 2021	100,00 €	
	Zahlung für VZ 2022	1.100,00 €	
		900,00 €	900,00 €
	Erstattung für 2022 wird erst im VZ 2023 verrechnet.		
+	Schulgeld (2.440,00 € • 30 % =)		732,00 €
+	Kinderbetreuungskosten (200,00 € • 12 • ²⁄₃ =)		1.600,00 €
	Kosten für die Verpflegung sind nicht abzugsfähig		
=	**abziehbare übrige Sonderausgaben**		**17.037,00 €**

Aufgabe 46: Spendenabzug, Spendenvortrag

Das Jahreslos „Aktion Mensch" ist nicht begünstigt, da insoweit eine Gegenleistung (= Gewinnchance) vorliegt.

Die Spende an das SOS Kinderdorf ist ebenfalls nicht begünstigt, da es an einer freiwilligen Leistung fehlt.

Für die übrigen Aufwendungen gilt Folgendes:

Berechnungsschema 1:
abzugsfähiger Höchstbetrag: 20 % von 22.500,00 € = 4.500,00 €

Berechnungsschema 2:
4 von Tausend der Summe aus Umsätzen, Löhnen und Gehälter = 4 von Tausend von 775.000,00 € ((775.000 : 1.000) •4) = 3.100,00 €

Die Berechnungsmethode 1 ist gegenüber Berechnungsmethode 2 als die Günstigere zu wählen.

Parteispende

	Parteispende	4.300,00 €
-	Tarifermäßigung	3.300,00 €
=	**abzugsfähige Sonderausgaben**	**1.000,00 €**

Die abzugsfähigen Spenden sind daher insgesamt mit (4.500,00 € + 1.000,00 € =) 5.500,00 € anzusetzen.

Die tarifliche Einkommensteuer mindert sich um (3.300,00 € • 50 % =) 1.650 €.

Der nicht abzugsfähige Teil der Spenden (5.000,00 € - 4.500,00 € =) 500,00 € kann in die VZ 2023 ff. vorgetragen werden.

13. Außergewöhnliche Belastungen

13.1 Außergewöhnliche Belastungen nach § 33 EStG

Aufgabe 47: Zumutbare Belastung

Familienstand	Veranlagungs-form	ESt-Tarif	Kinderfreibetrag	maßgebender Prozentsatz
Ledig	Einzel-VA	Grundtarif	0	**5 %**
Verheiratet	Zusammen-VA	Splittingtarif	1	**2 %**
Verheiratet	Zusammen-VA	Splittingtarif	3	**1 %**
Verheiratet	Einzel-VA	Grundtarif	3	**1 %**
Verheiratet	Einzel-VA	Grundtarif	2	**2 %**

Für die Höhe der zumutbaren Belastung spielen der Familienstand und die Veranlagungsform keine Rolle. Maßgebend sind allein die Anzahl der Kinder bzw. der anzuwendende ESt-Tarif, falls keine Kinder vorhanden sind.

Aufgabe 48: Krankheitskosten, Beerdigungskosten, Diätverpflegung

	Zahnärztliche Behandlung		15.000,00 €	
	- 75 % Erstattung Krankenversicherung		11.250,00 €	
			3.750,00 €	3.750,00 €
+	Beerdigungskosten			
	Aufwendungen		12.000,00 €	
	- Bewirtung		0,00 €	
	- Sterbegeldversicherung		2.000,00 €	
	- Nachlass		5.000,00 €	
			5.000,00 €	5.000,00 €
=	**Belastung**			**8.750,00 €**
	- zumutbare Belastung			
	5 % von 15.340,00 € =	767,00 €		
	+ 6 % von 35.790,00 € =	2.147,40 €		
	+ 7 % von 8.870,00 € =	620,90 €		
		3.535,30 €		
	abgerundet	3.535,00 €		3.535,00 €
=	**abzugsfähig**			**5.215,00 €**

Die Aufwendungen für die Diätverpflegung sind nach § 33 Abs. 2 Satz 3 EStG nicht abzugsfähig.

13.2 Außergewöhnliche Belastungen nach § 33a EStG

Aufgabe 49: Unterhaltsleistungen, Höchstbetrag, Kostenpauschale, Karenzbetrag

Der Unterhalt an die Tochter Emma stellt keine außergewöhnliche Belastung dar, da die Eltern einen Anspruch auf Kindergeld für ihre Tochter haben.

Unterhaltsleistungen gem. § 33a Abs. 1 EStG (Sven)

	Unterhaltshöchstbetrag		9.984,00 €
+	Erhöhungsbetrag		
	KV-Beiträge		778,00 €
	PV-Beiträge		147,00 €
			10.909,00 €
-	Einkünfte	780,00 €	
	Bezüge (450,00 € • 12 =)	5.400,00 €	
	- Kostenpauschale	180,00 €	
		6.000,00 €	
	- Karenzbetrag	624,00 €	
	= schädlicher Betrag	5.376,00 €	5.376,00 €
=	gekürzter Höchstbetrag		5.533,00 €

Tatsächliche Zahlung: (400,00 € • 12) + 778,00 € + 147,00 € = 5.725,00 €
Abzugsfähig ist der kleinere Betrag i. H. v. 5.533,00 €.

Aufgabe 50: Zeitanteilige Ermäßigung, anrechenbare Einkünfte und Bezüge

Unterhaltsleistungen gem. § 33a Abs. 1 EStG

	Unterhaltshöchstbetrag (9.984,00 € • 9/12 =)		7.488,00 €
	Bezüge (350,00 € • 9 =)	3.150,00 €	
-	Kostenpauschale	180,00 €	
		2.970,00 €	
-	Karenzbetrag (624,00 € • 9/12 =)	468,00 €	
=	schädliche Bezüge	2.502,00 €	2.502,00 €
=	gekürzter Höchstbetrag		4.986,00 €

Tatsächliche Zahlung: (570,00 € • 9 =) 5.130,00 €
Abzugsfähig ist der kleinere Betrag i. H. v. 4.986,00 €

Die Kostenpauschale wird nicht gezwölftelt, da die Bezüge in voller Höhe in dem Unterstützungszeitraum zugeflossen sind.

Aufgabe 51: Ausbildungsfreibetrag

Zu a)
Ausbildungsfreibetrag: 924,00 € • $^{4}/_{12}$ = 308,00 €

Zu b)
Ausbildungsfreibetrag: 924,00 € • $^{3}/_{12}$ • 50 % = 115,50 €
Jedem Elternteil steht der Freibetrag zur Hälfte zu.

Zu c)
Ausbildungsfreibetrag: 924,00 € • $^{10}/_{12}$ • 50 % = 385,00 €
Jedem Elternteil steht der Freibetrag zur Hälfte zu.

Ab November 2022 liegt keine auswärtige Unterbringung mehr vor, da Vanessa bei ihrem Vater gemeldet ist. Ab November 2022 können auch keine Unterhaltsleistungen an Vanessa geltend gemacht werden, da insoweit ein Anspruch auf Kindergeld besteht.

Aufgabe 52: Unterhaltsleistungen, Studienzuschuss, Ausbildungsfreibetrag

Anna vollendete am 15.08.2022 ihr 25. Lebensjahr, sodass die Unterhaltsleistungen und der Ausbildungsfreibetrag jeweils nur zeitanteilig zu gewähren sind.

Unterhaltsleistungen gem. § 33a Abs. 1 EStG (ab September 2022)

Unterhaltshöchstbetrag (9.984,00 € • $^{4}/_{12}$ =)		3.328,00 €
Studienzuschuss	1.380,00 €	
- Kostenpauschale	180,00 €	
	1.200,00 €	1.200,00 €
= gekürzter Höchstbetrag		2.128,00 €

Tatsächliche Zahlung: (880,00 € • 4 =) 3.520,00 €
Abzugsfähig ist der kleinere Betrag i. H. v. 2.218,00 €

Der Studienzuschuss mindert direkt den Höchstbetrag; der Karenzbetrag findet insoweit keine Anwendung.

Ausbildungsfreibetrag gem. § 33a Abs. 2 EStG (bis August 2022)

Ausbildungsfreibetrag: 924,00 € • $^{8}/_{12}$ = 616,00 €

Für den VZ 2022 betragen die abzugsfähigen außergewöhnlichen Belastungen demnach (1.936,00 € + 616,00 € =) 2.552,00 €.

Aufgabe 53: Sonderausgaben, Unterhaltsleistungen, Ausbildungsfreibetrag

Noah vollendete am 12.07.2022 sein 25. Lebensjahr, sodass die Unterhaltsleistungen und der Ausbildungsfreibetrag jeweils nur zeitanteilig zu gewähren sind.

Für die Zeit bis zur Vollendung des 25. Lebensjahres sind die übernommenen Versicherungsbeiträge gem. § 10 Abs. 1 Nr. 3 Satz 2 EStG als Sonderausgaben (Vorsorgeaufwendungen) abzugsfähig.

Sonderausgaben gem. § 10 Abs. 1 Nr. 3 Satz 2 EStG

Basiskrankenversicherung Noah:	130,00 € • 7 =	910,00 €
Pflegeversicherung Noah:	25,00 € • 7 =	175,00 €
		1.085,00 €

Unterhaltsleistungen gem. § 33a Abs. 1 EStG (ab August 2022)

	Unterhaltshöchstbetrag (9.984,00 € • 5/12 =)		4.160,00 €
+	Erhöhungsbetrag		
	KV-Beiträge (130,00 € • 5 =)		650,00 €
	PV-Beiträge (25,00 € • 5 =)		125,00 €
			4.935,00 €
	Bezüge (150,00 € • 5 =)	750,00 €	
-	Kostenpauschale	180,00 €	
		570,00 €	
-	Karenzbetrag (624,00 € • 5/12 =)	260,00 €	
=	schädliche Bezüge	310,00 €	310,00 €
=	gekürzter Höchstbetrag		4.625,00 €

Tatsächliche Zahlung: (800,00 € + 130,00 € + 25,00 € = 1.005,00 € • 5 =) 5.025,00 €
Abzugsfähig ist der kleinere Betrag i. H. v. 4.625,00 €

Die Kostenpauschale wird nicht gezwölftelt, da die Bezüge in voller Höhe in dem Unterstützungszeitraum zugeflossen sind.

Ausbildungsfreibetrag gem. § 33a Abs. 2 EStG (bis Juli 2022)

Ausbildungsfreibetrag: 924,00 € • 7/12 = 539,00 €

13.3 Außergewöhnliche Belastungen nach § 33b EStG

Aufgabe 54: Pauschbetrag für Menschen mit Behinderung, Pflege-Pauschbetrag

Hilde Heinrichs:	Behinderten-Pauschbetrag (70 %)	1.780,00 €
Paula Heinrichs:	Erhöhung des Behinderten-Pauschbetrages	7.400,00 €
	Pflege-Pauschbetrag	1.800,00 €
Emma Heinrichs:	Pflege-Pauschbetrag	1.800,00 €
	Erhöhung des Behinderten-Pauschbetrages	7.400,00 €
Vater Heinrichs:	Pflege-Pauschbetrag	1.800,00 €
gesamt		21.980,00 €

14. Freibeträge nach § 32 Abs. 6 EStG

Aufgabe 55: Zweitausbildung, Kinder- und Betreuungsfreibetrag

Zu a)

Lucas hat das 18. Lebensjahr, aber noch nicht das 25. Lebensjahr, vollendet und befindet sich aufgrund des Studiums in einer Berufsausbildung, § 32 Abs. 4 Satz 1 Nr. 2 Buchst. a EStG.

Das Studium wird nach Abschluss einer erstmaligen Berufsausbildung durchgeführt, sodass keine schädliche Erwerbstätigkeit von mehr als 20 Stunden pro Woche vorliegen darf, § 32 Abs. 4 Satz 2 EStG.

Der gewerbliche Internethandel ab dem 01.06.2022 ist schädlich (30 Stunden pro Woche), sodass Lucas im VZ 2022 nur für fünf Monate steuerlich berücksichtigt werden kann.

Zu b)

Kinderfreibetrag	5.460,00 € • $^5/_{12}$ = 2.275,00 €
Betreuungsfreibetrag	2.928,00 € • $^5/_{12}$ = 1.220,00 €

Aufgabe 56: Höhe des Kinder- und Betreuungsfreibetrages

VZ	Höhe in Euro		kurze Begründung
	Kinderfreibetrag	Betreuungsfreibetrag	
01	5.460,00 € • $^1/_{12}$ = 455,00 €	2.928,00 € • $^1/_{12}$ = 244,00 €	Die Freibeträge sind für einen Monat zu gewähren. Der andere Elternteil ist nicht unbeschränkt einkommensteuerpflichtig.
02	5.460,00 €	2.928,00 €	Der andere Elternteil ist nicht unbeschränkt einkommensteuerpflichtig.
03	5.460,00 €	2.928,00 €	Die Voraussetzungen des § 26 Abs. 1 Satz 1 EStG haben seit dem 30.12. vorgelegen.
04	5.460,00 €	2.928,00 €	Die Voraussetzungen des § 26 Abs. 1 Satz 1 EStG haben im VZ 04 noch vorgelegen.
05	2.730,00 € • $^1/_{12}$ = 227,50 € + 5.460,00 € • $^{11}/_{12}$ = 5.005,00 € insgesamt: 5.232,50 €	1.464,00 € • $^1/_{12}$ = 122,00 € + 2.928,00 € • $^{11}/_{12}$ = 2.684,00 € insgesamt: 2.806,00 €	Für Januar erhält Axel A die Hälfte des Freibetrages, da die Eheleute dauernd getrennt leben. Ab Februar erhält Axel den vollen Freibetrag, da der andere Elternteil nicht unbeschränkt einkommensteuerpflichtig ist.
06	5.460,00 € • $^1/_{12}$ = 455,00 €	2.928,00 € • $^1/_{12}$ = 244,00 €	Die Freibeträge sind für einen Monat zu gewähren. Der andere Elternteil ist nicht unbeschränkt einkommensteuerpflichtig.

Aufgabe 57: Übertragung des Kinder- und Betreuungsfreibetrages

Für Nora erhält Paula den vollen Kinderfreibetrag, da der Vater seiner Unterhaltsverpflichtung nicht nachkommen kann.

Ferner erhält Paula für Nora den vollen Betreuungsfreibetrag. Eine Übertragung der anderen Hälfte von Felix auf Paula ist insoweit möglich, da eine Übertragung des Kinderfreibetrages stets auch zu einer Übertragung des Betreuungsfreibetrages führt.

Vincent vollendete am 31.10.2022 sein 25. Lebensjahr, so dass er im VZ 2022 nur für zehn Monate berücksichtigt werden kann.

Paula erhält den zeitanteiligen vollen Kinder- und Betreuungsfreibetrag, da der Vater seiner Unterhaltsverpflichtung nicht nachkommen kann. Die Übertragung des Kinderfreibetrages führt stets auch zu einer Übertragung des Betreuungsfreibetrages. Das Alter des Kindes ist insoweit unerheblich.

Für den VZ 2022 ergeben sich demnach folgende zu gewährende Freibeträge:

Kinderfreibetrag (Nora)	5.460,00 €
Kinderfreibetrag (Vincent): 5.460,00 € • $^{10}/_{12}$) =	4.550,00 €
Betreuungsfreibetrag (Nora)	2.928,00 €
Betreuungsfreibetrag (Vincent): 2.928,00 € • $^{10}/_{12}$ =	2.440,00 €
	15.378,00 €

Aufgabe 58: Kinder aus erster Ehe

Sohn Julian:
Es ist der volle Kinderfreibetrag zu gewähren, da die Mutter ihre Unterhaltsverpflichtung nicht erfüllt. Ferner bekommt Max den vollen Betreuungsfreibetrag; eine Übertragung des Kinderfreibetrages führt stets auch zu einer Übertragung des Betreuungsfreibetrages.

Tochter Marie:
Marie hat am 30.09.2022 ihre Ausbildung beendet, so dass sie nur für neun Monate berücksichtigt werden kann.

Es ist der zeitanteilige halbe Kinderfreibetrag zu gewähren, da der Vater seiner Unterhaltsverpflichtung nachkommt; eine freiwillige Übertragung ist insoweit nicht möglich.

Der zeitanteilige Betreuungsfreibetrag ist auch zu gewähren, denn eine Übertragung des Kinderfreibetrages führt stets auch zu einer Übertragung des Betreuungsfreibetrages.

Für den VZ 2022 sind demnach folgende Freibeträge zu gewähren:

	Kinder- und Betreuungsfreibetrag für den Sohn Julian (5.460,00 + 2.928,00 =):	8.388,00 €
+	Kinderfreibetrag für die Tochter Marie (2.730,00 € • $^{9}/_{12}$ € =):	2.047,50 €
+	Betreuungsfreibetrag für die Tochter Marie (2.928,00 € • $^{9}/_{12}$ =):	2.196,00 €
		12.581,00 €

15. Steuerermäßigung nach § 35a EStG

Aufgabe 59: Voraussetzungen und Tatbestände des § 35a EStG

Zu 1.
Es handelt sich um eine begünstigte Handwerkerleistung nach § 35a Abs. 3 EStG.

Abzugsfähig sind nur die Arbeitskosten, § 35a Abs. 5 Satz 2 EStG:
1.250,00 € - 200,00 € - 50,00 € = 1.000,00 € • 1,19 = 1.190,00 €
davon 20 % = 238,00 €

Zu 2.
Eine Steuerermäßigung kann nicht geltend gemacht werden, denn die Leistung wurde nicht im Haushalt, sondern außerhalb des Haushaltes erbracht.

Zu 3.
Es handelt sich um eine begünstigte haushaltsnahe Dienstleistung nach § 35a Abs. 2 EStG.

Abzugsfähig sind 20 % von 6.069,00 € = (aufgerundet) 1.214,00 €

Zu 4.
Eine Steuerermäßigung kann nicht geltend gemacht werden, denn es handelt sich um eine personenbezogene und nicht um eine haushaltsnahe Dienstleistung.

Aufgabe 60: Haushaltsnahe Dienstleistungen, Handwerkerleistungen

Die Steuerermäßigung wird für den VZ 2022 wie folgt berechnet:

Haushaltsnahe Dienstleistungen nach § 35a Abs. 2 EStG

Gärtner (2.400 • 1,19 =)	2.856,00
Fensterputzer (800 • 1,19 =)	952,00
Winterdienst	300,00
	4.108,00
davon 20 % =	821,60
aufgerundet	822,00

Handwerkerleistungen nach § 35a Abs. 3 EStG

Renovierung (10.000 • 1,19 =)	11.900,00
Schornsteinfeger	200,00
	12.100,00
davon 20 % =	2.420,00
maximal	1.200,00

Aufgabe 61: Sonderausgaben, haushaltsnahe Dienstleistungen

Kinderbetreuungskosten
Die anteiligen Kinderbetreuungskosten (50 %) für Paul können als Sonderausgabe gem. § 10 Abs. 1 Nr. 5 EStG berücksichtigt werden.

Aufwand: (12 Monate • 1.790,00 €) • 50 % =	10.740,00 €
abzugsfähig: ²⁄₃ von 10.740,00 € = 7.160,00 €, max.	4.000,00 €

Arbeiten im Haushalt
Die anteiligen Aufwendungen für die Arbeiten im Haushalt (50 %) können gem. § 35a Abs. 2 EStG mit 20 %, max. 4.000,00 € von der tariflichen Einkommensteuer abgezogen werden.

Aufwand: (12 Monate • 1.790,00 €) • 50 % =	10.740,00 €
Steuerersparnis 20 % =	2.148,00 €

B. Körperschaftsteuer

Aufgabe 62: Unbeschränkte Steuerpflicht, örtliche Zuständigkeit

Zu a)
Die GmbH ist gem. § 1 Abs. 1 Nr. 1 KStG unbeschränkt körperschaftsteuerpflichtig, da sie ihren Sitz und ihre Geschäftsleitung im Inland hat.

Zu b)
Die unbeschränkte Steuerpflicht erstreckt sich gem. § 1 Abs. 2 KStG auf sämtliche Einkünfte.

Zu c)
Örtlich zuständig ist gem. § 20 Abs. 1 AO das Geschäftsleitungs-Finanzamt in Leverkusen.

Aufgabe 63: Ermittlung des zu versteuernden Einkommens, Tarifbelastung

	vorläufiger Jahresüberschuss	95.000,00 €
+	Geschenke über 35,00 €	8.800,00 €
	Geschenke unter 35,00 € sind als BA abzugsfähig.	0,00 €
	Der Verpflegungsmehraufwand des Geschäftsführers (Arbeitnehmer) i. H. v. 200,00 € wurde zutreffend erfasst, keine Gewinnkorrektur.	
-	steuerfreie Investitionszulage	5.000,00 €
+	50 % Beiratsvergütungen ohne Reisekosten (6.000,00 € - 1.000,00 € =) 5.000,00 € • 50 % =	2.500,00 €
+	GewSt-Vorauszahlungen 2022	5.000,00 €
	Zinserträge aus GewSt-Erstattung gehören zu den steuerpflichtigen Einnahmen.	0,00 €
+	KSt-Vorauszahlungen 2022	2.500,00 €
+	Solidaritätszuschlag für KSt-Vorauszahlungen 2022	137,50 €
-	KSt-Erstattung aus 2018	10.000,00 €
+	Geldbußen	3.500,00 €
	Rechtsanwaltskosten gehören zu den abzugsfähigen Aufwendungen.	0,00 €
=	**zu versteuerndes Einkommen**	**102.437,50 €**
	abgerundet	102.437,00 €
	Tarifbelastung: 15 % von 102.437,00 € =	15.365,55 €
	abgerundet	15.365,00 €

Aufgabe 64: Gewinnvortrag, Vorabausschüttung, Spendenabzug

	Bilanzgewinn	320.000,00 €
-	Gewinnvortrag aus dem Vorjahr	70.000,00 €
+	Vorabausschüttung 2022, § 8 Abs. 3 Satz 1 KStG	30.000,00 €
=	**vorläufiger Jahresüberschuss**	**280.000,00 €**
+	unangemessene Bewirtungsaufwendungen	2.500,00 €
+	darauf entfallende nicht abzugsfähige Vorsteuer gem. § 10 Nr. 2 KStG i. V. mit § 15 Abs. 1a Satz 1 UStG	475,00 €
+	30 % der angemessenen Bewirtungsaufwendungen (30 % von 5.000,00 € =)	1.500,00 €
+	Vorauszahlungen Gewerbesteuer	41.000,00 €
+	**nichtabziehbare Aufwendungen**	
	Vorauszahlungen Körperschaftsteuer	35.000,00 €
	Vorauszahlungen Solidaritätszuschlag	1.925,00 €
	Kapitalertragsteuer Wertpapiere	1.000,00 €
	Solidaritätszuschlag Wertpapiere	55,00 €
+	Hinzurechnung sämtlicher Spenden	28.000,00 €
=	**Einkommen (vor Spendenabzug)**	**391.455,00 €**
-	Spendenabzug 20 % von 391.455,00 € = 78.291,00 €, max. Parteispenden sind mangels Erwähnung in § 9 Abs. 1 Nr. 2 KStG nicht abzugsfähig	23.000,00 €
=	**zu versteuerndes Einkommen**	**368.455,00 €**
	Tarifbelastung: 15 % von 368.455,00 € =	55.268,25 €
	abgerundet	55.268,00 €

Aufgabe 65: Beteiligungserträge, Rückstellungen

Zu a)

	vorläufiger Jahresüberschuss	372.000,00 €
-	Beteiligungserträge Blau AG, § 8b Abs. 1 KStG	20.000,00 €
+	5 % nicht abz. BA, § 8b Abs. 5 KStG	1.000,00 €
	Die Beteiligungserträge an der Mustermann AG sind gem. § 8b Abs. 4 KStG in voller Höhe steuerpflichtig, weil die GmbH zu weniger als 10 % an der AG beteiligt ist. Die 5 %-Regelung findet gem. § 8b Abs. 4 Satz 7 KStG keine Anwendung, weil die Dividende in voller Höhe steuerpflichtig ist.	
+	Kapitalertragsteuer auf Beteiligungserträge	8.750,00 €
+	SolZ auf Kapitalertragsteuer (Beteiligungserträge)	481,25 €
+	Geschenke über 35,00 €	3.000,00 €
+	nicht abziehbare Vorsteuer	570,00 €
+	Spenden (gemeinnützig)	1.500,00 €
+	Gewerbesteuer	32.000,00 €

+	KSt-Vorauszahlungen	60.000,00 €
+	SolZ-Vorauszahlungen	3.300,00 €
=	**Einkommen**	**462.601,25 €**
-	Spende (gemeinnützig)	1.500,00 €
=	zu versteuerndes Einkommen	461.101,25 €
	abgerundet	461.101,00 €

Zu b) 1.

	tarifliche Körperschaftsteuer	
	15 % von 461.101,00 € = (abgerundet)	69.165,00 €
-	Vorauszahlungen Körperschaftsteuer	60.000,00 €
-	Kapitalertragsteuer Beteiligungserträge	8.750,00 €
=	**KSt-Rückstellung**	**415,00 €**
	tariflicher Solidaritätszuschlag 5,5 % von 69.165,00 € = (Hinweis: der Solidaritätszuschlag wird „abgeschnitten" und nicht kaufmännisch gerundet, § 4 Satz 3 SolZG.)	3.804,07 €
-	Vorauszahlungen Solidaritätszuschlag	3.300,00 €
-	Solidaritätszuschlag Beteiligungserträge	481,25 €
=	**SolZ-Rückstellung**	**22,82 €**

Zu b) 2.

	vorläufiger Jahresüberschuss	372.000,00 €
-	KSt-Rückstellung	415,00 €
-	SolZ-Rückstellung	22,82 €
=	endgültiger handelsrechtlicher Jahresüberschuss	371.562,18 €

Aufgabe 66: Verdeckte Gewinnausschüttung

Zu 1 a)

Das überhöhte Gehalt i. H. v. (132.000,00 € - 96.000,00 € =) 36.000,00 € führt zu einer verdeckten Gewinnausschüttung (vGA), denn es handelt sich um eine Vermögensminderung, die durch das Gesellschaftsverhältnis veranlasst ist, sich auf die Höhe des Einkommens ausgewirkt hat und nicht auf einem den gesellschafts-rechtlichen Vorschriften entsprechenden Gewinnverteilungsbeschluss beruht.

Zu 1 b)

Die überhöhte Miete führt zu einer vGA, denn es handelt sich um eine Vermögensminderung, die durch das Gesellschaftsverhältnis veranlasst ist, sich auf die Höhe des Einkommens ausgewirkt hat und nicht auf einem den gesellschaftsrechtlichen Vorschriften entsprechenden Gewinnverteilungsbeschluss beruht.

Höhe der vGA für den VZ 2022:

2.737,00 € : 1,19 = 2.300,00 €
2.300,00 € - 1.300,00 € = 1.000,00 €
1.000,00 € • 6 Monate = 6.000,00 €

Zu 1 c)
Es liegt eine vGA i. H. v. (2.000,00 € • 6 Monate =) 12.000,00 € vor, denn eine Veranlassung durch das Gesellschaftsverhältnis ist auch dann gegeben, wenn die Vermögensminderung bei der Körperschaft zugunsten einer nahestehenden Person (hier: Tochter) erfolgt.

Zu 2 a)
Geschäftsführer Frank Reich
Frank Reich ist **ein** beherrschender Gesellschafter. Die rückwirkende Gehaltserhöhung ist als vGA zu werten, denn es fehlt an klaren und eindeutigen, im Vorhinein getroffenen Vereinbarungen (Verstoß gegen das Rückwirkungsverbot).

Außerbilanzielle Hinzurechnung als vGA gem. § 8 Abs. 3 Satz 2 KStG i. H. v. (1.000,00 € • 6 Monate =) 6.000,00 €.

Gesellschafter Hans Wurst
Hans Wurst ist **kein** beherrschender Gesellschafter. Es liegt keine vGA vor, da Hans Wurst ist kein beherrschender Gesellschafter ist und das Gehalt noch als angemessen anzusehen ist.

Somit verstößt die Gehaltsnachzahlung nicht gegen das Rückwirkungsverbot und ist damit steuerrechtlich anzuerkennen.

Zu 2 b)
Die überhöhte Zinszahlung führt zu einer vGA, denn eine Veranlassung durch das Gesellschaftsverhältnis ist auch dann gegeben, wenn die Vermögensminderung bei der Körperschaft zugunsten einer nahestehenden Person (hier: Ehefrau) erfolgt.

Höhe der vGA für den VZ 2022:

	gezahlte Zinsen	15.000,00 €
-	Zinsen (5 % von 400.000,00 € • 6/12 =)	10.000,00 €
=	verdeckte Gewinnausschüttung	5.000,00 €

Aufgabe 67: Einkunftsarten der Gesellschafter

Zu a)
Einkunftsart:
Einkünfte aus Kapitalvermögen, § 20 Abs. 1 Nr. 1 EStG

Höhe der Einkünfte dem Grunde nach:

Einnahmen	14.000,00 €
Sparer-Pauschbetrag § 20 Abs. 9 Sätze 1 - 3 EStG	- 1.602,00 €
Einkünfte	12.398,00 €

Die tatsächlichen Werbungskosten sind nicht abzugsfähig, § 20 Abs. 9 Satz 1 EStG.

Zu b)
Einkunftsart: Einkünfte aus Gewerbebetrieb
§ 20 Abs. 1 Nr. 1 EStG i. V mit § 20 Abs. 8 EStG (Subsidiaritätsprinzip)

Steuerpflichtige Einkünfte:

Betriebseinnahmen	56.000,00 €	
vGA Tantieme (Rückwirkungsverbot)	20.000,00 €	
	76.000,00 €	
40 % steuerfrei (Teileinkünfteverfahren) § 3 Nr. 40 a) EStG	- 30.400,00 €	45.600,00 €
Betriebsausgaben	2.500,00 €	
anteilige Kürzung (40 %)	- 1.000,00 €	1.500,00 €
Einkünfte		**44.100,00 €**

Aufgabe 68: Verdeckte Gewinnausschüttung beim Gesellschafter

	Einkünfte aus nichtselbstständiger Arbeit		
	angemessenes Gehalt (01.01. - 31.10.2022):	40.000,00 €	
	angemessenes Gehalt (01.11. - 31.12.2022):	10.000,00 €	
		50.000,00 €	
	- AN-Pauschbetrag	1.200,00 €	
	= Einkünfte gem. § 19 EStG	48.800,00 €	**48.800,00 €**
+	**Einkünfte aus Kapitalvermögen**		
	Offene Gewinnausschüttung (Dividende)		
	70 % von 50.000,00 €	35.000,00 €	
	vGA (Gehalt)	10.000,00 €	
	vGA (Miete)	4.800,00 €	
		49.800,00 €	
	• 60 % (Teileinkünfteverfahren)	29.880,00 €	**29.880,00 €**
	Der Ansatz des Sparer-Pauschbetrages ist ausgeschlossen.		
+	**Einkünfte aus Vermietung und Verpachtung**		
	ortsübliche Garagenmiete (600,00 € • 12 =)		**7.200,00 €**
=	**Summe der Einkünfte**		**85.880,00 €**

C. Gewerbesteuer

Aufgabe 69: Ermittlungsschema, Vorauszahlungen, Ermäßigung nach § 35 EStG

Zu 1 a)

	Gewinn aus Gewerbebetrieb	105.672,00 €
+	Hinzurechnungen	36.500,00 €
-	Kürzungen	16.829,00 €
	Gewerbeertrag	125.343,00 €
	abgerundet	125.300,00 €
-	Freibetrag	24.500,00 €
=	verbleibender Betrag	100.800,00 €
•	3,5 % = GewSt-Messbetrag	3.528,00 €
•	**Hebesatz 460 % = Gewerbesteuer**	**16.228,80 €**

Zu 1 b)

	abgerundeter Wert (s. o.)	125.300,00 €
-	kein Freibetrag, weil Kapitalgesellschaft	0,00 €
=	verbleibender Betrag	125.300,00 €
•	3,5 % = GewSt-Messbetrag	4.385,50 €
	abgerundet auf volle Euro	4.385,00 €
•	**Hebesatz 460 % = Gewerbesteuer**	**20.171,00 €**

Zu 2 a)

Vorauszahlungen sind am 15.02., 15.05., 15.08. und 15.11. zu entrichten.

Zu 2 b)

Die Vorauszahlungen betragen ein Viertel der Steuer, die sich bei der letzten Veranlagung ergeben hat:

- Einzelunternehmung: 16.228,00 € : 4 = 4.057,00 €
- Kapitalgesellschaft: 20.171,00 € : 4 = 5.042,00 € (abgerundet)

Zu 3 a)

Die Gewerbesteuer stellt gem. § 4 Abs. 5b EStG eine nicht abzugsfähige Betriebsausgabe dar.

Zu 3 b)

Die tarifliche Einkommensteuer mindert sich gem. § 35 Abs. 1 Nr. 1 EStG um (3.528,00 € • 4,0 =) 14.112,00 €.

Aufgabe 70: Gewinnkorrekturen, Hinzurechnungen, Kürzungen

	vorläufiger handelsrechtlicher Gewinn Der Gewinn aus der Malerei ist nicht den Einkünften aus Gewerbebetrieb zuzurechnen, sondern denen aus selbstständiger Arbeit (künstlerische Tätigkeit).	150.000,00 €
+	Gewerbesteuervorauszahlungen	30.000,00 €
-	Gewerbesteuererstattung	1.000,00 €
=	korrigierter steuerlicher Gewinn	179.000,00 €

Hinzurechnungen

a)	Darlehenszinsen 10,25 % v. 750.000,00 € • 8/12 =	51.250,00 €	
b)	Disagio 750.000,00 € • 3 % : 10 • 8/12 = (oder: 750.000,00 € • 3 % • 8/120)	1.500,00 €	
c)	Leasingraten (20.000,00 € • 12 • 20 % =)	48.000,00 €	
d)	Lizenzgebühren (25.000,00 € • 25 % =)	6.250,00 €	
		107.000,00 €	
	- Freibetrag, max.	107.000,00 €	
		0,00 €	
e)	Verlustanteil OHG-Beteiligung		73.500,00 €

Kürzungen

Grundbesitzkürzung (75.000,00 € • 140 % • 1,2 % =)	1.260,00 €
Die Nutzungsänderung zum 01.07.2022 bleibt gem. § 20 Abs. 1 Satz 2 GewStDV ohne Auswirkung.	
anrechenbare Spenden: 40.000,00 € (ohne Parteispende) max. 4 ‰ von 1.000.000,00 € = 4.000,00 € bzw. max. 20 % von 179.000,00 € =	35.800,00 €
	215.440,00 €

	abgerundet	215.400,00 €
-	Freibetrag	24.500,00 €
=	Gewerbeertrag	190.900,00 €
•	3,5 %= GewSt-Messbetrag, abgerundet	6.681,00 €
•	Hebesatz 460 % = Gewerbesteuer	30.732,60 €

Aufgabe 71: Gewerbesteuerrückstellung

	vorläufiger Jahresüberschuss lt. Handelsbilanz		181.000,00 €
+	GewSt-Vorauszahlungen (§ 4 Abs. 5b EStG)		28.880,00 €
=	steuerlicher Gewinn		209.880,00 €
Hinzurechnungen			
§ 8 Nr. 1a) GewStG:			
Zinsen Grundschulddarlehen		280.888,00 €	
Zinsen Dispo-Kredit		53.212,00 €	
§ 8 Nr. 1d) GewStG:			
Leasingaufwendungen Fuhrpark			
120.000,00 € zu 20 % =		24.000,00 €	
§ 8 Nr. 1e) GewStG:			
Mietaufwendungen Ausstellungsräume			
108.000,00 € zu 50 % =		54.000,00 €	
		412.100,00 €	
-	Freibetrag	200.000,00 €	
		212.100,00 €	
	verbleibender Betrag, davon 25 % =		53.025,00 €
Kürzungen			
§ 9 Nr. 1 Satz 1 GewStG:			
280.000,00 € • 140 % • 1,2 % • 80 % =			3.763,20 €
Gewerbeertrag			259.141,80 €
abgerundet auf volle 100,00 €			259.100,00 €
abzüglich Freibetrag			24.500,00 €
verbleibender Betrag			234.600,00 €
• 3,5 % Steuermesszahl = Steuermessbetrag, abgerundet			8.211,00 €
• 440 % Hebesatz = Gewerbesteuer, abgerundet			36.128,00 €
abzüglich GewSt-Vorauszahlungen			28.880,00 €
=	**Gewerbesteuerrückstellung**		**7.248,00 €**

Aufgabe 72: Gewerbeverlust

1. **Gewerbesteuermessbetrag 2022**

	Steuerrechtlicher Gewinn		40.000,00 €
+	20 % Schuldzinsen (20 % von 28.000,00 € =)		5.600,00 €
=	korrigierter steuerrechtlicher Gewinn		45.600,00 €
+	**Hinzurechnungen**		
	80 % Schuldzinsen (80 % von 28.000,00 €=)	22.400,00 €	
	Kontokorrentzinsen	60.000,00 €	
	Miete unbebautes Grundstück (50 % von 1.500,00 € • 12 =)	9.000,00 €	
	Miete Ladeneinrichtung (20 % von 4.500,00 € • 12 =)	10.800,00 €	
		102.200,00 €	
	- Freibetrag, max.	102.200,00 €	
		0,00 €	
-	**Kürzungen**		
	Betriebsgrundstück (100.000,00 € • 140 % • 1,2 % • 80 % =)		1.344,00 €
=	Gewerbeertrag 2022		44.256,00 €
-	Gewerbeverlust (50.000,00 €, max.)		44.256,00 €
=	**Gewerbesteuermessbetrag 2022**		**0,00 €**

2. **Gesondert festzustellender Gewerbeverlust zum 31.12.2022**

	vortragsfähiger Gewerbeverlust zum 31.12.2022	50.000,00 €
-	Berücksichtigung im EZ 2022	44.256,00 €
=	**gesondert festzustellender Gewerbeverlust zum 31.12.2022**	**5.744,00 €**

Aufgabe 73: Gewerbeverlust

	Vorläufiger Jahresüberschuss lt. Handelsbilanz		1.980.000,00 €
+	Gewerbesteuervorauszahlungen		70.000,00 €
+	Gewerbesteueraufwand Rückstellung		5.000,00 €
=	**steuerlicher Gewinn**		**2.055.000,00 €**
	Hinzurechnungen		
	Kurzfristige Zinsaufwendungen	80.000,00 €	
	Leasingraten 24.000,00 €; davon 20 %	4.800,00 €	
	Mietaufwand für unbewegliche WG: 360.000,00 € davon 50 %	180.000,00 €	
	= insgesamt	264.800,00 €	
	- Freibetrag	200.000,00 €	
	übersteigender Betrag	64.800,00 €	
	davon 25 % =		16.200,00 €

	Kürzungen	
	Betriebsgrundstück	
	EW 100.000,00 € • 1,4 = 140.000,00 € • 1,2 %	- 1.680,00 €
=	vorläufiger Gewerbeertrag	2.069.520,00 €
-	Verlustabzug (§ 10a Satz 1 GewStG)	- 1.000.000,00 €
=	verbleibender positiver maßgebender Gewerbeertrag	1.069.520,00 €
	Verlustabzug (§ 10a Satz 2 GewStG)	
	895.000,00 €, max. 60 % von 1.069.520,00 € =	- 641.712,00 €
=	vorläufiger Gewerbeertrag	427.808,00 €
	Abrundung auf volle 100,00 €	427.800,00 €
-	Freibetrag	24.500,00 €
=	verbleibender Betrag	403.300,00 €
•	**Steuermesszahl 3,5 % = Steuermessbetrag**	**14.115,50 €**
	abgerundet	14.115,00 €

Aufgabe 74: Gewinnkorrekturen, Gewerbesteuer einer OHG

	vorläufiger handelsrechtlicher Gewinn		151.000,00 €
+	GewSt-Vorauszahlungen (9.000,00 € • 4 =)		36.000,00 €
+	Tätigkeitsvergütungen		60.000,00 €
+	als Aufwand gebuchte Spenden		6.000,00 €
+	gebuchtes Disagio		10.000,00 €
-	zeitanteiliges Disagio: (10.000,00 € : 10 • 6/12 =)		500,00 €
=	**steuerrechtlicher Gewinn**		**262.500,00 €**
+	**Hinzurechnungen**		
	Schuldzinsen	7.000,00 €	
	zeitanteiliges Disagio	500,00 €	
	50 % Pacht Produktionshalle		
	(50 % von 360.000,00 € • 80 % =)	144.000,00 €	
	20 % Pacht Einrichtung		
	(20 % von 360.000,00 € • 20 % =)	14.400,00 €	
	= Summe	165.900,00 €	
	- Freibetrag, max.	165.900,00 €	
	= verbleibender Betrag	0,00 €	
-	**Kürzungen**		
	Betriebsgrundstück Poststr. 35		
	(100.000,00 € • 140 % • 1,2 % • 75 % =)		1.260,00 €
	Nachbargrundstück Poststr. 33: kein Ansatz, weil zum 01.01.2022 kein BV, § 20 Abs. 1 Satz 2 GewStDV.		
	Spenden (Universität Düsseldorf)		2.000,00 €
	Parteispenden mangels Erwähnung in § 9 Nr. 5 GewStG nicht abzugsfähig.		
=	Gewerbeertrag		259.240,00 €

	abrunden auf volle 100,00 €	259.200,00 €
-	Freibetrag	24.500,00 €
=	verbleibender Betrag	234.700,00 €
•	3,5 % Steuermesszahl = Steuermessbetrag, abgerundet	8.214,00 €
•	480 % Hebesatz = Gewerbesteuer, abgerundet	39.427,00 €
-	GewSt-Vorauszahlungen	36.000,00 €
=	**Gewerbesteuerrückstellung**	**3.427,00 €**

Aufgabe 75: Gewinnkorrekturen, Gewerbesteuer einer KG, Steuerermäßigung nach § 35 EStG

Zu 1.

	Handelsrechtlicher Gewinn		100.000,00 €
+	GewSt-Vorauszahlungen (3.000,00 € • 4 =)		12.000,00 €
+	Tätigkeitsvergütung Peter Holz (4.000,00 € • 12 =)		48.000,00 €
+	als Aufwand gebuchte Spenden		2.000,00 €
+	Zinsen Kommanditist Werner Bunte		4.000,00 €
=	**Steuerrechtlicher Gewinn**		**166.000,00 €**
+	**Hinzurechnungen**		
	Zinsen Bankdarlehen	10.000,00 €	
	Zinsen Zwischenfinanzierung	45.000,00 €	
	Raummiete (50 % von 120.000,00 € =)	60.000,00 €	
	Miete Büroeinrichtung (20 % von 36.000,00 € =)	7.200,00 €	
	Leasingraten LKW (20 % von 96.000,00 € =)	19.200,00 €	
		141.400,00 €	
	- Freibetrag, max.	141.400,00 €	
		0,00 €	
-	**Kürzungen**		
	Grundbesitz: keine Kürzung, da zum 01.01.2022 kein Betriebsvermögen.		0,00 €
	Spenden		2.000,00 €
-	Gewerbeverlust		10.000,00 €
=	Gewerbeertrag		154.000,00 €
-	Freibetrag		24.500,00 €
			129.500,00 €
•	3,5 % = Steuermessbetrag, abgerundet		4.532,00 €
•	Hebesatz (260 %) = Gewerbesteuer (abgerundet)		11.783,00 €
-	GewSt-Vorauszahlungen		12.000,00 €
=	**Gewerbesteuererstattung**		**217,00 €**

Zu 2.
Gemäß § 35 Abs. 1 Satz 1 Nr. 2 EStG ermäßigt sich die tarifliche Einkommensteuer des Peter Holz um das 4-Fache des anteiligen Steuermessbetrages:
4.532,00 € • 50 % • 4,0 = 9.064,00 €

Gemäß § 35 Abs. 1 Satz 5 EStG ist der Ermäßigungsbetrag auf die tatsächlich zu zahlende Gewerbesteuer beschränkt: 4.532,00 € • 260 % • 50 % = 5.891,00 €

Die tarifliche Einkommensteuer des Peter Holz ermäßigt sich demnach um 5.891,00 €.

Aufgabe 76: Arbeitslöhne bei der Zerlegung, örtliche Zuständigkeit

Zu 1.
Betriebsfinanzamt A-Dorf gem. § 22 Abs. 1 AO (i. V. mit § 18 Abs. 1 Nr. 2 AO)

Zu 2 a)

Arbeitslohn	A-Dorf	B-Dorf	C-Dorf	Summe
Geschäftsführer Schuster	25.000,00 €	0,00 €	0,00 €	25.000,00 €
lfd. Gehälter der Filialleiter (§ 19 Abs. 1 Nr. 1 EStG)	0,00 €	50.000,00 €	50.000,00 €	100.000,00 €
Tantiemen Filialleiter	0,00 €	0,00 €	0,00 €	0,00 €
Gehälter Verkäuferinnen (§ 19 Abs. 1 Nr. 1 EStG)	85.000,00 €	70.000,00 €	72.400,00 €	227.400,00 €
Sekretärin	32.000,00 €	0,00 €	0,00 €	32.000,00 €
Auszubildende	0,00 €	0,00 €	0,00 €	0,00 €
Summe Arbeitslöhne	142.000,00 €	120.000,00 €	122.400,00 €	384.400,00 €
abgerundet	142.000,00 €	120.000,00 €	122.000,00 €	384.000,00 €
Anteil in Brüchen	142/384	120/384	122/384	384/384
Messbetrag	1.479,17 €	1.250,00 €	1.270,83 €	4.000,00 €
abgerundet auf volle Euro	1.479,00 €	1.250,00 €	1.270,00 €	

Zu 2 b)

	Messbetrag für A-Dorf	1.479,00 €
•	Hebesatz	450 %
=	**festzusetzende Gewerbesteuer**	**6.655,50 €**

Aufgabe 77: Zerlegung bei Betriebsstätten in mehreren Gemeinden

zu a)

	Gewinn lt. GuV		70.250,00 €
+	GewSt-Vorauszahlungen		8.200,00 €
=	korrigierter Gewinn		78.450,00 €
+	**Hinzurechnungen**		
	Darlehenszinsen	6.200,00 €	
	Kontokorrentzinsen	5.750,00 €	
	Pacht Bürogebäude (50 % von 81.600,00 € =)	40.800,00 €	
	Lizenzgebühren (25 % von 12.000,00 € =)	3.000,00 €	
		55.750,00 €	
	- Freibetrag, max.	55.750,00 €	
		0,00 €	0,00 €
-	**Kürzungen**		
	Grundbesitzkürzung (57.500,00 € • 140 % • 1,2 % =)		966,00 €
-	Gewerbeverlust 2021		6.900,00 €
=	Gewerbeertrag		70.584,00 €
	Abrundung auf volle 100,00 €		70.500,00 €
-	Freibetrag		24.500,00 €
=	verbleibender Betrag		46.000,00 €
•	**3,5 % Steuermesszahl = Steuermessbetrag**		**1.610,00 €**

Zu b)

	A-Dorf	B-Dorf
Löhne und Gehälter	125.000,00 €	63.000,00 €
Zuschlag Nachtarbeit	8.500,00 €	2.750,00 €
Unternehmerlohn Peter Paul	12.500,00 €	
Unternehmerlohn Hans Tacke	3.750,00 €	8.750,00 €
=	149.750,00 €	74.500,00 €
Abrundung auf volle 1.000,00 €	149.000,00 €	74.000,00 €
Anteile	$^{149}/_{223}$	$^{74}/_{223}$
• 1.610,00 € = abgerundet	1.075,00 €	534,00 €

Die Zuschläge für die Nacharbeit sind gem. § 31 Abs. 1 Satz 2 GewStG zu berücksichtigen; die Ausbildungsvergütungen hingegen nicht (§ 31 Abs. 2 GewStG).

Aufgabe 78: Zerlegung bei Betriebssitzverlegung

Zu 1.

	Gewinn lt. GuV		168.975,00 €
+	GewSt-Vorauszahlungen		20.000,00 €
=	korrigierter steuerlicher Gewinn		188.975,00 €
+	**Hinzurechnungen**		
	Darlehenszinsen	16.000,00 €	
	20 % Pacht Einrichtung (20 % von 180.000,00 € • 40 %)	14.400,00 €	
	50 % Pacht Geschäftsgebäude (50 % von 180.000,00 € • 60 %)	54.000,00 €	
	50 % Miete Kundenparkplatz (50 % von 63.000,00 €)	31.500,00 €	
		115.900,00 €	
	- Freibetrag, max.	115.900,00 €	
		0,00 €	
-	**Kürzungen** Geschäftsgebäude München (120.000,00 € • 140 % • 1,2 % • 80 %)		1.612,80 €
=	Gewerbeertrag		187.362,20 €
	abgerundet auf volle 100,00 €		187.300,00 €
-	Freibetrag		24.500,00 €
=	verbleibender Betrag		162.800,00 €
•	3,5 % Steuermesszahl = Gewerbesteuermessbetrag		5.698,00 €

Zu 2.

	Gesamt	A-Dorf	B-Dorf
Löhne und Gehälter	175.000,00 €	43.750,00 €	131.250,00 €
Unternehmerlohn	25.000,00 €	6.250,00 €	18.750,00 €
=	200.000,00 €	50.000,00 €	150.000,00 €
Zerlegungsanteil		25 %	75 %
anteiliger Messbetrag		1.424,50 €	4.273,50 €
abgerundet		1.424,00 €	4.273,00 €

Zu 3.

	Gewerbesteuer (**ohne** Betriebssitzverlegung) A-Dorf: 5.698,00 € • 490 % =		27.920,00 €
-	Gewerbesteuer (**mit** Betriebssitzverlegung)		
	A-Dorf: 1.424,00 € • 490 % =	6.977,00 €	
	B-Dorf: 4.273,00 € • 260 % =	11.109,00 €	
		18.086,00 €	18.086,00 €
=	**Gewerbesteuerentlastung**		**9.834,00 €**

Aufgabe 79: GmbH: Körperschaft- und Gewerbesteuerrückstellung

Zu 1.: Ermittlung des zu versteuernden Einkommens

	Vorläufiger Jahresüberschuss laut Handelsbilanz	397.650,00 €
	Sachverhalt 1	
+	Gehalt der beherrschenden Gesellschafterin Ute Sonnenschein (Rückwirkungsverbot) vGA für 6 Monate	6.000,00 €
	Gehaltserhöhung des Gesellschafters Kai Zander Keine vGA, da insgesamt angemessen	0,00 €
	Sachverhalt 2	
+	Kapitalertragsteuer (§ 10 Nr. 2 KStG)	12.500,00 €
+	Solidaritätszuschlag (§ 10 Nr. 2 KStG)	687,50 €
-	100 % steuerfrei (§ 8b Abs. 1 KStG)	50.000,00 €
+	5 % nicht abzugsfähige Betriebsausgaben (§ 8b Abs. 5 KStG)	2.500,00 €
	Sachverhalt 3	
+	Darlehenszinsen vGA, soweit unüblich (10.000,00 € - 6.250,00 €)	3.750,00 €
	Sachverhalt 4	
+	Körperschaftsteuer-Vorauszahlungen (§ 10 Nr. 2 KStG)	40.000,00 €
+	Solidaritätszuschlag-Vorauszahlungen	2.200,00 €
+	Gewerbesteuer-Vorauszahlungen (§ 4 Abs. 5b EStG)	42.000,00 €
-	Körperschaftsteuererstattung (§ 10 Nr. 2 KStG)	12.000,00 €
	Erstattungszinsen sind steuerpflichtig	0,00 €
+	politische Spenden	4.000,00 €
	Spenden an politische Parteien sind nicht abzugsfähig (§ 9 Abs. 1 Nr. 2 KStG)	0,00 €
=	zu versteuerndes Einkommen	449.287,50 €

Zu 2 a): Ermittlung der Körperschaftsteuer-Rückstellung

	Körperschaftsteuer 15 %	67.393,00 €
-	Vorauszahlungen	40.000,00 €
-	Kapitalertragsteuer	12.500,00 €
=	**Körperschaftsteuer-Rückstellung**	**14.893,00 €**

Zu 2 b): Ermittlung der Rückstellung des Solidaritätszuschlags

	Solidaritätszuschlag (5,5 % von 67.393,00 €)	3.706,00 €
-	Vorauszahlungen	2.200,00 €
-	Solidaritätszuschlag	687,50 €
=	**Solidaritätszuschlag-Rückstellung**	**819,00 €**

Zu 2 c): Ermittlung der Gewerbesteuerrückstellung

	zu versteuerndes Einkommen gem. § 7 GewStG		449.287,00 €
+	Hinzurechnungen § 8 GewStG		
	Bankzinsen	85.000,00 €	
	Gesellschafterzinsen	6.250,00 €	
	Miete Grundstück (1/2)	33.000,00 €	
	= Summe	124.250,00 €	
	- Freibetrag, max.	124.250,00 €	
+	Dividende (da die Beteiligung unter 15 % beträgt): steuerfrei (§ 8b Abs. 1 KStG)	50.000,00 €	
-	nicht abzugsfähige Betriebsausgabe (§ 8b Abs. 5 KStG)	2.500,00 €	
			47.500,00 €
-	**Kürzungen**		
	Einheitswert (250.000,00 € • 140 % • 1,2 %)		4.200,00 €
=	Gewerbeertrag		492.587,00 €
	abgerundet		492.500,00 €
	kein Abzug des Freibetrages, da es sich um eine GmbH handelt		
•	3,5 % = Gewerbesteuer Messbetrag, abgerundet		17.237,00 €
•	Hebesatz 460 % = Gewerbesteuer, abgerundet		79.290,00 €
-	Vorauszahlungen		42.000,00 €
=	**Gewerbesteuer-Rückstellung**		**37.290,00 €**

Aufgabe 80: GmbH: Körperschaft- und Gewerbesteuer, Zerlegung

Zu 1.

	vorläufiger Jahresüberschuss	336.288,00 €
+	Geschenke über 35,00 €	1.625,00 €
+	Gewerbesteuervorauszahlungen	4.800,00 €
-	Gewerbesteuererstattung	600,00 €
+	Körperschaftsteuervorauszahlungen	8.750,00 €
+	SolZ-Vorauszahlungen	481,00 €
+	Spenden für gemeinnützige Zwecke	1.250,00 €
=	Einkommen	352.594,00 €
-	Spende für gemeinnützige Zwecke	1.250,00 €
=	zu versteuerndes Einkommen	351.344,00 €
	festzusetzende Körperschaftsteuer 15 % von 351.344,00 € = (abgerundet)	52.701,00 €
-	KSt-Vorauszahlungen	8.750,00 €
=	**Körperschaftsteuernachzahlung**	**43.951,00 €**
	festzusetzender Solidaritätszuschlag 5,5 % von 52.701,00 € =	2.898,55 €
-	SolZ-Vorauszahlungen	481,00 €
=	**Nachzahlung Solidaritätszuschlag**	**2.417,55 €**

Zu 2.

	zu versteuerndes Einkommen gem. § 7 GewStG		351.344,00 €
+	**Hinzurechnungen**		
	Zinsaufwendungen	6.281,00 €	
	Leasing: 20 % von 12.000,00 € =	2.400,00 €	
	Miete: 50 % von 68.000,00 € =	34.000,00 €	
		42.681,00 €	
	abzgl. Freibetrag 200.000,00 €, max.	42.681,00 €	
		0,00 €	0,00 €
	Spenden für gemeinnützige Zwecke		1.250,00 €
-	**Kürzungen**		
	Spenden für gemeinnützige Zwecke		1.250,00 €
=	Gewerbeertrag		351.344,00 €
	abgerundet		351.300,00 €
	kein Abzug des Freibetrages, da es sich um eine GmbH handelt		
•	3,5 % = **Steuermessbetrag**		12.295,50 €
	abgerundet		**12.295,00 €**

Zerlegung

		A-Dorf	**B-Dorf**
	Löhne und Gehälter	130.000,00 €	71.875,00 €
-	Ausbildungsvergütung	7.500,00 €	
=	bereinigter Arbeitslohn	122.500,00 €	71.875,00 €
	abgerundet auf volle 1.000,00 €	122.000,00 €	71.000,00 €
	Zerlegungsanteil	$^{122}/_{193}$	$^{71}/_{193}$
	anteiliger Messbetrag	7.771,96 €	4.523,03 €
	abgerundet	7.771,00 €	4.523,00 €
•	Hebesatz = Gewerbesteuer		
	A-Dorf: 450 %	34.969,50 €	
	B-Dorf: 490 %		22.162,70 €
-	GewSt-Vorauszahlungen	4.800,00 €	
=	**GewSt-Nachzahlungen**	**30.169,50 €**	**22.162,70 €**